AISLIN LEINFILL

LAS OBLIGACIONES DEL REY

Sangreal

SERIE WOLF WORLD

Título original: Sangreal. Las obligaciones del rey
Aislin Leinfill, Febrero 2023
Diseño de la portada: Lidia Ramilo y Oliver Vidal
Maquetación: Lidia Ramilo
ISBN: 9798377072423
Sello: Independently published

A los que confían, a los que entienden y para los que saben.
Muchas gracias por seguir conmigo y el universo de Wolf World.
Todos sois los reyes del tablero.

Aislin

Capítulo 1

La noche del solsticio de verano era una de las favoritas de la manada. Durante semanas se preparaban todo tipo de juegos y se organizaban las comidas que disfrutarían.

El pueblo de Salem estaba lleno de flores. Una semana antes los humanos llenaban sus casas colocando fragantes ramos en sus ventanas y porches, el aire se saturaba de su olor fresco y la cera de las velas que encendían desde el uno de junio hasta la última noche del solsticio.

No era una casualidad, por supuesto. Se suponía que las flores servían para bendecir las casas y las velas mantendrían la oscuridad de esa época a salvo. Era una costumbre que venía de los albores de la historia de la ciudad, cuando las brujas llenaban sus calles y una mezcla de sangre y magia empapaba la tierra.

Eso fue siglos atrás. Hacía mucho que las brujas huyeron en busca de nuevos lugares, era casi una broma macabra entre los de su especie.

A través de los años nacieron más pueblos con el mismo nombre, decenas a lo largo de Estados Unidos, algunos reductos en Europa y Asia. Todas con algo en común, Salem.

Un nombre que más que una palabra, era una señal, un faro en la oscuridad para que los brujos siempre supieran a dónde podían ir. Con el tiempo, cuando la magia del sitio se agotaba, buscaban un nuevo Salem.

Pero el primer Salem que fundaron fue especial, una tierra tan marcada por el mundo sobrenatural no podía abandonarse sin más y las brujas lo sabían. Por ello hicieron un pacto con las únicas criaturas que podrían ser guardianes de semejante poder, tanto de día como de noche.

Los hombres lobos de la manada Madsen. Una manada antigua y poderosa, con una alfa de moral inquebrantable.

Enix Madsen entendió que salvaguardar Salem era importante para todos, así que aceptó en nombre de su manada y su propia familia.

La familia Madsen eran las únicas criaturas que se permitirían en esas sagradas tierras y para salvaguardar los secretos y el poder de ese lugar, se aseguró de tener suficientes descendientes que siempre pudieran cumplir con su labor.

La tierra de Salem se consagró a la sangre de los Madsen y mientras alguno de ellos viviera para dirigir la manada, sus secretos y poder continuarían a salvo.

Al trato se le dio el nombre de Las obligaciones del rey. Cada alfa tendría tres hijos; un primogénito que dirigiría la manada, un segundo hijo que se convertiría en su mano derecha y un tercero que se mantendría siempre lejos, por si los dos primeros morían.

Se firmó la noche del solsticio de verano de mil setecientos noventa y nueve, por eso esa fecha era tan importante para la manada. Además de ser uno de los días más poderosos del año, también era el día en que la manada renovaba ese trato con la tierra.

—¡Es hora de saber quién será el ganador! —gritó Adler, el segundo del alfa, levantándose de su silla.

Todos los hermanos Madsen compartían los mismos rasgos, pelo rubio oscuro y ojos de color verde. Eran muy altos, esbeltos y de porte elegante.

—Ya sabéis cómo va esto —dijo el alfa pidiendo calma cuando empezaron a aplaudirle—. Los miembros más jóvenes de la manada están repartiendo los papeles. La mayoría de ellos no ponen nada, pero dos afortunados se convertirán en los maestros de ceremonia de esta noche mágica y tendrán que luchar para ser el vencedor.

La emoción de la manada era un aroma imposible de obviar, le hacía cosquillas en la nariz. Se la frotó mientras miraba alrededor, había cientos de pequeñas luces por todo el bosque que rodeaba la casa Madsen. Como siempre, la habían decorado al igual que sus cercanías para disfrutar de la celebración por todo lo alto.

—Es hora de desvelar el misterio. Que alcen la mano los elegidos de la noche —les pidió Adler dando una palmada.

El mediano de los hermanos Madsen, tenía un carácter alegre y fácil que le había hecho ganarse el cariño de los miembros de su manada. Su mujer, Emily, los observaba sentada junto a Kayleen.

Su mejor amiga le sonrió, saludándolo con la mano. Le devolvió el gesto, haciéndole otro poco sutil, señalando al alfa.

No era un secreto para la manada la relación de Alaric con Kayleen. Habían estado tonteando durante años y aunque nadie podría decir en voz alta que eran pareja, tampoco se atreverían a asegurar lo contrario.

Alaric palmeó la espalda de su hermano, sonriendo expectante mientras miraba a la multitud. Era un alfa estricto y dedicado, que manejaba la manada con facilidad.

Julian desdobló su papel y observó sorprendido la letra M que ocupaba su nota. Giró alrededor para ver quién tenía la otra. Nick le sonrió mostrando su papel mientras sus amigos le aplaudían. Apenas era dos años mayor que Julian y le gustaba recordárselo cada vez que podía. Como si el hecho de nacer antes le diera algún tipo de mérito extra.

—¡Bravo! —los felicitó Adler—. Acercaos. ¡Vamos! No seáis tímidos.

Siguió a Nick hasta ponerse al lado de los hermanos Madsen.

—Aquí los tenemos. Felicidades, chicos —les dijo Adler pasando el brazo por encima de sus hombros—. Como cada año, el ganador recibirá uno de los mayores honores de la manada. Encender la hoguera para purificar la tierra en la noche más mágica del año.

Julian miró de reojo a Kayleen que le hizo un gesto de ánimo.

Había algunas fechas importantes para la manada a lo largo del año, pero ninguna como el solsticio de verano. Durante la festividad de Litha se encendía una gran hoguera delante de la casa del alfa. En realidad, era la casa de toda la familia Madsen porque, aunque Adler estaba casado, seguía viviendo con Alaric.

Mantendrían las llamas ardiendo toda la noche y los más osados saltarían sobre ellas en busca de buena suerte. Ese probablemente era el gran objetivo que tenía la noche de Litha, usar la poderosa magia de ese momento para reactivar las protecciones de todo Salem.

Hacía algún tiempo que no recibían ataques, pero Alaric parecía preocupado por la seguridad de todos. Estaban empezando a llegar algunas noticias extrañas de otras manadas cercanas.

Había susurros aunque nadie conocía lo que pasaba del todo, pero sobre los que ya habían empezado a hablar, generaban un temor que se extendía entre los mayores. La manada estaba demasiado revuelta y quizá por eso, este año más que nunca, el alfa había insistido en la importancia de que todos estuvieran presentes.

Personalmente no le gustaba asistir a noches como esa. La magia de ese tipo de días, donde el velo de la vida y la muerte desaparecía lo ponía nervioso. La energía le recorría la piel, como pequeñas descargas de bajo voltaje que se irradiaban por todo su cuerpo desde medianoche, hasta que salía el sol y de nuevo las puertas quedaban cerradas durante todo el año.

—Muy bien. Ya sabéis lo que hay que hacer, es el momento de que elijáis las piezas de vuestro tablero —les dijo Adler dándoles un pequeño empujón hacia la multitud.

Nick ni siquiera lo pensó, se fue directo a sus amigos, eligiéndolos como las piezas más importantes de su tablero entre aplausos y vítores de la manada.

Julian decidió hacer las cosas a su manera, como siempre.

Pensó primero en los peones, que eran la avanzadilla del ajedrez, los soldados que estaban dispuestos a sacrificarse para salvar al rey. La pieza más importante del juego, la que protegería a toda costa. La única que debía sobrevivir.

Fue tocando los hombros de distintos miembros de la manada mientras les susurraba el nombre de la pieza para los que fueron elegidos. A algunos los conocía más que a otros. No importaba eso, no estaba decidiendo él. Dejaba que su intuición se encargara de todo, como solía hacer.

Miró alrededor ignorando el teatro de Nick. Necesitaba las dos torres, piezas con un movimiento limitado, pero guardianes fieles.

Puso la mano sobre los hombros de Emily y Adler que sonrieron al ser elegidos, rara vez alguien se permitía escogerlos, ya que no deseaban avergonzarlos en caso de perder.

Faltaban los alfiles, igual de limitados que las torres, aunque tan eficientes como ellas. Tocó en el hombro a la bruja de la manada a pesar de no ser una de sus personas favoritas. Abba no ocultó su sorpresa, pero asintió con la cabeza agradeciendo el gesto.

Agara, la hermana casi siempre ausente de los hermanos Madsen, sonrió con aprobación cuando la eligió.

Siendo la tercera hermana de la familia solo venía a verlos una vez al año, por Litha, para asegurarse de que siguiera vinculada a la tierra y a la manada que su familia protegía. Su aparición fuera de esta fecha sería una mala señal, ya que significaría que el alfa y su segundo habrían muerto.

Caballos, dos piezas complicadas de entender y aprovechar, pero con una libertad de movimiento envidiable para pasar por encima de lo que fuera. No hubo dudas, Kayleen fue la primera elegida y tras ella, la sanadora de la manada, Mashie. Nada podía tener más valor que una persona que conseguía mantener con vida a los demás.

Y ahora necesitaba a la reina, la pieza más letal del tablero, la más rápida y feroz. Ni siquiera lo dudó, tocó el hombro del alfa que sonrió mientras la manada vitoreaba.

Miró alrededor sin encontrar ni una sola pista de quién podía ser el rey. Todos se movieron con nerviosismo, esperando su elección. Cerró los ojos y respiró despacio, necesitaba el rey de su tablero, el centro de ese pequeño mundo en blanco y negro.

Se movió entre los lobos sin ser consciente de su rumbo, recorriendo el borde del grupo hasta sentir que debía detenerse. Abrió los ojos, encontrado unos ojos oscuros que le devolvieron la mirada, era de un color azul tan oscuro que casi parecían negros.

Atik Madsen, el cuarto de los hermanos Madsen. En toda la historia de la familia siempre habían sido tres herederos, pero eso terminó cuando el padre de Alaric apareció sin más con un niño al que reclamó como suyo.

La aparición de Cormac con un nuevo hijo causó verdadera consternación en la manada. El alfa ya tenía tres hijos y que ellos supieran, desde la muerte de su esposa, no se había acercado a ninguna mujer.

A pesar de ello, Cormac le dio el apellido Madsen a su cuarto hijo y lo tomó bajo su cuidado como uno más, ignorando las voces de los lobos que decían que era un mal augurio.

Atik era cuatro años mayor que él, pero todos conocían su historia. Era una de las desventajas de estar en una manada, no había espacio para los secretos.

A pesar de los esfuerzos de su padre y su tío Cástor, Atik siempre mantuvo las distancias con todo el mundo. Cuando Julian creció lo suficiente para entender lo que significaba la existencia de Atik no pudo evitar empatizar con él. En una manada con una historia tan cíclica, debía ser difícil encontrar su propio lugar.

Alaric era el primogénito, por lo que desde su nacimiento se le enseñó lo que suponía ser el alfa.

Adler fue educado por Cástor para compartir la presión que recibiría su hermano mayor y desconfiado cuando Alaric estuviese demasiado ocupado cuidando a los demás.

Agara crecería preparada para marcharse lejos sin rencor cuando su padre muriera y su tía, Casandra, volviera a la manada.

Siempre había sido así, un círculo de poder perfecto con el que la manada había sobrevivido y se mantenía fuerte.

¿Dónde encajaba Atik en ese delicado y férreo sistema? No había espacio allí para él. Todos lo sabían y Atik también, quizá por eso pasaba la mayor parte del tiempo en soledad.

No interactuaba demasiado con la manada fuera de los entrenamientos y la vida diaria y que Julian supiera, tampoco tenía amigos dentro de ella. Las personas más cercanas a él eran sus hermanos. Incluso cuando terminó de estudiar, montó un estudio de arquitectura que lo mantenía gran parte del día lejos de Salem.

En ocasiones, también desaparecería durante algunas semanas para visitar a su hermana Agara. Nadie lo echaba en falta, su carácter cerrado y actitud reservada era todo lo opuesto a sus hermanos que resaltaban por su calidez y cercanía. No fue un hijo esperado ni deseado cuando llegó a la manada y el tiempo no había mejorado la situación.

Mientras estuvo vivo Cormac permitió que su hijo fuera a la universidad, algo que no pudieron hacer sus hermanos mayores. La manada se tomaba muy en serio la supervivencia de la nueva generación de Madsen, nunca se les dejaría estar tanto tiempo desprotegidos. Quizá su padre sabía que en el fondo no sería aceptado y trató de darle libertad para que encontrara su propio lugar.

Julian nunca había entendido el poco aprecio que le daban a Atik. Puede que no fuera una persona afable, pero ya había demostrado varias veces su valía durante las luchas.

Para bien y para mal a nadie le importaba lo que pasara con Atik, era una pieza prescindible a la que sacrificar.

Ese debía ser el motivo por el que Atik seguía parado en el mismo sitio, sin juntarse con los demás lobos que había elegido para juego.

Le sonrió mirándole a los ojos, tratando de que entendiera que debía reunirse con las demás piezas. Atik no se dio por aludido, le dedicó un gesto desconfiado sin moverse de dónde estaba.

—Tú serás el rey de mi tablero.

Capítulo 2

Decir que se arrepentía de su decisión sería mentira, Julian siempre pensaba mucho todo lo que hacía, salvo cuando su intuición se cruzaba en su camino. Como en esa situación, se pegaba fielmente a lo que sus sentidos le indicaban y por eso supo que estaba haciendo lo correcto cuando eligió a Atik como el rey de su partida de ajedrez.

Escuchó los murmullos en desacuerdo de la manada por su extraña elección, aunque los ignoró con facilidad. Nunca le había importado demasiado la opinión de los demás sobre lo que hacía y esta no sería una excepción.

—Pido perdón de antemano si perdemos —les dijo a Alaric y Adler que sonrieron con diversión.

—No hay por qué disculparse, esta noche es de celebración. Juega como prefieras, estaremos conformes con el resultado —le prometió Alaric.

—Sí, no te preocupes. Si quieres podemos hacer trampas. Podría repartir algunas patadas —le ofreció Adler ganándose un golpe en el hombro de Emily.

Sonrió mientras negaba con la cabeza.

—Guardemos esa carta por si las cosas se ponen realmente mal —ofreció sin perder la sonrisa.

Alaric y Adler tuvieron que empujar a Atik para que entrara al improvisado tablero de césped que prepararon el día anterior, pero por suerte fue el único que tuvo que entrar obligado, ya que los demás cooperaron de buena gana.

Nick era el mejor conquistando al público, pero no tenía ni idea de ajedrez. Le gustaba el espectáculo, así que sacrificó con rapidez sus peones buscando ganarse a la entregada multitud.

Julian jugó con menos tranquilidad de la que se tomaría en un día normal, pero fue cuidadoso con sus movimientos.

Para cuando Nick se dio cuenta de que no ganaría la partida, ya solo le quedaban cuatro piezas y su rey. Dejó las bromas y los saludos para ir detrás de su rey tratando de ganar la partida.

—Jaque —anunció Nick satisfecho cuando consiguió poner su reina frente al rey. Julian levantó la cabeza para mirar a Atik. Parecía desinteresado en lo que sucedía a su alrededor, su única colaboración durante el juego había sido obedecer cuando le pedía que se moviera.

Retrocedió un par de pasos, tratando de ver todo el tablero. Adler le animó desde el lateral, ya fuera del tablero, había caído víctima de una de las torres de Nick.

—Reina al frente, protege a mi rey —pidió con seguridad a Alaric que le sonrió aceptando su decisión sin un mal gesto—. Jaque —le advirtió a Nick.

Toda la manada protestó por usar al alfa como escudo, sin embargo, ese era el objetivo. Proteger al rey a cualquier precio. Nick lo miró sin dar crédito, pero él se la devolvió en completa calma. ¿De verdad le creían tan estúpido como para perder la partida solo por no sacrificar a la reina de su juego? Alaric era un hombre racional, entendería sus motivos.

—Torre a... —Nick lo miró con disgusto por obligarle a atacar al alfa. Estaba claro que no lo molestaba lo suficiente como para rendirse. Una lástima, hubiera sido una partida fácil—, reina —terminó con voz insegura mirando al alfa con temor.

Alaric calmó a la manada que abucheó cuando fue expulsado del tablero. Levantó los brazos y les hizo gestos de tranquilidad para indicarles que no estaba molesto.

—Jaque —anunció de nuevo Nick sonriéndole burlón, creyendo que lo había acorralado.

Julian trató de esconder la sonrisa. Era un movimiento estúpido, al amenazar a su rey de nuevo, Nick no había percibido que sus caballos estaban en el lugar correcto.

—Caballo a rey. Jaque mate —le dijo a Nick asegurándose de que no se le notara la diversión en la voz. Le estaba bien empleado, por meterse siempre con él. Nick percibiría sus emociones por su olor, pero al menos nadie podría decir que no era educado.

Toda la manada gritó y festejó que hubiera ganado el equipo del alfa. Alaric entró de nuevo en el tablero, rodeándole los hombros con un brazo al llegar a su lado.

—Felicidades, Julian —le dijo dedicándole una amplia sonrisa.

La calma lo rodeó cuando el alfa le tocó. Al quedarse huérfano de padres a los cinco años no tenía muchos recuerdos de ellos. Apenas un montón de fotografías y las miles de anécdotas que la manada le fue contando para mantener vivo el recuerdo de ambos. Fueron dos lobos muy queridos que murieron defendiendo Salem de un gran ataque veinte años atrás.

Como cualquier lobo que se queda huérfano, pasó a vivir con una nueva familia. Una pareja mayor sin hijos que lo cuidaron con verdadera devoción, hasta que su madre adoptiva murió por causas naturales y su padre la siguió apenas un mes más tarde. La muerte de ella fue una sorpresa, su corazón falló, pero no le sorprendió que él se marchara al poco tiempo. Había crecido con ellos y fue testigo del amor profundo que se tenían a pesar de llevar casados más de sesenta años.

Después de quedarse solo por segunda vez no quiso mudarse con nadie, entonces tenía veintitrés años y era lo suficientemente adulto como para vivir solo. Esa sería la mentira que diría una y otra vez a las diferentes familias de la manada que trataron de acogerlo, incluso cuando su mejor amiga intentó que se mudara con ella y sus padres. No quería vivir con nadie más, no podría soportar otra pérdida.

Así que, solo de nuevo en el mundo, se esforzó al máximo para continuar con su vida. Lo único que le mantuvo estable la primera y la segunda vez que lo perdió todo, fue que siempre le quedó la figura del alfa. Ese ser contante en su vida, que se encargaba de proteger a todos. Ver al alfa, aunque fuera de lejos siempre fue reconfortante.

No es que necesitara que lo protegieran, sabía cuidar de sí mismo, pero desde luego estaba lejos de ser uno de lobos más fuerte de la manada. Ni siquiera pertenecía a la primera línea de ataque, pero era un rastreador decente y a menudo su intuición le servía para mantenerse a salvo.

—Gracias, alfa —murmuró sonriéndole.

El alfa se separó de él adelantándose un par de pasos, Adler se unió a su hermano para dirigirse a la multitud.

—Bien, ya tenemos el ganador de este año. Julian tendrá el honor de dar comienzo a las celebraciones de la noche. Hoy recordamos el pacto que los antepasados de la manada asumieron siglos atrás. Durante unas horas, aprovecharemos la sangre de nuestros ancestros para reavivar la protección de estas tierras. En estos momentos de incertidumbre donde las sombras nos acechan, es más importante que nunca que el fuego de nuestra promesa arda e ilumine la noche.

Julian aplaudió con los demás, Alaric tenía facilidad de palabra y la fidelidad inquebrantable de la manada que no dudaba de que cada una de sus palabras era la verdad absoluta.

Mientras se dirigían a la hoguera al frente de la casa, las palabras de Alaric parecían resonar en él como un eco en su cabeza.

—¿Estás bien? —le preguntó Kayleen empujando su brazo contra el suyo.

—Sí —respondió mirando cómo Emily le daba la mano a Adler, caminando cerca de ellos.

—¿Estás nervioso por encender la hoguera? —quiso saber Kayleen de buen humor.

—Creo que puedo hacerlo. —Observó de reojo cómo Nick hablaba con sus amigos que parecían estarle tomando el pelo por su derrota—. ¿Crees que esos rumores sobre las manadas desaparecidas y ataques sean verdad?

Kayleen asintió con la cabeza, frunciendo el ceño.

—Creo que sí. El alfa humano de Greenville no deja de llamar y cada vez que Alaric cuelga el teléfono, su ceño se hace más profundo.

Concéntrate en encender bien esa hoguera, no se quedará tranquilo hasta que vea las cenizas de ese fuego.

—Solo tengo que tirar un palo al centro del círculo de leña. No tiene mucho misterio, ni margen de error —respondió deteniéndose cuando vio que los hermanos Madsen se paraban al borde de la hoguera.

El alfa se dio la vuelta con una antorcha en la mano, le miró para asegurarse de que estaba listo y asintió con la cabeza a Adler que la encendió.

Julian avanzó un par de pasos y la tomó en su mano. Alaric le dedicó una sonrisa y un gesto alentador para tranquilizarlo, aunque no era necesario. Había visto durante toda su vida como otros lo hacían antes que él.

Se movió hasta que estuvo lo suficientemente cerca de la madera y alzó la antorcha al cielo, a la luna que brillaba en todo su esplendor. Contuvo la respiración unos segundos y luego la dejó caer entre los troncos. Julian se alejó con rapidez para no entorpecer la siguiente parte del ritual.

Salió de la multitud y observó a los lejos como la manada rodeaba la hoguera que comenzaba a arder. Era su parte favorita de la noche de Litha, los más jóvenes pasaban con grandes cuencos llenos de pétalos y hierbas, repartiéndolos entre los adultos para lanzarlos a la hoguera. Alaric aulló a la luna, seguido por Adler, Agara y Atik, todavía con el sonido resonando en medio de la noche, los demás lobos empezaron a cantar.

Cerró los ojos dejando que le invadiera el relajante sonido, era el símbolo de que eran una manada unida. Todas las voces parecían una sola mientras los aullidos de la familia del alfa se entrelazaban en una armonía perfecta.

Los cuatro Madsen empezaron a rodear el fuego, se iban sustituyendo unos a otros sin dejar de moverse. Tres aullaban mientras uno de ellos recitaba palabras en un idioma ya olvidado por el tiempo, pero no para su familia.

Todo su cuerpo vibró cuando la fuerza de la tierra pareció volver a la vida, casi podía sentirla respirar bajo sus pies como un gigante dormido.

Se puso en cuclillas para tocar la hierba húmeda por el rocío del atardecer, estremeciéndose cuando el frío rozó su piel. Sus ojos encontraron los de Atik a través de las llamas, dos pozos oscuros en los que se reflejaba la fuerza del fuego. Toda la potencia de ese día se hizo presente en cada uno de los lobos que llenaban el lugar, los ojos de los demás cambiaron a su forma sobrenatural.

La manada empezó a mezclar palmadas con golpes en el suelo y esa fue la señal que anunció que había llegado el momento de saltar a través de las lenguas de fuego.

Se quedó mirando y disfrutando de cómo se lo pasaba bien la manada. Él lo haría al final, cuando la multitud se hubiera dispersado.

Sonrió mientras veía los mejores y peores intentos de los demás.

—Vamos, ¡ven a saltar el fuego, lo haremos juntos! —le gritó Kayleen haciéndole señas para que se acercara.

Julian le sonrió mientras iba hasta ella.

—¿Estás listo? —le preguntó Kayleen quitándose la chaqueta que llevaba, dejándola caer al suelo sin ninguna preocupación—. Tenemos que pensar en todas las sensaciones y malos pensamientos que hemos acumulado hasta ahora para que el fuego se las lleve.

—No tengo malos pensamientos —protestó quitándose la camisa de cuadros que vestía a modo de chaqueta. No necesitaba mucho más para abrigarse, ventajas de ser un hombre lobo.

—Tu vida sería más divertida si tuvieras unos cuantos de esos —le contestó Kayleen aplaudiendo y vitoreando a las dos lobas que acababan de saltar.

—Pensaré en un deseo, con suerte se cumple —dijo ignorando la pulla.

Kayleen le dedicó un bufido.

—Pide que te pase algo emocionante —le sugirió ella.

—Ya tengo bastante emoción en mi día a día, muchas gracias.

—¿Cómo qué? —Sus ojos brillaron con ilusión—. No me digas que ese repartidor tan guapo, que siempre coquetea contigo, por fin te invitó a un trago.

—No coquetea, solo es amable —dijo con hartazgo.

Kayleen le dedicó una mirada exasperada.

—Nadie es tan amable. Este no es un pueblo tan grande, va a llevarte paquetes dos veces al día —le dijo alzando las cejas con gesto sugerente.

Sí, eso era un poco raro, pero si le daba la razón pasaría a recibir un interminable discurso con cientos de consejos para conseguir una cita que no quería.

—Los repartirá conforme le lleguen. Su trabajo es entregar las cajas lo más rápido posible.

Kayleen puso los brazos en jarras, perdiendo la paciencia con él.

—Trabajas en una panadería, nada es tan urgente como para ir dos veces.

—No es una panadería —protestó con rapidez por inercia—. Servimos café y atendemos en mesas. Ya nos toca —dijo feliz de terminar la conversación.

—Ten cuidado —le dijo Alaric acercándose a Kayleen.

—No necesito tu consejo, ya hice esto muchas veces —le contestó ella girando la cabeza en dirección contraria a la de él.

Julian apartó la mirada ahogando la sonrisa. Si Kayleen tenía un buen día, podía soportar la protección que Alaric siempre quería darle. Si era un día como hoy, se retorcía y protestaba a pesar de que su olor indicaba que no estaba molesta en absoluto con la observación del alfa.

—No te lo decía a ti —le contestó Alaric con una sonrisa burlona—. Ten cuidado, Julian.

La risita que se le escapó le valió una mirada furibunda de su amiga, pero le encantaba el carácter del alfa. Alaric nunca se desanimaba por los continuos frenos que Kayleen le ponía y siempre conseguía salirse con la suya.

Adler se acercó riendo, era obvio que había escuchado todo el intercambio entre ellos.

—Si esto se trata de deshacerse de los malos pensamientos, me apuesto lo que quieras a que el de Kayleen empieza por "A" y termina por "laric".

Julian se rio incapaz de contenerse, mientras su amiga daba un golpe en el brazo a Adler y le agarraba a él intentando alejarse de los hermanos Madsen.

—Tú también estás en mi lista —masculló Kayleen de forma amenazadora mientras hacían cola para saltar.

—¿Por qué lo tratas tan mal? Solo se estaba preocupando por ti, es bonito —la calmó poniéndole el brazo sobre sus hombros.

—¿Quién dice que lo necesite? Yo no lo llamé, ni me fijo en él. Quiero que me deje tranquila. —Era una mentira descarada, no tenía que usar su olfato para saberlo.

Esta vez fue Julian quien soltó un bufido.

—Por favor —dijo en tono burlón—. Estuviste conteniendo el aliento como una cría temblorosa mientras él saltaba. Sentí vergüenza por ti.

Las mejillas de Kayleen se colorearon y su aroma cambió al verse pillada.

—Shhh —le chistó poniéndole la mano en la boca—. No hablemos más, solo salta —le ordenó.

Aplaudió cuando el lobo delante de él dio una espectacular pirueta sobre la hoguera.

—Suerte —le deseó con rapidez a Kayleen.

Ella le guiñó un ojo antes de correr para tomar impulso. Aplaudió y silbó al verla caer con una sonrisa de orgullo al otro lado de la hoguera, en donde Alaric la miraba sin disimulo de una manera casi ansiosa para asegurarse de que estaba bien.

—Tu turno Julian —le indicó Emily sonriéndole en un intento de darle ánimos.

Le devolvió la sonrisa y dio un par de pasos atrás asegurándose la suficiente distancia para alcanzar la velocidad necesaria. Todo fue perfecto durante unos segundos mientras su cuerpo se catapultaba por encima del fuego.

Una sensación intensa le recorrió toda la espalda con tanta fuerza que se encogió en el aire mientras saltaba y un borrón negro apareció en su campo de visión durante unos segundos. Perdió fuerza por el movimiento y cayó directo en el centro de la hoguera.

Capítulo 3

—¡No! —escuchó gritar a Kayleen que ya corría en su dirección.

Los leños ardientes golpearon su cuerpo y prendió su ropa en llamas en apenas unos segundos.

—¡Juls! ¡Julian! —bramó Kayleen desde algún sitio.

Pareció una eternidad, las llamas lamiendo su cuerpo que se contorsionó de dolor y el horripilante sonido del fuego tratando de tragárselo entero.

Un golpe fuerte le llegó por el costado y de repente estaba tumbado bocarriba en la hierba, tratando de respirar mientras el dolor le atravesaba como cuchillos clavándosele en la piel.

—¡Julian! Por la diosa, Julian. —Kayleen sonaba muy cerca de él, pero el calor le hacía mantener los ojos cerrados.

—¡Dadle espacio! —gritó Alaric—. Mashie, ¿se va a poner bien?

—Calma —dijo la tranquila voz de la mujer—. Ha sido poco tiempo, no es tan grave. La curación ya está empezando —les aseguró.

Ella tenía razón, los hombres lobos se curaban de heridas imposibles en poco tiempo y él no era una excepción. Podía sentir su sangre de lobo esforzándose en recorrer su cuerpo a toda velocidad y sus heridas empezando a sanar.

—Llevadle a la casa. Iré a por un remedio que ayudará —les ordenó Mashie.

—¿Julian? —le preguntó Kayleen con voz llorosa.

—Vi algo —dijo en voz baja, esforzándose por hablar a pesar del dolor—. En el bosque. Creo que había alguien allí.

Reconoció la presencia de Alaric cuando se arrodilló a su lado.

—¿Estás seguro? —le interrogó el alfa.

Asintió conteniendo un grito de dolor mientras su piel se cerraba despacio.

—Aquí tienes, Mashie —escuchó decir a Emily.

—Kayleen, ayúdame a incorporarlo —pidió la médica.

Al instante las manos del alfa y Kayleen lo sostuvieron mientras le daban algo a beber.

—Bébelo todo. Te sentirás mejor enseguida —le prometió Mashie.

—Adler, ¿cómo estás? —preguntó Alaric.

—Bien. Recuperado del todo salvo por la ropa. Solo estuve en el fuego cinco segundos —lo tranquilizó su hermano a pesar de no sonar del todo bien.

—Atik, llévate a unos cuantos hombres y registra el perímetro —ordenó Alaric.

—¿Cómo estás? —le susurró Kayleen al oído mientras el alfa organizaba al resto de los lobos.

—Mejor. —Era cierto. Dolía, pero mucho menos que antes, y a juzgar por lo rápido que se estaba curando, tuvo que estar apenas un instante en el fuego.

—¿Pudiste verle bien? —insistió Alaric

—No —contestó sujetándose al brazo de Kayleen para que lo ayudara a incorporarse.

Abrió los ojos despacio, ignorando las punzadas de dolor. Los hermanos Madsen lo rodeaban, Mashie, Emily y Kayleen estaban junto a él en el suelo.

—Pero creo que era un hombre lobo.

La cara de Alaric cambió por completo.

—Eso no es posible. Acabamos de renovar la protección en todo Salem. No puede haber un lobo en nuestro bosque. En las afueras sería posible, pero no... —le rebatió el alfa.

—Estoy casi seguro de que lo era... además sentí... —Miró a Kayleen. No hablaba nunca de su intuición, con nadie salvo con ella.

Kayleen miró a Alaric, entendiendo a qué se refería con solo un vistazo.

—Si dice que era un hombre lobo, lo era —le aseguró Kayleen a Alaric salvándole de añadir nada más.

Los dos tuvieron un enfrentamiento de miradas. Nunca se le ocurrió preguntarle a Kayleen si le había hablado a Alaric de su curiosa habilidad, pero al verlos en ese momento supo que el alfa estaba al tanto.

—Mierda —murmuró Adler. Al parecer el alfa no era el único que lo sabía.

El ruido desapareció y su cabeza se quedó en completo silencio, ajeno a todo lo que le rodeaba. Entendió el aviso de peligro sin dificultad, a lo largo de su vida había convivido con esas señales.

—Se acercan —murmuró girando la cabeza hacia el bosque, aunque aún no podía ver a nadie. Sin embargo, sabía qué pasaría de un momento a otro.

—¡Emily! ¡Agara! Volved a la casa y poner a todos a salvo. Los demás buscaremos algún intruso en el bosque.

—Tarde —dijo Kayleen que también miraba hacia los árboles.

Dos lobos transformados acechaban entre los árboles del bosque, a pesar de poder verlos no podía olerlos, lo que sin duda era una señal de magia.

—¡Protegedla! —gritó Alaric agarrando a Agara del brazo. Adler, Atik y Emily rodearon a la chica. Los demás lobos de la manada empezaron a aullar, era una forma de avisar del peligro y de ordenar lo que debían hacer.

Ella era el seguro para que la manada continuara, recibir un ataque uno de los pocos días en que estaban todos los hermanos reunidos no podía ser un accidente.

Los hombres y mujeres de la manada destinados a combatir crearon un pasillo con sus cuerpos para que los niños, jóvenes y lobos que ya no estaban en condiciones de luchar pudieran llegar a la casa principal.

Agara fue la primera en huir, protegida por los dos hombres lobo que vivían con ella en el exilio. Emily se aseguró de que los niños y embarazadas fueran las siguientes y desapareció con ellas y Mashie.

Kayleen lo ayudó a ponerse en pie, a pesar de que el dolor era poco más que un recuerdo.

—¿Qué están haciendo? —le preguntó ella al oído.

Las dos criaturas seguían medio ocultas entre las sombras del bosque. No hicieron ademán de acercarse, los estaban acechando.

—No importa qué hagan ellos, solo lo que hagamos nosotros. Retrocede —ordenó agarrándola del brazo para que se moviera.

Alaric, Adler y Atik pasaron delante de ellos transformados por completo, haciendo de barrera para proteger la retirada.

Alaric gruñó enseñando las fauces, arañando el suelo con su gigantesca pata en un gesto amenazante.

La primera línea de defensa de la manada se unió a los hermanos mientras a su espalda escuchaba el movimiento de los que debían entrar a la casa.

La manada se dividía en tres partes cuando estaban bajo alguna amenaza. El tercer grupo, protegía la casa Madsen rodeando su perímetro que también estaba protegida por Abba, la bruja de la manada, para soportar un ataque directo.

El segundo grupo se dispersaba en los alrededores de los terrenos, tratando de localizar la amenaza y sirviendo de apoyo al grupo uno. El primero estaba formado por el alfa, sus hermanos y los más fuertes de la manada.

Dejó que su lobo saliera a la superficie, quedándose detrás del alfa. Era un instinto natural cuando perteneces a una manada, proteger la figura del alfa.

Kayleen ya se había transformado a su lado y de forma natural se puso al lado de Adler. No le correspondía ese lugar, ella pertenecía al segundo grupo.

Esa extraña sensación de vacío llegó de nuevo. No desde donde esas criaturas seguían vigilándolos, si no detrás de él.

Dio media vuelta y salió corriendo mientras trataba de bloquear todo lo que lo rodeaba para poder centrarse en esa sensación, persiguiéndola. Supo que Kayleen le seguía, pero no bajó la velocidad para esperarla. Ahí estaba de nuevo ese hilo que parecía sostenerse en la nada, pero que tiraba de él.

Saltó desde unas piedras, saliendo a toda velocidad en cuanto volvió a tocar el suelo. Estaba cerca, podía sentirlo. Volvió a saltar sin ver nada, pero seguro de que su ataque sería certero. Un profundo gruñido abandonó su pecho mientras abría las fauces. Sus dientes se hundieron en la carne cálida del hombre.

No era un humano, era un brujo. Su sangre era diferente a la de los humanos, estaba corrupta, estropeada para siempre por las artes que utilizaban y a juzgar por el horrible sabor, era un brujo del peor tipo.

Se recuperó con rapidez, pero una fuerza invisible lo golpeó con la potencia de un yunque, lanzándolo contra el árbol.

Kayleen ocupó su lugar, dio un zarpazo y trató de morderlo del otro lado mientras la esquivaba.

Fue inútil, el brujo estaba listo para atacarlos. Se unió a ella, mostrándole sus fauces al morder el aire, avanzando sobre él para hacerlo retroceder.

El brujo sonrió en una mueca macabra mientras hacía un complicado movimiento con las manos.

Kayleen trató de volver a morderle, sin éxito. ¿Por qué no los estaba atacando? Tenía que ser poderoso si consiguió pasar sus barreras y traer a los asaltantes hasta ellos.

Emitió un gruñido bajo, advirtiendo a Kayleen que tuviera cuidado. Aquello no podía ser una buena señal, hacía muchos años que las brujas no se atrevían a acercarse allí. Nada había cambiado, nadie nuevo llegó a la manada como para justificar que volvieran a acercarse a ellos.

El brujo les sonrió antes de girarse y correr, adentrándose en el bosque.

En cuanto dieron unos pasos para seguirlo, un hombre lobo lo golpeó con fuerza derrumbándolo. Julian trató de morderlo, pero antes de que pudiera alcanzarlo, Alaric se lanzó a su cuello, apresándolo y alejándolo de él.

Adler se unió al alfa, mordiendo al intruso en la pata para quitárselo de encima.

Kayleen peleaba con el otro, fue directo hasta ella, abalanzándose sobre su contrincante para ayudarla. Atik saltó desde atrás, golpeando el cuerpo del lobo sin miramientos, alejándolo de ellos varios metros.

Atacaron con rapidez al tener espacio. Kayleen intentó ir a por su yugular, pero él se movió y esquivó el ataque dándole un zarpazo. Julian gruñó furioso ocupando el lugar de su amiga, al ver la sangre saliendo con rapidez de su pata. «Hijo de puta», pensó.

Trató de dañarle el costado sin éxito, pero inclinó la cabeza el tiempo necesario para exponer el cuello. Atik se lanzó sobre su yugular, hundió los dientes con fuerza y lo placó contra el suelo. Alaric apareció de la nada, matándolo de un solo mordisco.

Adler aulló para llamar a los demás, mientras Alaric se transformaba de nuevo.

—¿Cómo pudieron llegar hasta aquí? ¿Qué demonios ha pasado? —demandó furioso mirando a su segundo quien también se transformó.

—No tengo ni idea, pero hay que acabar el ritual. Necesitamos toda la protección que podamos conseguir —opinó Adler.

—Atik, Julian. Quedaos aquí hasta que lleguen los demás —les ordenó Alaric—. Kayleen, vuelve a la casa —le pidió mirándola.

Kayleen gruñó a modo de protesta, todavía en su forma de lobo.

—¡Vuelve a la casa! —bramó Alaric con los ojos brillando en su estado sobrenatural, proyectando su influjo de alfa sobre ella.

Kayleen no necesitó más, comprendiendo que no era el momento de discutir y distraer al alfa cuando estaban en peligro. No había nada más importante que la seguridad de la manada. Julian no tuvo ninguna duda de que acabaría en una gigantesca discusión entre los dos en otro momento.

Todos se marcharon dejándolos solos en el bosque.

Julian se transformó para acercarse al cuerpo del lobo que Alaric y Adler habían abatido. Igual que cualquier lobo, recuperaron su forma humana al morir.

—No son nadie que reconozca —murmuró confundido.

Miró a Atik que andaba en círculos alrededor de los dos cuerpos, como si todavía fueran una amenaza.

—¿Tú los conoces? —se atrevió a preguntarle.

Atik abrió y cerró las fauces a modo de respuesta.

—No pueden ser omegas, ellos son impulsivos y salvajes. Nos estaban vigilando, por lo menos estuvieron parados unos cuantos minutos. Un omega normal se habría lanzado sin dudar a por todos nosotros. Había niños allí.

Atik gruñó en advertencia. La idea de que hubieran atacado algún niño era un crimen impensable.

Usó su pie para voltear el cadáver. No había tatuajes por ninguna parte, ni marcas, ni nada que les indicase de dónde venía. Frunció el ceño, confuso. No era habitual un ataque tan obvio, ni siquiera se habían molestado en ocultarse.

Miró alrededor mientras su atención volvía a dispersarse.

—No creo que haya acabado.

Capítulo 4

Atik estuvo a su lado en apenas un segundo. Contuvo el aliento como si así pudiera averiguar algo más.

Giró la cabeza a la derecha y luego a la izquierda, no podía escuchar nada... sin embargo, sabía que había algo más.

Atik aulló con fuerza, no era una señal de alarma, preguntaba si todo estaba bien. Varios aullidos llegaron de la casa, respondiendo que no había problemas. Adler y Alaric también contestaron.

Él mismo respiró más tranquilo al entender que todos estaban a salvo, pero no conseguía quitarse esa sensación de agobio de encima.

—¿Atik? —escucharon cerca de ellos.

Solo había una mujer que podía acercarse a dos hombros lobos sin que se la percibiera. Abba.

—¿Algún intruso más aparte de estos? —preguntó mirando los cadáveres.

—No, por suerte —dijo Atik con su voz ronca al transformarse de nuevo en humano.

Ella le lanzó una de sus indescifrables miradas, haciendo que quisiera alejarse de ella. Nunca conseguiría sentirse cómodo con esa mujer. Confiaba en Abba hasta cierto punto, el alfa la admitió como un miembro más de la manada, sin embargo, una parte de él sentía que algo en ella chirriaba. La pieza de un puzle que no acababa de encajar, aunque tuviera la muesca perfecta para rellenar el hueco donde era necesaria.

No era el único, recordaba cuando Abba llegó a la manada, solo la profunda confianza que tenían en el alfa evitó que se levantaran contra él. Alguna que otra vez le había contado a Kayleen sobre sus reservas con ella, su amiga reconoció que se sentían de la misma manera. Así que, su nivel de rechazo se redujo bastante, asumiendo que esa sensación no se le iría del todo nunca, pero que no era el único que se sentía de esa manera.

—Volved a la casa, necesito hacer algunas cosas para asegurar el pueblo —les pidió ella.

—Ten cuidado, puede que haya alguien más ahí fuera —le advirtió Atik.

Abba sonrió sin preocuparse.

—Sé defenderme. Mejor llévalo pronto a casa y ve con tus hermanos, puede que te necesiten —le dijo poniéndose de rodillas en el suelo entre los dos cadáveres.

—Yo también puedo cuidar de mí mismo —protestó mientras Atik lo agarraba del antebrazo y lo sacaba del bosque.

—Ten cuidado —le advirtió cuando se acercaban a la zona que separaba el bosque de la casa.

Atik lo miró por primera vez desde que empezase todo ese desastre.

—¿Qué sabes? —le preguntó de forma brusca.

Bajó la mirada al suelo para no tener que hacerle frente a él.

—Nada. ¿Qué se supone que voy a saber? Es lógico, si nos atacaron dos podría haber más.

—¿Y es lógica de la que tenemos todos o es de la que solo tienes tú? —lo interrogó Atik.

Iba a matar a Kayleen, no volvería a contarle nada. Nunca.

—Es lógica aplastante. Sin más —respondió echando a correr hacia la casa que estaba a pocos metros.

Alaric y Adler también se acercaban por el otro lado del bosque, los dos todavía transformados en su forma de lobo.

—¡Alfa! Si te parece bien, me uniré al equipo de rastreo —ofreció mientras avanzaba.

Supo qué iba a pasar apenas dos segundos antes de que sucediera. Vio un hombre lobo viniendo directo en su dirección a toda velocidad.

Retrocedió unos pasos y le dio una fugaz mirada al alfa, quien ya estaba acudiendo en su ayuda.

Podía esperarle para hacerle frente, pero su instinto de supervivencia lo hizo girarse, transformándose para huir hacia Atik que estaba en camino, listo para enfrentarse al recién llegado.

Escuchó sin dificultad cómo varios lobos salían de la casa a defenderles.

Solo dejó de correr cuando llegó a la altura de Atik. Cualquier lobo aprendía desde niño que un lobo solitario era presa fácil, mientras que una manada era prácticamente invencible.

Los dos juntos corrieron al encuentro del lobo que estaba casi encima de ellos. Atik no esperó, ni aminoró, fue como un tren a toda velocidad contra el intruso, chocando con él usando el peso de su cuerpo. Lanzó al lobo varios metros, cayendo con él, dando vueltas mientras trataban de destrozarse el uno al otro.

Julian sabía que Atik haría eso. Era igual que sus hermanos, siempre iba de frente durante las peleas, estaba hecho para luchar. Por eso no se detuvo cuando los vio caer, corrió delante de ellos y esperó a que se separasen lo suficiente para poder morderle el cuello tratando de inmovilizarlo.

Él no era como Atik, no sabía luchar de esa manera, ni tenía el tamaño suficiente para presentar una resistencia duradera. No tuvo de qué preocuparse, Alaric mordió el cuello del lobo con saña, sin matarlo. Necesitaban que siguiera vivo para poder interrogarlo.

Adler y los demás lobos se transformaron lanzándose sobre su atacante, inmovilizándolo mientras pedían a gritos que alguien fuera a por cuerdas.

Julian se giró a mirar a Atik, que estaba sangrando en el suelo tratando de levantarse.

Se acercó a él, preocupado por la gravedad de las heridas que llenaban su pelaje de sangre en los lugares donde el lobo había conseguido morderle de gravedad.

Se transformó enseguida, arrodillándose a su lado. Estaba cubierto de sangre y a juzgar por toda la que perdía su curación no estaba funcionando.

—No te muevas, quédate quieto —le advirtió comprobando sus heridas.

Atik le gruñó tratando de apartarlo con el hocico.

—No te estás curando —murmuró con asombro al ver los mordiscos frescos. Solo eran mordeduras, tenían que curarse en minutos, salvo que fueran graves.

Observó con horror cómo la sangre seguía brotando de distintas partes de su cuerpo.

—No se cura —dijo en voz alta. Nadie se giró a mirarlo, demasiado ocupados tratando de doblegar al lobo—. ¡No se está curando! —gritó, tapando dos de sus heridas más serias con las manos para evitar que el charco que se estaba formando debajo de él aumentara.

—¿Atik? —interrogó Adler arrodillándose a su lado—. ¿Qué le pasa? —Lo miró como si esperara que le diera alguna explicación.

—Sus heridas no cierran —murmuró sin dejar de presionarlas.

—¿Cómo no van a cerrar? —preguntó Adler mirando la sangre bajar con rapidez por su tupido pelaje—. Mierda. Atik —musitó entrando en pánico al comprobar por sí mismo lo que le acababa de decir.

Adler pareció ahogarse con su propio aire, mirando horrorizado el cuerpo de Atik que empezó a temblar mientras se transformaba en humano.

—¡Mashie! —bramó Adler con sus ojos brillando de manera sobrenatural—. ¡Necesitamos ayuda! ¡Traed a Mashie de la casa!

—Se ahoga —dijo alarmado poniendo la cabeza de Atik en su regazo para mantenerla ladeada. Observó la sangre oscura que salía de su boca sin entender qué le sucedía.

—¡Mashie, maldita sea tu sangre! ¡Ven aquí, ya! —gritó dejándose la voz—. ¡Alaric!

El alfa cayó de rodillas al lado de su hermano, con la misma cara horrorizada que Adler.

—¿A qué huele? —preguntó Alaric tocando su cuerpo para ver sus heridas—. ¿Y por qué demonios no se cura?

Todo el cuerpo de Atik se contorsionó en una violenta convulsión antes de empezar a vomitar un líquido negro.

—Está envenenado —adivinó Alaric tratando de ayudarle a mantenerlo quieto mientras intentaba que no se ahogara con su propio vómito—. ¡Mashie! —bramó encolerizado el alfa.

—Su sangre está tratando de curarle —musitó Adler sujetándolo con los dos brazos para que no se hiciera daño al temblar—. Aguanta, hermano.

Alaric gateó hasta el otro lado de Atik para quedar cerca de su cabeza.

—Resiste —le ordenó el alfa a pesar del terror que se veía en su cara—. Eres un Madsen, hermano. Lucha. ¡Mashie! ¡Te mataré con mis propias manos! —gritó fuera de sí con los ojos brillando de forma amenazante.

Abba apareció corriendo desde el bosque. Miró apenas unos segundos lo que estaba pasando y se arrodilló a su lado, poniendo la mano sobre la frente de Atik sin dejar de murmurar palabras que a pesar de su cercanía no consiguió entender.

—No le queda mucho tiempo —dijo ella abriendo los ojos para mirar al alfa.

—¿Qué? —inquirió con brusquedad Alaric.

—¡No! —gritó Adler poniendo la mano sobre el brazo de Atik.

—Sálvalo. Haz lo que sea necesario. Lo que tengas que hacer, no me importa. Salva a mi hermano —le ordenó Alaric de manera amenazante.

Julian miró alrededor, nadie se había quedado para averiguar qué había pasado con Atik. No era importante, lo sabía y aun así le dolió como si se lo hubieran hecho a él. Era un miembro de la manada, nadie debería ser desechado de esa manera. No era justo, no fue culpa suya que su padre tuviera otro hijo.

—¿Qué estás dispuesto a perder? —le preguntó la bruja con una voz sinuosa que le dio escalofríos.

No, esa mujer nunca le gustaría. Puede que no tuviera malas intenciones con la manada, pero seguía siendo una bruja. Propensa a la ocultación y las dobles verdades, nada de lo que hacían o decían era nunca algo simple.

—Lo que haga falta —respondió Alaric sin dudar.

—Bien, entonces vivirá —resolvió Abba con una sonrisa que no le gustó nada—. Dame la mano, alfa —le pidió extendiendo la suya.

Alaric lo hizo sin pararse a pensar, pero Adler se la apartó de un manotazo.

—No, tú no —le ordenó con dureza a su hermano mayor—. ¿Qué estamos pagando exactamente? —preguntó a la bruja.

Julian se sintió aliviado de no ser el único que estuviera desconfiando de ese trato.

—¿Importa? —le respondió ella con suavidad.

—No —admitió Alaric volviendo a poner la mano sobre la de Abba.

—Sí —le contradijo Adler dedicándole una mirada furiosa—. Eres el alfa. Nada justifica que te pongas en riesgo.

—Él no es nada. Es nuestro hermano pequeño —le recordó Alaric con crudeza.

—Eso es cierto. Pero tu hermano es prescindible —señaló ella sin delicadeza.

La boca de Julian se abrió por la sorpresa. ¿Cómo podía decir algo tan cruel delante de su propia familia? Todos hablaban de Atik a sus espaldas, pero jamás se atreverían a hacer un desplante directo delante de ninguno de ellos.

La reacción del alfa fue aún más desconcertante que el comentario de la bruja, ya que Alaric rara vez perdía los nervios.

El alfa la agarró del cuello con violencia acercando su cara a la suya.

—Te arrancaré la garganta, si vuelves a decir algo así —la amenazó hablando apenas a unos centímetros de su cara—. Atik es mi familia.

—Perdón, alfa —murmuró Abba con dificultad.

Julian calaba bien a la gente y supo sin dudar que su respuesta apocada, se debía a la falta de aire, no a que estuviera asustada.

Alaric la soltó, dedicándole un gruñido amenazador.

—Solo tomaré tu fuerza para curarlo —le explicó Abba, con una actitud mucho más cuidadosa—. Te dejará debilitado durante un tiempo, pero no es permanente.

—Bien —cedió el alfa antes de que Adler le interrumpiera de nuevo.

—Toma la mía, no hay nada que no esté dispuesto a dar por mi familia —le aseguró Adler dándole la mano a la bruja—. La manada te necesita ahora, hay que averiguar cómo llegaron aquí y qué le hicieron a Atik —le advirtió mirando al alfa con seriedad.

—Basta —los interrumpió al ver que Alaric iba a discutir—. Úsame a mí, no soy importante para la defensa de la manada. No podemos permitirnos que el alfa o el segundo se debiliten en este momento —dijo con decisión dándole la suya.

Abba lo observó sin molestarse en ocultar su sorpresa.

—Es mejor que sea uno de ellos, son más fuertes. Si lo haces tú, tendré que tomar más de tu energía —le advirtió Abba mirándole directamente a los ojos.

Un escalofrío le recorrió el cuerpo, una lejana señal de advertencia. Como una campana repicando en lo alto de una montaña. Algo se agitó dentro de él, no fue un sentimiento negativo, era una señal que no supo interpretar porque nunca la había sentido antes.

—Julian, esto no es tu problema —le recordó Alaric.

Miró al alfa, renuente a romper el contacto con la bruja, aun intentando comprender qué estaba pasando.

—No puedo consentir que mi alfa se debilite si puedo hacer algo para evitarlo. La manada debe luchar unida para sobrevivir. No creo que yo sea de mucha ayuda ahora mismo, pero puedo hacer esto. Atik es un miembro de la manada, igual que yo. No es un sacrificio, estoy cuidado de los nuestros.

La sonrisa de orgullo del alfa lo pilló desprevenido.

—Sí, que lo es. Los dos lo sois. Gracias, por asistirlo, por quedarte con él y por hacer esto —le dijo Alaric poniendo la mano en su hombro.

—No lo olvidaremos —le prometió Adler.

Negó con la cabeza para desdeñar su comentario y extendió la mano a la bruja de nuevo, conteniendo las ganas de retirarla cuando se la agarró.

Abba le dedicó una sonrisa burlona.

—No te resistas, será peor si lo haces.

Capítulo 5

Sentía la cabeza ligera, sus pensamientos volaban lejos de él, no era capaz de enfocarlos para mantenerse despierto, así que dejó que el sueño se lo llevara de nuevo.

La segunda vez que pasó, fue consciente de más cosas. Estaba desnudo en una suave y confortable cama, y un brazo se presionaba contra el suyo. Notaba como si una cuerda cálida uniera su muñeca a algo absorbiendo su energía poco a poco. Trató de levantar su mano para alejarse, pero cayó inconsciente de nuevo.

La tercera vez que volvió en sí, se obligó a abrir los ojos. Por la ventana podía ver la oscuridad de la noche. No reconoció el techo, tampoco la habitación ni nada de lo que lo rodeaba, pero sí al hombre que estaba a su lado. Atik le miraba fijamente como si quisiera ver dentro de él.

Había una especie de halo blanquecino rodeándole, parpadeó despacio seguro de que era un extraño efecto de la luz de la luna filtrándose entre la ventana abierta de la habitación. No, era de verdad. Movido por la curiosidad levantó la mano, necesitaba saber si era tangible. Dejó su mano colgando delante de él, su piel también brillaba con el mismo resplandor claro.

—¿Por qué lo hiciste? —le preguntó Atik sobresaltándolo.

Volvió su atención a él, las sábanas se arremolinaban en sus caderas, mostrando su pecho desnudo. Tragó con fuerza al ver sus abdominales marcados y el fino rastro de vello que bajaba desde su vientre hasta lo que cubría la tela. Parecía recuperado y fuerte. No había nada que indicara que estuvo a punto de morir apenas unas horas antes.

Volvió a tragar de forma ruidosa, apartando la mirada del cuerpo de Atik.

—¿Qué esperabas pedirle a mi hermano a cambio? —siguió interrogándolo.

—¿Cómo dices? —preguntó moviéndose un poco para alejarse de él, sin mucho éxito.

—Querías ganarte el favor del alfa y me usaste para ello. No te culpo, es una buena jugada. Nadie había llegado a tanto para lograrlo —le felicitó Atik con acritud.

La boca de Julian se abrió por la sorpresa.

—Voy a ignorar el insulto porque estar desnudos en una cama ya es lo suficientemente violento. Así que, para mantener la paz, voy a suponer que tu mala educación es fruto de estar al borde de la muerte y que en vez de decir eso me diste las gracias de manera amable. De nada —terminó de forma mordaz.

Atik entrecerró los ojos con el rostro convertido en una máscara de furia.

—¿Darte las gracias?, ¿por qué? ¿Por conseguir que el alfa esté en deuda contigo? Mi hermano y yo no somos la misma persona, no funciona así. Pon el precio que quieras, pero no metas a Alaric en esto. No tienes derecho.

Julian lo miró en silencio mientras su mente se centraba a marchas formadas, quería enfadarse con él y darle un puñetazo por idiota. Sin embargo, lo que veía era a un hombre herido que anticipaba el golpe antes de recibirlo.

—Nunca haría algo así. No espero que me den nada a cambio, aunque un gracias no estaría mal, pero no voy a pedírtelo. Ni a ti, ni a nadie —le interrumpió con firmeza al ver que iba a hablar—. Te hirieron porque corriste a ayudarme —le recordó.

—No es lo que yo recuerdo —murmuró Atik frunciendo el ceño.

—Tus hermanos se ofrecieron a darte su fuerza, pero yo era la mejor opción para evitar que se debilitaran y poder ayudarte a ti. Si lo recuerdas de otra forma es porque tú te golpeaste con más fuerza de la que deberías. Haz que Mashie te examine de nuevo.

Atik se dejó caer bocarriba en la cama, soltando un bufido de desprecio.

—Como si fuera a venir —murmuró con rencor.

Julian se mordió los labios para no decir nada.

—¿Por qué no acudió a la llamada del alfa? —terminó por preguntar arriesgándose a otra mala contestación.

Atik lo miró de reojo, como si tratara de decidir si merecía la pena responderle.

—Una de las lobas se puso de parto —dijo después de un rato.

—¿Hay un nuevo bebé en la manada? —preguntó esperanzado. Adoraba a los niños, era un bien escaso y muy valioso entre los de su raza.

—No —contestó Atik de forma seca.

—¿Murió? —adivinó horrorizado.

—No, fue una falsa alarma.

Julian sabía que no debía, pero el sonido de desprecio que hizo le salió del alma. Estaba claro que era una excusa para no ayudarlo.

Por los labios de Atik pasó una fugaz sonrisa que desapareció con tanta rapidez que creyó que se lo había imaginado.

—La bruja dice que tenemos que pasar la noche aquí, su hechizo tiene que completarse. Cuando llegue el alba podrás marcharte —le explicó Atik mirando al techo.

—O podrías irte tú —le respondió cubriéndose mejor con la sabana.

—Esta es la casa de mi familia —protestó Atik.

—No estamos en tu habitación —dijo a toda velocidad mientras echaba un vistazo alrededor. No había ni una sola cosa que indicara que fuese el cuarto de nadie. Ni detalles, ni adornos sobre la cómoda o las paredes—. ¿O sí?

—No, yo no vivo aquí —contestó con tranquilidad.

—Pero es la casa de tu familia. Supongo que tendrás una habitación —dijo confuso. Todos creían que los tres hermanos compartían casa.

Atik no le contestó durante bastante tiempo, por lo que pensó que ya no lo haría.

—No desde que murió mi padre —le respondió alzando una ceja cuando vio su gesto desconcertado porque le hubiera respondido—. Es por el hechizo, nuestras energías están unidas... Simula... —pareció pensar sus palabras con cuidado antes de continuar—, una falsa sensación de intimidad. Desaparecerá en cuanto nuestras energías se separen.

—Al alba —recordó en voz baja. Claro que le sorprendía que estuviera respondiendo sus preguntas. Atik no hablaba con nadie, menos aún de temas personales—. Creo que solo te pasa a ti. Yo no noto nada especial —dijo con sinceridad.

Atik le dedicó una sonrisa ladeada muy poco frecuente en él.

—¿No? —quiso saber Atik.

—No, nada. Todo es igual que siempre —contestó.

—¿No percibes algo extraño? —le preguntó con interés haciendo brillar sus ojos azules.

Eran muy bonitos, su mirada siempre era fría y distante, pero el color era precioso y ayudaba a destacar más sus rasgos. Su nariz no demasiado grande, la sombra de barba enmarcando su boca. Su labio inferior era de un rosado suave y más grueso que el superior.

—¿Nada aún? —insistió Atik con un brillo en sus ojos que indicaba que no le creía.

Dejó salir el aire. Nada era justo lo contrario a lo que le estaba pasando por dentro. Su cabeza se había llenado de imágenes en las que sus labios estaban muy implicados.

—No —contestó en voz baja—. Nada en absoluto. Quizá es porque tú te quedaste más débil, por estar al borde de la muerte. Yo estoy... normal. —Su voz se perdió mientras Atik se giraba hacia él. Apenas se acercó unos centímetros, pero su proximidad parecía demasiado en ese momento.

—¿Débil? —repitió Atik como si fuera una palabra ajena a él.

—Sí... por el veneno... Yo te vi caer, estabas pálido y... frío... y...

Atik terminó su movimiento, inclinándose sobre él lo suficiente como para que pudiera percibir su calor, el halo que todavía lo rodeaba pareció aumentar de brillo.

—Y ahora no lo estás —terminó. Miró a cualquier parte menos a él. Todos los lobos se habían visto desnudos antes en mayor o menor medida, las transformaciones eran constantes, así que nadie se preocupaba por eso. Procuraban mirar directamente a la cara para mantener la intimidad, así fue siempre y los adultos de la manada se encargaban de instruir a los más jóvenes para conservar esa costumbre.

Sus ojos recorrieron la piel de su pecho, tersa y tostada por el sol, sus pectorales esculpidos y los músculos tersos y marcados de su vientre.

—¿Debería cerrar la ventana? —la voz ronca de Atik interrumpió sus pensamientos. Sobresaltado, alzó la vista, encontrando sus ojos azul oscuro, convertidos en dos pozos ardientes de necesidad.

Atik no necesitaba explicar más, sabía perfectamente lo que le estaba preguntando. El sexo no era algo ajeno, como lobos, sus instintos naturales permanecían más a flor de piel que la de un humano. Los encuentros casuales no se le daban muy bien, había tenido algunos compañeros, pero siempre con lobos de fuera de su manada para evitar momentos incómodos. Prefería eludir situaciones así en su día a día.

Atik no se parecía a ninguno de ellos y a pesar de que nunca lo reconocería en voz alta, hacía tiempo que Julian se había fijado en él. Asintió con la cabeza sin romper el contacto.

—Ciérrala —pidió bajando la voz.

Atik no insistió, fue directo a la ventana. Todos los lobos de la manada estaban apenas a unos pocos kilómetros de ellos, si tenían sexo sin cerrarla todos lo sabrían casi antes de empezar.

—¿Ocurre algo? —preguntó al ver que no se movía.

—A mi hermano va a darle un ataque —murmuró él con un matiz de diversión que no le pasó desapercibido.

Julian agarró las sábanas para cubrirse por la vergüenza al escuchar nombrar al alfa.

—¿Por esto? —quiso saber.

—Por la lluvia —contestó Atik extendiendo la mano al exterior.

Los rayos rompieron el cielo con un sonido atronador y la lluvia empezó a caer con fuerza.

—¿Tuvieron tiempo a acabar el ritual? —preguntó preocupado.

—Sí, hace casi una hora. Aceleraron el proceso para conseguir las cenizas, todavía están espaciándolas por todo el pueblo —lo tranquilizó cerrando la ventana.

La luz de la luna iluminaba tenuemente la habitación a través de las finas cortinas, recortando la figura de Atik. Julian suspiró, mirándolo sin disimular, recreándose en cada rincón de su cuerpo.

Atik no era vergonzoso, se tomó su tiempo mientras iba hacia él. ¿Cómo iba a serlo? No tenía nada de lo que avergonzarse, su cuerpo tembló al ritmo del sonido de sus pasos en la madera, anticipándose a cómo se sentiría al tenerle.

Atik se detuvo a los pies de la cama, dedicándole una mirada que lo hizo entrar en calor en apenas un segundo. Agarró con una mano las mantas tirando de ellas despacio, todo un depredador dispuesto a jugar con su presa.

Dejó que se saliera con la suya, permitiendo que las apartase. La suave sábana acarició su cuerpo en su camino, rozando su pecho, caderas, muslos y piernas hasta retirarse del todo.

Julian cerró los ojos tratando de enfriarse, iba a ponerse en ridículo, era imposible que estuviera tan excitado cuando Atik ni siquiera lo había tocado.

Se obligó a respirar despacio, concentrándose en su respiración.

La habitación se quedó en silencio, el repiqueteo de las gotas de lluvia resonaron contra la ventana. El sonido del viento se coló a través de alguna rendija de la casa, pasando bajo la puerta, creando un curioso murmullo. Los latidos de su corazón palpitaban en sus oídos, uno, dos, tres, cuatro. ¿Dónde estaba Atik? ¿Por qué lo hacía esperar?

Notó su cálida mano agarrándole del tobillo, rodeándolo con los dedos mientras acariciaba su piel con el pulgar. Fue un chispazo, apenas duró un segundo, pero un violento escalofrío recorrió su cuerpo por completo.

Apretó los ojos con más fuerza, respirando de forma errática. Su corazón latía cada vez más alto en sus oídos, acallando tenuemente el sonido exterior y toda su energía se concentraba en él.

Las grandes manos de Atik se deslizaron despacio por sus piernas hasta llegar a las rodillas, tirando de su cuerpo hacia abajo.

Un gemido abandonó sus labios llenándolo de necesidad. Lo deseaba tanto que todo su cuerpo parecía sintonizado con él, haciéndole consciente de cada toque por mínimo que fuera y de cada pequeño fragmento de piel que estuviera en contacto con la suya.

Sintió como una fuente de calor irradiaba contra su cuerpo sin tocarlo, erizándole la piel. En el exterior, la tormenta aumentaba de intensidad.

Nervioso, Julian deslizó la lengua por su labio superior sin saber qué estaba pasando, pero sin tener el valor suficiente para abrir los ojos y averiguarlo.

El colchón volvió a hundirse, esta vez a la altura de su codo y su cabeza.

Sintió sus labios hormiguear y su piel templarse. El aire dejó sus pulmones de un solo golpe y cuando trató de volver a llenarlos percibió el delicioso y profundo olor a bosque y piel. Atik, tan especial y particular que estaba seguro de que nunca olvidaría su esencia.

Necesitaba un beso, dos... mil. Tenía que saber ya cómo era besarle.

El relajante sonido de la lluvia se extendía ahora por toda la casa cubriéndolos con un manto de calma, aislándolos del exterior. El viento lamía con fuerza los cristales de la ventana creando una especie de sintonía perfecta.

Aspiró una torpe bocanada de aire buscando una calma que parecía incapaz de alcanzar.

Atik agarró su mano y la llevó hasta el centro del pecho, dejándole allí para que hiciera lo que quisiera.

Se quedó quieto presionando las yemas de sus dedos tibios contra su piel ardiente, respirando sin atreverse a ir más allá, anhelando al mismo tiempo que algo pasara.

Tomó valor para subir a su cuello, su dedo índice encontró la línea de su mandíbula y antes de que pudiese darse cuenta estaba dándole vida a su rostro con las manos.

—¿Me tienes miedo? —Esa no era la voz de Atik. Era una caricia disfrazada de sonido, algo cálido y ronco, creado especialmente para ese instante.

—No —murmuró recorriendo sus labios con las puntas de los dedos.

—¿Eres virgen? —le preguntó él bajando aún más la voz.

Jadeó mientras negaba con la cabeza, solo la idea de tenerlo en su cuerpo lo hacía perder el control.

Su miembro se endureció con tanta fuerza que casi resultó doloroso. Un vergonzoso y suave quejido abandonó sus labios sin permiso cuando sus dedos fueron capturados por la boca caliente de Atik.

Echó la cabeza hacia atrás excitado, sintiendo como la necesidad encendía sus entrañas, deslizándose con rapidez por cada parte de su cuerpo. La lengua de Atik pasó por la punta de sus dedos chupando con suavidad antes de meterlos un poco más en su boca.

Julian retiró la mano para no avergonzarse a terminar sin haber empezado. Atik no iba a necesitar ni tocarle si seguían así.

—Tu olor es dulce y espeso. Sin adulterar —le señaló Atik hablándole al oído.

Los lobos mezclaban su esencia y la modificaban cada vez que tenían sexo, la suya permanecía inalterable y aunque no sabía a qué se debía, siempre le había resultado reconfortante.

Incapaz de hacer otra cosa, Julian lo agarró del cuello y tiró de él para un beso desesperado. La lengua de Atik se deslizó en su boca, controlando el beso en apenas un segundo. Se sumergió con prisa, como si estuvieran disputando una carrera y no estuviera dispuesto a ser el perdedor.

Julian separó las piernas sin darse cuenta, dejando que el cuerpo ardiente de Atik cayera sobre el suyo. Siseó al notar su erección contra su muslo, cálida y rígida.

Su mano libre acudió de forma natural a la parte baja de la espalda de Atik tratando de acercarlo más. Quería tener su olor por todo el cuerpo, fundir el calor de su piel con la suya, beber directamente de su boca el sabor enloquecedor de su misterioso dueño. Levantó las piernas, rodeando sus caderas con ellas en un intento de tenerle más cerca.

Aquella parecía ser la señal que Atik estaba esperando, rompió el beso respirando sobre sus labios como si estuvieran corriendo la carrera de sus vidas. Lo movió a su antojo dejando que sus necesitados miembros se rozaran para iniciar un suave vaivén.

Julian jadeó bajito lamiéndose los labios, pidiéndole con la mirada lo que su boca se moría por rogar. Necesitaba mucho más, quería todo lo que pudiera tener de él. Era insoportable que no lo estuviera tocando, que hubiera partes de su cuerpo que todavía no conocieran su tacto.

Atik le dedicó una mirada oscura, lanzándose a por su boca, todo su cuerpo estalló en calor en cuanto sus labios volvieron a estar sobre los suyos. Incapaz de pensar a través del velo de necesidad en el que estaba, se agarró con fuerza a su espalda, respondiendo a sus movimientos.

Atik recorrió sus labios milímetro a milímetro hasta aprendérselos de memoria. Los mordió hasta que estuvieron sensibles y se había familiarizado tanto con el tacto de los suyos, que ya no podía distinguir su propio sabor.

Se besaron una y otra vez, hasta que su corazón latió al mismo ritmo que el de Atik en una perfecta y extraña sincronía.

Era demasiado, sus cuerpos parecían hechos para encajar juntos, su esencia mezclada era el mejor de los perfumes. Estaba perdido en una nube de placer que no dejaba de ascender. Sus pubis rozándose, sus sexos húmedos acariciándose y resbalando juntos mientras sus caderas se mecían al unísono.

Rompió el beso, sujetándose con fuerza a sus bíceps y buscando su mirada. Gimió contra su boca, incapaz de contenerse ni un segundo más, se corrió entre sus cuerpos sin dejar de moverse y un intenso orgasmo le quitaba la capacidad de pensar.

Todo pareció quedarse suspendido en la nada mientras él flotaba en un limbo de placer. Cuando todavía no podía ni pensar, los dedos de Atik entraron en su cuerpo relajado, preparándole para él.

Gimió sobreestimulado, respondiendo a la suave intrusión con un gemido. No quería sus dedos, lo quería a él.

Atik jadeó como si le adivinara el pensamiento, en sincronía con él como no lo había estado nadie. Una de sus manos le agarró la pierna por debajo de la rodilla, levantándola apenas antes de sentir una delicada presión en su entrada.

La punta de su ancho miembro entró con facilidad, sus apretados músculos se tensaron alrededor provocándole un anhelo que ni siquiera sabía que podía sentir. Gimió de forma lastimera, moviendo las caderas contra él, buscándole.

La ronca y sensual risa de Atik resonó en la oscuridad, pero apenas reparó en ello. Toda su atención estaba en la manera suave en que su duro miembro atravesaba su entrada introduciéndose poco a poco hasta la mitad, dejando que se acostumbrase a su tamaño.

—Atik... —gimió mareado buscando su boca, alzó las caderas haciendo palanca con sus piernas para recibirlo por completo dentro de su cuerpo.

Atik respondió al beso igual de ansioso, ahogando un gemido en su boca. Apenas le dio unos segundos de descanso antes de empezar a moverse despacio dentro de él.

Agarró sus caderas con las manos guiando los movimientos de Atik, mostrándole el ángulo adecuado para él. Atik se lo recompensó mordiendo su labio inferior mientras golpeaba ese punto exacto sin descanso.

—Atik... —llamó desesperado sintiendo su cuerpo arder.

Los movimientos crudos y contundentes de Atik lo destrozaban deshaciéndolo y completándolo de una manera que no alcanzaba a entender.

—Por favor... Atik... es demasiado... esto es... —repetía sin dejar de gemir, incapaz de mantenerse en silencio. Tocó cada pequeña parte de su cuerpo que tenía a su alcance, tratando de mezclarse con él tanto como pudiera.

Un espasmo de placer lo atravesó quitándole la respiración durante unos segundos. Sus piernas rodearon por completo sus caderas, haciendo que se hundiese más profundamente en su cuerpo.

—Por la diosa... ¿Qué me estás haciendo? Atik... —jadeó besando y lamiendo su cuello, perdiendo la noción de lo alto que estaba gritando y de cualquier cosa que no fuera él.

Atik le separó las piernas con brusquedad para poder profundizar las embestidas, haciéndolas mucho más fuertes. Clavó los dedos en su espalda, sintiendo la cabeza ida, mareado y apenas capaz de meter aire en sus pulmones que parecían a punto de colapsar.

Sus desenfrenados latidos resonaban en sus oídos de forma salvaje, su corazón bombeaba con frenesí, el roce de su piel abrasaba la suya a cada embestida.

Iba a morir en ese momento, no podía aguantar... no podía soportarlo... se moría... se estaba muriendo.

Su parte lobo, que había estado sorprendentemente callada, pareció estallar en su interior. Julian reaccionó por instinto, mordió con fuerza el cuello de Atik corriéndose de nuevo mientras le sentía derramarse en su interior.

Capítulo 6

Recuperó la consciencia apenas unos segundos después, con Atik todavía sobre él, tratando de respirar.

Se miraron a los ojos sin entender qué acababa de pasar. Habían terminado, pero ¿por qué parecía que estaban empezando?

Su piel sensibilizada, su respiración errática, su cuerpo aún abierto y satisfecho, con el miembro de Atik, todavía dentro de él.

Sentía como si algo en su interior se hubiera despertado, pero no tenía ni idea de qué. Su cuerpo vibraba lleno de una extraña energía, relajado y en tensión al mismo tiempo.

—¿Estás bien? —La voz de Atik lo atravesó expandiéndose por toda su piel como una caricia.

No quería responder, se negaba por completo. Sabía que en el momento que hablasen, todo habría llegado a su fin. No podía acabar ya, le faltaba algo, estaba absolutamente seguro.

Deslizó las palmas de las manos por su espalda húmeda sin pensar, disfrutando del tacto de sus músculos, volvió a subirlas por sus costados para luego bajar despacio.

Podía detenerse ahora, debía hacerlo sin duda alguna, sin embargo, cuanto más tiempo pasaba recorriendo aquella piel, más seguro estaba de que iba en la dirección adecuada. Le encerró entre sus brazos, sosteniéndose a la parte baja de la espalda volviendo a poner las piernas en torno a sus caderas.

La mano de Atik fue a su rodilla, ayudándole a mantener la posición mientras le dedicaba una profunda mirada, intentando descifrar qué era lo que pretendía... solo tardó unos segundos en volver a besarle como si todavía no estuvieran saciados. Ninguno de los dos lo estaba.

Cada vez que sus lenguas se rozaban, pequeños golpes de placer explotaban por todo su cuerpo. Podía sentir dentro cómo se endurecía su sexo, aumentando aquella sensación de necesitad que lo invadía.

Volvió a adelantar las caderas en una súplica silenciosa, pero en vez de obedecer, Atik rodó sobre su espalda arrastrándole con él.

Gimió con disgusto por el cambio de postura, se sentía demasiado visible y expuesto..., pero solo hizo falta una primera embestida de Atik para que cambiara de opinión.

Su miembro estaba enterrado profundamente dentro de él y cualquier movimiento parecía multiplicar la sensación de placer.

Apoyó las palmas de las manos sobre su pecho, dejando de besarle, dispuesto a tomarlo entero dentro de su cuerpo. Probó a moverse hacia delante, dedicándole una mirada llena de deseo que era incapaz de contener. El olor de ambos inundaba la habitación, dejándoles saber lo ansiosos que estaban en ese momento.

Un espasmo de placer recorrió su columna vertebral con violencia cuando quedo por completo dentro de él. Echó la cabeza hacia atrás, gimiendo en un estado de dicha y plenitud que le era ajeno hasta ese momento.

Colocó la mano bajo su ombligo, tratando de tomarse un respiro para calmarse.

Atik lo sujetó de las caderas con firmeza, dibujando un círculo amplio con ellas que le robó la respiración, seguido de uno más corto que lo obligó a morderse los labios antes de gemir deshaciéndose sobre su cuerpo.

Sus ojos azules brillaban mientras lo devoraba con la mirada, como si supiera lo que estaba sintiendo y disfrutase de verle de esa manera. Atik lo levantó un poco usando solo la fuerza de sus brazos, separándolo para alzar las caderas y golpear su próstata con cada embestida.

Su cuerpo estalló en llamas, respondiendo a la provocación del lobo. Se agarró a sus antebrazos, curvando su espalda mientras gemía para él, apretando sus músculos internos por el movimiento, arrancándole a Atik un gruñido excitado que le supo a gloria.

—Atik... —llamó en un murmullo.

Él se sentó en la cama, abrazándole sin dejar de moverse para poder volver a besarle con hambre y fiereza.

Julian se agarró a sus hombros, usándole de ancla para moverse más rápido.

Las manos de Atik le sujetaron del culo, haciendo que su miembro casi saliese de su cuerpo, antes de dejarle caer con fuerza sobre él, arrancándole gemidos que en circunstancias normales lo avergonzarían bastante.

—Atik... —Un fuerte gemido abandonó sus labios, estaba cerca—, por favor... —pidió sin vergüenza alguna rogando por su liberación.

Atik rugió en su cuello antes de morder su piel con fuerza mientras lo manejaba para penetrarlo sin compasión, usándole a voluntad.

Julian entrelazó las manos en su pelo, buscando su boca entre jadeos mientras sus cuerpos se golpeaban sin control. Era un éxtasis sentir todas aquellas sensaciones sin nombre arremolinándose en su vientre, el adictivo roce de su piel contra la suya, su miembro reclamándolo como si fuera su dueño.

El orgasmo lo golpeó con mucha más intensidad que antes, tomándolo por sorpresa. Durante un segundo dudó de que el suelo no se estuviese abriendo bajo sus cuerpos y el mundo no fuera a acabar en ese momento.

Contrajo los músculos con fuerza sin dejar de gemir contra su boca, disfrutando de la sensación mientras Atik seguía empujando todavía, corriéndose dentro de su cuerpo con abandono para desplomarse en la cama, llevándole con él.

Durante unos minutos no supo dónde estaba, qué día era, o cuál era su nombre... Cerró los ojos sin un gramo de energía, dejando que el cansancio se hiciera cargo de sus músculos cansados y su mente se sumiera en la nada.

Se despertó al amanecer, enredado entre las sábanas de una cama vacía que tenía el mejor olor que había percibido en su vida. Dejó que su mente se fuera aclarando mientras se estiraba y disfrutaba de los pequeños estremecimientos que el movimiento arrancó de su cuerpo todavía sensibilizado.

Había ropa suya sobre la cómoda y ningún rastro de Atik, usó sus sentidos intentando averiguar si quedaba alguien en la casa. Se extrañó de encontrarla vacía, pero aprovechó para vestirse con rapidez y saltar por la ventana. Corrió hasta casa por los caminos del bosque para asegurarse de que no se encontraba con nadie. Cualquiera que pudiera olerle en un radio de un par de kilómetros sabría lo que había estado haciendo y con quién.

Ya era bastante malo que lo hubiera hecho con Atik, que además de ser de la manada era uno de los hermanos Madsen.

No se arrepentía de acostarse con él, fue el mejor sexo que había tenido en su vida, pero sí de cómo pasaron las cosas. En algún momento sus hermanos tuvieron que volver a casa, no se podía ni imaginar lo incómodo que sería mirarlos a la cara.

¿Le creerían si les decía que la culpa fue del hechizo? Porque sin duda tuvo que ser eso, Atik nunca se había detenido a mirar en su dirección más de una vez.

Tampoco lo hizo él, sabía que Atik era guapo de una forma objetiva. Solo había que tener ojos en la cara, sin embargo, nunca pensó más allá de eso. Era demasiado inaccesible y melancólico como para imaginarle de esa manera.

Tuvo que ser por la magia, había estado antes en su presencia, incluso entrenó con él alguna vez y nunca sintió nada especial hasta la noche anterior. Sin duda algo los había influenciado. Se preguntó qué pensaría Atik de todo eso.

Se apresuró a meterse bajo el chorro de agua y a enjabonarse, no una ni dos, sino hasta tres veces, tratando de borrar cualquier posible rastro de Atik de su piel.

Mientras se duchaba no pudo evitar contener el gesto de decepción de su cara, la esencia que crearon juntos era realmente especial. Se preguntó si se debía a que, por primera vez su olor se había mezclado con el de otra persona. ¿Le pasaba eso a todo el mundo?

Se secó con fuerza, tratando de alejar el cansancio que todavía arrastraba. Su olor había cambiado un poco, pero no lo suficiente como para que alguien pudiera percibirlo. No fue tanto problema limpiarse, las marcas serían mucho más difíciles de disimular, pensó viendo los chupetones oscuros de sus hombros y el mordisco de Átik en su cuello.

Se estremeció al pasar los dedos por encima, toda su piel se erizó al contacto y parecía que tenía su boca de nuevo sobre él. No estaba bien morder a alguien con quien no se tiene una relación, el lobo puede interpretarlo como un reclamo. Intentó enfadarse, pero sabía que no tenía ningún derecho porque fue él quien mordió primero.

Salió desnudo a su habitación, se puso unos vaqueros y un jersey fino de cuello alto. Rara vez sentía frío, así que no solía abrigarse demasiado. Su móvil empezó a sonar antes de que pudiera ponerse las zapatillas de deporte.

—Vas tardeee —le canturreó su jefa en cuanto descolgó.

—Ya lo sé —contestó cogiendo las llaves y prácticamente abalanzándose por la puerta.

—¿Es por el ataque de ayer? Si todavía no te has recuperado puedo llamar a Marla y cambiarle el turno —le ofreció Ruby preocupada ante la idea de que fuera así. Más que una jefa, era como un miembro de su familia.

Ruby montó la panadería con su marido, Ronald que había muerto cinco años atrás. Ahora, ella y su hija, Francine, llevaban el negocio que estaba en la parte de los humanos del pueblo. Tenían tres personas más contratadas además de él. El novio de Fran, Eddie que era panadero. Marla que atendía la caja y Benji uno de sus sobrinos que trataba de aprender el oficio de Eddie. Era un negocio familiar y bien avenido, en el que todos estaban al tanto de cada detalle de sus vidas.

—¿Sabes qué pasó con los intrusos de ayer? —preguntó subiendo a su coche.

—Muertos todos, el alfa dice que no hay por qué preocuparse —le contestó Ruby sonando calmada.

Alaric era un alfa sincero y abierto, si él decía que no pasaba nada, podían estar tranquilos. A pesar de saberlo no pudo evitar fruncir el ceño, todavía no muy convencido.

—Ya estoy de camino —la informó—. ¿Tendré algún bollo caliente para cuando llegue?

Ruby se rio haciéndole sonreír también.

—Sabes que Eddie siempre tiene algunos apartados con tu nombre —le aseguró ella.

Colgó riéndose mientras aceleraba.

Empezó a trabajar allí los veranos, su segunda madre era amiga de Ruby y pensó que le vendría bien tratar con más gente. Ella tenía razón, como siempre. Le encantó, el ritmo de trabajo era suficiente para entretener su cabeza inquieta y el ambiente cálido lo ayudó a curar algunas heridas. Además, allí conoció a Kayleen que era sobrina de Ruby.

—Buenos días, cielo —lo saludó Ruby dejando con la palabra en la boca a la mujer que estaba atendiendo.

Ruby's era un local de planta baja, con el interior pintado en un potente color rojo intercalado con paredes de ladrillo blanco. El suelo era de cálida madera y los muebles de una más oscura que tenía el encanto de las pastelerías de los años veinte.

Las vitrinas llenas de pastelitos y dulces ocupaban una gran superficie del local, detrás de ellos estanterías con pan y panecillos recién hechos. La parte del café y bebidas estaba al final del mostrador, donde una antigua caja registradora negra le añadía encanto al entorno tranquilo y agradable.

Él sonrió entrando por detrás del mostrador para dejar un beso en su mejilla antes de ir a la trastienda.

—¡Muerto de hambre suplicando comida! —anunció entrando a la cocina.

Eddie se rio entre dientes mientras sacaba una bandeja de croissant de uno de los hornos.

—¿Cuándo no tienes hambre? —le preguntó Fran sentada en la mesa donde solían comer.

—Nunca, preocúpate el día en que no quiera comer —contestó besándola también. Fran sonrió tocándole la cabeza como si fuera un niño.

—Aquí tienes, Juls. —Benji le pasó una pequeña bandeja con dos bollos decorados con azúcar en polvo.

—Aquí está tu café solo. Como a ti te gusta —le dijo Ruby pasándole una taza.

—¿Qué? —inquirió al verla fruncir el ceño.

—¿Qué hay de diferente en ti? —le preguntó ella extrañada.

Julian se fijó en la taza para no tener que mirarle a la cara.

—¿Por qué me dices eso? —respondió con actitud desentendida. No se podía mentir a los lobos, pero sí tratar de evadirlas para no tener que hacerlo.

—No sé, es... No me hagas caso. Ya estoy mayor, mis sentidos no son los de antes —se disculpó la mujer enseguida.

—No digas eso, no eres tan mayor. ¿Qué cuantos años tienes? ¿Cien? ¿Ciento cinco? —preguntó mirándola con interés.

Ella le pegó en el brazo, soltando un sonido indignada.

—No te hagas el listillo conmigo, todavía puedo ponerte sobre mis rodillas y darte una buena azotaina —le amenazó.

Fran casi escupe el café por la risa.

—¿Tú le diste unos azotes a Julian? —preguntó Benji boquiabierto. El chico acababa de cumplir los veinte años y todavía conservaba rasgos infantiles en su cara.

—Una vez —se defendió él avergonzado.

—No lo entiendo, creía que habían empezado a trabajar aquí a los diecisiete —le dijo Benji con un gesto de desconcierto mientras miraba a su tía y a su prima tratando de obtener una respuesta.

Se alejó de las risas con toda la dignidad que pudo reunir, saliendo para atender al cliente que acababa de entrar.

—¡Fue una sola vez! —gritó por encima de su hombro.

Capítulo 7

—Ponme un café. Doble —se quejó Kayleen entrando al local, dejando caer la cabeza directamente sobre el mostrador.

Fran empezó a preparárselo sin decir nada.

—¿Algo más? —le preguntó mirando con curiosidad a su mejor amiga.

—Dos bollos —se lamentó levantando los brazos para cubrir su cabeza.

—¿Vas a empezar a quejarte ya de Alaric o espero a que estés hasta arriba de azúcar? —preguntó.

—Es un idiota y lo odio —se quejó ella.

Fran se rio dejando una taza grande de café a su lado.

—Hoy empieza fuerte. Normalmente, espera a terminarse el primer bollo —se burló ella mirando a Julian.

—Ayer Alaric la obligó a salir del bosque —le explicó dándole una palmadita en la cabeza a Kayleen.

—Es que es un animal —se volvió a quejar su amiga incorporándose para remover su café—. Soy una loba de la manada, soy bastante buena peleando. Ayudé a matar a uno de los intrusos y ni siquiera me dejó quedarme a vigilar los cuerpos.

Fran intercambió una mirada con él.

—No eres una loba más. Solo quiere protegerte, prima —le respondió Fran con paciencia.

—¿Y quién le pidió que hiciera eso? —le devolvió ella de manera brusca.

—Por favor, no actúes como si te fuera indiferente. Alaric te gusta desde... —Fran trató de hacer memoria.

—Siempre —la ayudó Julian sonriendo a su amiga—. La recuerdo detrás de él desde niños.

Las mejillas de Kayleen se pusieron rojas por la vergüenza.

—Era pequeña, no sabía qué hacía. Decirme una sola vez de adulta, en la que yo fuera detrás de él. No ha pasado nunca —se defendió con fiereza.

Julian miró a Fran, los dos estaban más que acostumbrados a las rabietas de Kayleen.

—Lo hiciste —le recordó Fran con paciencia—. Hay tantas que no podríamos elegir una. Dejaste de hacerlo hace un par de años.

Kayleen miró a ambos con la misma cara que si la hubieran insultado, pero no se molestó en defenderse. Les dedicó un gesto despectivo y fue a la trastienda con su comida para ver a su tía.

Fran se rio negando con la cabeza haciéndole una seña, indicándole que fuera tras ella.

Pasó de largo la cocina y fue al despacho de Ruby donde Kayleen estaba sentada en el pequeño sofá en el que a veces descansaban.

—¿Volviste a discutir con Alaric? —preguntó cerrando la puerta.

Ella se encogió de hombros mirando su taza medio vacía.

—Sabes que solo quiere protegerte —dijo con suavidad para no enfadarla.

Kayleen suspiró dejando la taza sobre la mesilla.

—Ya lo sé, pero es que no se lo pedí. No es lo que quiero. Quiero ganarme mi lugar en la manada, mi sitio. No puedo hacerlo si no me da la oportunidad.

Julian frunció el ceño sin responder.

—¿Qué? —le interrogó ella. Se conocían demasiado bien, sabía cuándo no iba a darle la razón.

—Nada —le contestó acariciándole el brazo—. ¿Has pensado en discutirlo con Alaric?

Kayleen soltó un resoplido.

—No hablo con él, ya lo sabes.

Julian rodó los ojos al techo.

—Los dos sabemos que eso no es verdad. ¿Por qué te empeñas tanto en fingir que no te interesa? Tu olor, tu corazón cuando estás cerca de él... Todo el mundo sabe que te gusta, incluido él.

Kayleen se cruzó de brazos.

—No me interesa, ni yo a él —negó ella con terquedad.

Julian la miró, dejándole saber que estaba siendo ridícula. Le mentía con absoluto descaro, pero tenían esa conversación tan a menudo que ya ni se lo tomaban mal.

Alaric y Kayleen llevaban rondándose desde su adolescencia, hacía un año que el alfa había dejado claro su interés por seguir adelante y hacerlo más serio. Cuanto más avanzaba Alaric, más retrocedía Kayleen.

—Escúchame, amiga mía. La luna sabe que te quiero, pero esta situación es un círculo vicioso. Te lo he dicho muchas veces. Le gustas y es sincero, si no sientes lo mismo, déjalo ir. Deja que encuentre a alguien que sí le corresponda.

Kayleen dirigió su mirada al suelo.

—No quiero que se vaya con otra —admitió en voz baja.

—Ni tampoco hacer nada para quedarte con él. ¿Es eso justo? —preguntó con suavidad—. Si no te hace caso te enfadas, si trata de protegerte, también. Quizá tendrías que aclararte primero y luego tomar una decisión de una vez.

Kayleen suspiró haciendo un gesto derrotado.

—Supongo que sería lo mejor para todos —reconoció mirándolo de soslayo.

—Creo que sí. —La rodeó con el brazo atrayéndola hacia él.

—Eres un buen amigo.

—El único que tienes —le recordó riendo cuando ella le pinchó los costados en venganza por su comentario.

—Eso por atacarme de forma innecesaria. Tengo amigos —afirmó ella con seguridad.

Los dos se quedaron mirándose a los ojos.

—Alguien más habrá a quién le caiga bien —razonó Kayleen después de unos segundos.

Julian se rio abrazándola de nuevo. El carácter duro de la chica la volvía alguien difícil de apreciar para los demás. Pero a pesar de su temperamento rudo, Kayleen tenían un inmenso corazón, era una de las personas más fieles que había conocido y una vez decía que merecías la pena, te seguía fuera a donde fuera.

—A mí me caes bien —le recordó sonriéndole.

Ella le dedicó una sonrisa.

—De todas formas, no venía a hablar de Alaric. Quería pedirte perdón —le confesó.

Julian le sostuvo la mirada, sabía a qué se refería.

—Te juro que guardé tu secreto, pero los otros alfas empezaron a llamar a diario con problemas de otras manadas y en un intento de calmarlo le conté que tú percibías algunas cosas y que era imposible que no te hubieras dado cuenta de que se acercaba algo malo. Lo siento, te juro que solo se lo confié a él... —insistió ella con franqueza—. Supongo que se lo contó a sus hermanos, lo siento.

Julian la miró pensando qué responder. Por una parte, estaba un poco decepcionado de que hubiera confesado su secreto, pero la conocía bien y sabía que se estaría sintiendo mal por ello.

—Si sirve de algo, Alaric sospechaba que podías hacerlo —añadió Kayleen.

—¿Qué? ¿Por qué? —preguntó desconcertado.

—Se lo dijo su padre —le contó ella hablando más bajo.

—¿Cormac?

—Sí, dice que te quedaste al cuidado de los mayores de la manada durante la lucha que se llevó a tus primeros padres. Le contaron que peleaste y gritaste con todos los adultos tratando de huir, gritando que ellos estaban en peligro.

Julian parpadeó tratando de recordar el suceso.

—No recuerdo nada de eso —le confesó—. ¿Por qué no me dijo nada?

—Mandó que te vigilaran y no diste señales de nada extraño, solo una cierta facilidad para adivinar algunas cosas —le explicó Kayleen observándolo de forma cuidadosa, esperando para ver cómo se lo tomaba.

—Pero él nunca me dijo nada. Ni me trató diferente ni... —Las palabras se le atravesaron en la garganta. El alfa siempre se había portado especialmente bien con él.

—No pensó que fuera algo malo. Le dijo a Alaric que un antepasado había tenido a alguien como tú en la manada, que no había que temerlo, sino confiar porque no era magia. Es como un sexto sentido que algunos lobos tienen más desarrollado que otros. Alaric estaba listo por si algo así pasaba. Por eso vine a verte esta mañana, quiere hablar contigo. Ya me entretuve demasiado, de hecho —le dijo poniéndose en pie.

Julian no la siguió, la miró todavía sentado en el sofá.

—Juls, ¿estás bien? —le preguntó preocupada.

—Sí, es solo creía que este sexto sentido era algo malo. No pensé que Alaric lo supiera y no pensara en ello como un símbolo de problemas.

—Yo lo sé, Ruby lo sabe. Te lo hemos dicho muchas veces, es algo bueno. ¿Supone alguna diferencia que Alaric lo sepa?

Julian sabía que en el fondo no, pero lo hacía, aunque no pudiera explicar el motivo.

—No me hagas caso. Vamos a buscarlo —aceptó poniéndose en pie, ignorando la cara preocupada de Kayleen.

Le contaron a Ruby a dónde iban y luego fueron directamente a casa del alfa, que estaba llena de gente.

Evitó pensar en lo que había pasado la noche anterior, con suerte nadie diría nada o se limitarían a hacer alguna broma.

—Ya estoy de vuelta con Julian —anunció Kayleen asomándose a la puerta del despacho de Alaric.

—Que entre —aceptó el alfa desde el interior.

Ella le guiñó el ojo, haciendo un gesto para que la siguiera.

Había más gente de la que habría esperado. Emily estaba de pie junto a Adler, cerca de la gran chimenea, ambos le dedicaron un pequeño gesto a modo de saludo. Alaric estaba sentado detrás de su escritorio y delante de él se encontraba Abba. Atik mantenía un discreto segundo plano junto a la puerta sin mirarlo, había entrado después de él.

—Siéntate Julian —le invitó el alfa con gesto serio.

Asintió, pero fue a sentarse en el sofá para no tener que acercarse a la bruja. Estaba un poco más intimidado de lo que quería reconocer, lo que era extraño ya que nunca se había sentido incómodo en compañía de Alaric. Kayleen tomó asiento a su lado.

—No hay nada de lo que preocuparse —se apresuró a decir Alaric—. Solo me gustaría que me contaras tu perspectiva de lo que pasó ayer.

Inclinó la cabeza sin entender a qué se refería.

—Cuéntanos todo desde que saltaste la hoguera —le explicó Adler—. ¿Por qué te caíste?

—Aaah —dijo aliviado—. Me pareció ver una sombra moviéndose rápido, giré la cabeza y vi al lobo. Supongo que me distraje. Gracias por salvarme, por cierto. No pude darte las gracias, Adler.

Él hizo un gesto con la mano para quitarle importancia.

—Es mi trabajo. No hay por qué agradecer —le respondió sonriendo.

—¿No fue porque pasara nada más? —le preguntó con suavidad el alfa.

Julian volvió su atención hacia Alaric, sin responder.

—No tienes por qué preocuparte. Solo di la verdad, ninguna cosa que digas saldrá de aquí. No vamos a pensar mal de ti, no hay nada de malo en ello —le dijo con calma sin apartar la mirada de la suya.

—Aaah... yo... —Kayleen le puso la mano en la espalda para darle apoyo—. Energía. Sentí... energía.

—¿Puedes explicarte mejor? —le pidió Alaric sin reaccionar a sus palabras.

—Como una descarga de adrenalina, pero sin euforia —le respondió bajando la voz, le incomodaba hablarlo en voz alta y no ayudaba la intensidad con que le miraba Abba.

—Y cuando te sacamos del fuego. ¿Qué fue lo que percibiste?

—Vacío —respondió con sinceridad, aunque trató de explicarse al ver su gesto desconcertado—. Es como entrar a un lugar que está muy frío. Notas esa sensación extraña, se te eriza la piel y tu estómago parece hueco. Vacío.

Todos lo miraron con más atención, pero nadie lo interrumpió.

—Lo sentí mientras nos vigilaban y luego mucho más fuerte detrás de mí, venía del bosque. Traté de centrarme en él y seguí su rastro —confesó.

Alaric asintió mientras parecía meditar sobre sus palabras.

—Atik dijo que cuando vigilabais los cadáveres tú le dijiste que no creías que se hubiera acabado —le señaló Adler.

—Sí... supongo que sentía que no estábamos solos, o que seguíamos en peligro.

—¿Habías sentido algo que te indicara peligro antes? ¿Quizá durante las últimas semanas?

—No que yo recuerde, y lo haría.

—¿Algo nuevo o extraño desde que te despertaste?

—No, nada —volvió a responder con sinceridad.

—Sé que no es un tema con el que te sientas cómodo, pero me gustaría que me informaras si tienes alguna... si tú... —Alaric parecía incapaz de encontrar la palabra adecuada, así que decidió hacerlo por él.

—Te avisaré si creo que estamos en problemas, pero no es algo que pueda usar a voluntad. Solo pasa y ya. No es una habilidad, no tengo control sobre ello. —Le parecía importante que entendiera eso—. Pueden pasar meses enteros sin que sienta nada raro.

—Me lo imagino, pero sería de ayuda si nos advirtieras si volviera a suceder —insistió.

—¿Hay algún problema? Tiene que ver con el rumor sobre la manada desaparecida.

Alaric miró Adler antes de contestar.

—No es un rumor. Toda la manada Klassen está desaparecida —le dijo Adler.

Giró la cabeza para mirar a Kayleen que asintió.

—Pero es una manada muy numerosa, eso no es posible. ¿Cómo puede pasar algo así?

—No lo sabemos, nadie lo sabe —le explicó Adler.

Abrió la boca por la sorpresa.

—Eso es imposible, alguien debe tener alguna pista —sugirió mirando de Alaric a Adler.

—Las manadas más cercanas están investigando el suceso —le dijo Alaric—. No hay teorías sobre qué les pasó o cómo, pero sí sabemos que es una amenaza para todos los demás. Estamos extremando la precaución y atentos a los indicios mientras nos mantenemos en contacto con las manadas del sur.

Asintió con la cabeza, todos sabían que tenía muy buena relación con muchos alfas.

—Y por eso queremos usar todo lo que esté a nuestro alcance para protegernos. Si sintieses algo o ves algo fuera de lo común, ponte en contacto con cualquiera de nosotros. No debes comentar esto con nadie más, no queremos preocuparles sin motivo. Hasta donde sabemos no hay signos de lucha en Royal, podrían haberse ido de forma voluntaria —le indicó Adler, aunque por su cara supo que no era lo que él pensaba.

—Por supuesto, os haré saber si hay algo distinto, pero no creo que pueda ser de mucha ayuda. ¿Los que nos atacaron ayer eran omegas? —quiso saber.

Alaric asintió con la cabeza.

—Eran omegas —le dijo sin dudar.

Julian frunció el ceño.

—No lo creo —opinó mirándole muy serio.

—No tenían símbolo de ninguna manada del norte y todos llevan los mismos tatuajes. Tampoco olía a manada y se portaban como salvajes —le contó Adler.

Repasó en su cabeza todo lo que había pasado.

—Los que nos atacaron de frente estuvieron mirándonos durante más de un minuto sin hacer nada. Un omega no se comporta así, además iban con un brujo que consiguió traspasar barreras.

—Creo que el brujo los usó para acceder al pueblo —contestó Abba hablándole por primera vez desde que entrara.

—¿Para qué iba a hacer eso? Cualquier brujo que se acerque nota la magia, sabe que fue un lugar de poder. Y tiene que oler a una manada como la nuestra. Si alguien se arriesgó a entrar aquí solo puede ser por dos motivos —opinó—. Venganza, o vino a por algo que no hay en otra parte.

—No quedan objetos de mis hermanas en Salem, si es lo que insinúas —le dijo ella con altivez.

—No estoy diciendo nada, doy ideas —puntualizó frunciéndole el ceño—. El brujo se rio de nosotros antes de escapar, no parecía preocupado por tener dos lobos atacándole.

—Puede que no fuera un brujo, quizá Kayleen y tú estáis confundidos, podríais haberos dejado llevar por los prejuicios —le reclamó Abba.

—Nunca he juzgado a nadie sin motivo —se defendió indignado.

—Todos olimos la sangre del mordisco que le dio Julian. Era un brujo, su sangre estaba corrupta. No era un humano, ni una criatura —le apoyó Atik.

Julian lo miró un segundo apreciando su ayuda. La bruja no parecía conforme, pero se cruzó de brazos y guardó silencio.

Alaric suspiró mirando a su hermanastro.

—Puedes irte Julian. Siéntete libre de avisarnos a la hora que sea, por pequeña que sea tu... intuición. Toda la ayuda que puedas darnos será bien recibida.

Julian se levantó mirando al alfa.

—Por favor, no esperéis mucho de mí.

Miró a Alaric porque odiaba reconocerlo en voz alta y fue incapaz de enfrentar al resto de ellos.

El alfa asintió con la cabeza con gesto serio, comprendiendo lo que trataba de decirle.

Se dio la vuelta y salió de la habitación, respondiendo a la seña que le hizo Kayleen indicándole que ella iba a quedarse. Atik le abrió la puerta dejándole pasar.

«¿Me quieres?»

Giró la cabeza para ver quién estaba hablando, pero solo encontró el pasillo vacío y la puerta cerrada.

Seguro que había sido el viento. Ni siquiera pudo reconocer la voz. No sería nada.

Capítulo 8

Si tenía alguna duda sobre cómo reaccionaría Atik a lo que sucedió entre ellos, le quedó claro enseguida. Habían pasado dos semanas desde la noche en que estuvieron juntos y el lobo ni una sola vez le dirigió la mirada.

No esperaba otra cosa, y en parte lo prefería. Su mayor miedo era que alguien se hubiera enterado, algo que no llegó a pasar porque el alfa estaba deshaciéndose de los cuerpos de los lobos que los atacaron. Atik era una persona cerrada y esquivaba a toda la manada salvo para entrenar. No hubo ningún cambio respecto a cómo se portaba con él antes.

Llegó a pensar que se lo había imaginado y que nunca estuvieron juntos. Lo único que le quedó de aquella noche fue la marca de su cuello, que tardó una semana entera en irse. Era extraño, ya que con su curación tendría que haber desaparecido. Quizá el hechizo de la bruja lo había debilitado y por eso su curación no acababa de funcionar del todo.

De hecho, no se sentía del todo bien todavía. Podía preguntarle por supuesto, pero para eso tenía que hablar con Abba y después de su encontronazo en la oficina, no estaba muy predispuesto a ello.

No hubo ninguna señal durante esas semanas, nada que le indicara que algo iba mal, por lo que la manada había vuelto a la normalidad... o casi.

"—No debes confiar en él, me escuchas. Mentirá, te llevará y nunca volveremos a vernos. —Era una voz de mujer, aunque no la de nadie que conociera.

—¿Por qué tengo que verle entonces? —La voz de un niño le respondió a la mujer. Sonaba preocupado.

—No podemos escapar de él. No estaríamos a salvo en ningún sitio. Solo haz lo que yo te diga y todo irá bien. —El tono persuasivo de la mujer era obvio... había un matiz que no le gustó nada.

—Podríamos escapar —volvió a hablar el niño—. Correr lejos de él. Puedo correr muy rápido, mamá —le prometió esperanzado.

—Te lo he dicho mil veces. No podemos huir, deja de decir eso. Está a punto de llegar, tienes que ser bueno con él.

—¡No quiero verlo! —gritó el niño con voz furiosa.

—¡Maldito niño estúpido! Sal de mi vista, más te vale desaparecer hasta que él venga. Te comportarás o me aseguraré de que te arrepientas cuando él se marche".

Abrió los ojos, asustado. Todavía con el eco de esa horrible voz resonando en su interior. Llevaba días soñando lo mismo, cada día el sueño era más largo y podía distinguir más cosas.

Esa habilidad de soñar con alguien era nueva. En los últimos días a veces escuchaba susurros y estaba seguro de que pertenecían también a Royal, aunque todavía no entendía cómo. No le había hablado a nadie de ello, no lo haría hasta estar seguro de que no estaba equivocado.

Se levantó de la cama agotado, no trabajaba esa mañana, le tocaba entrenamiento con Adler, pero estaba más cansado que ayer. Miró el reloj y se sorprendió al ver qué hora era.

—Mierda, mierda, mierda.

Se duchó y vistió a toda velocidad, saliendo después directo a la casa del alfa.

Adler estaba con el grupo que entrenaría hoy, hablando sentados en el suelo.

—Lamento llegar tarde —se disculpó mientras iba hacia él.

—No pasa nada. No te preocupes, además creo que se debe a una buena razón, porque esa cara no es de pasar la noche durmiendo.

Todos los lobos se rieron al escucharle, suponiendo que su aspecto era por una noche tórrida entre las sábanas.

—Está muy despistado últimamente. Déjalo descansar Adler, necesita recuperarse. Míralo —dijo Nick sentado con sus amigos.

—Si no te importa, me gustaría saltarme el entrenamiento —le pidió avergonzado.

Adler asintió dedicándole una mirada de simpatía.

—Mañana entreno con Alaric y los suyos. Ven entonces —le indicó risueño.

Abochornado, le dio las gracias mientras volvía al coche. Ignoró a Atik que bajaba de su furgoneta hacia la casa familiar.

«¿Me quieres?»

Se paró de golpe en medio del camino de tierra. Atik le dedicó una mirada, pero no le dijo nada.

«¿Me quieres?», el eco resonó en su interior con tanta energía que todo pareció tambalearse a su alrededor.

Presionó con fuerza los pies en el suelo y siguió andando. Estaba cerca de descubrir algo importante, lo sabía.

Condujo con cuidado hasta casa, dejando caer la ropa por el pasillo. Se sentiría mejor después de dormir un par de horas. Se metió en la cama y cayó rendido en cuanto su cabeza tocó la almohada.

"—No debes confiar en él, me escuchas. Mentirá, te llevará y nunca volveremos a vernos. —Sus ojos marrones lo miraban llenos de lágrimas.

—¿Por qué tengo que verle entonces? —No quería hacer llorar a mamá, ella lo quería mucho. Debía obedecer, pero no deseaba verle de nuevo.

—No podemos escapar de él. No estaríamos a salvo en ningún sitio. Solo haz lo que yo te diga y todo irá bien. —Se estremeció al escucharla. Mamá no podía enfadarse, solo se enfadaba cuando se portaba mal. Si era bueno, ella sería feliz. Estaría más contenta si ese hombre no volviera nunca.

—Podríamos escapar —insistió seguro de que esa era la solución—. Correr lejos de él. Puedo correr muy rápido, mamá. —Tenía seis años, ya era mayor. Podía hacerlo.

—Te lo he dicho mil veces. No podemos huir, deja de decir eso. Está a punto de llegar, tienes que ser bueno con él. —insistió ella, sujetándole con fuerza del brazo, zarandeándolo—. Tómate esto, hará que se vaya antes.

—¡No quiero verlo! —gritó asustado.

—¡Maldito niño estúpido! Sal de mi vista, más te vale desaparecer hasta que él venga. Te comportarás o me aseguraré de que te arrepientas cuando él se marche.

Salió corriendo del salón y entró en su habitación para esconderse en el armario. Tenía que ser bueno, mamá solo era mala cuando se portaba mal. Haría lo que ella le decía para que no los separaran nunca. Se encogió hasta hacerse todo lo pequeño que podía mientras se limpiaba las lágrimas, esforzándose por no hacer ruido para no molestarla".

En cuanto abrió los ojos, el vómito le subió por la garganta. Apenas fue capaz de llegar al baño para evitar poner perdida toda la casa. Las náuseas no pasaron hasta una hora después, se duchó tratando de sentirse mejor. No estaba recuperado, pero al menos no parecía que alguien estuviera jugando al ping-pong con su estómago.

Se vistió y fue al trabajo, comería allí y luego iría directo a casa de Alaric para recuperar el entrenamiento de ayer.

Mientras conducía pensó en qué clase de persona pegaba a su propio hijo, cómo podía alguien ser cruel con un ser inocente.

—Buenos días, cielo —le saludó Ruby llena de energía, como siempre.

—Madre mía, ¡qué ojeras! —dijo Fran a modo de saludo—. Ve a la cocina, hay un café doble para ti.

—Gracias, me vendrá bien —le agradeció entrando en la cocina.

—Hola, chicos —los saludó al entrar.

—Hola, Juls. Tengo tu desayuno. Los bollos de hoy los hice yo mismo desde cero —le anunció Benji emocionado.

—¿En serio? —le preguntó sonriendo al ver lo ilusionado que estaba.

Cogió su café y le dio un sorbo, agradeciendo el calor.

Benji asintió con la cabeza mientras le pasaba un plato con dos bollos.

—Escogí los más bonitos para ti —le aseguró.

—Muchas gracias, estoy seguro de que están geniales. —Cogió el dulce en la mano y el estómago se le revolvió enseguida. Pensó en decirle que lo probaría más tarde, aunque no tuvo corazón al ver su cara.

Sonrió dándole un pequeño mordisco.

—¿Cómo está? —le preguntó Benji con ansiedad.

—Yo todavía no los he probado —le dijo Eddie esperando su veredicto—. ¿Quedaron buenos?

—Son increí... —Las arcadas hicieron que todo su cuerpo se encogiera. Eddie y Benji se alejaron para dejarlo salir corriendo al baño de personal.

Ruby llegó enseguida a socorrerlo.

—Julian, ¿estás bien? —le preguntó a través de la puerta.

No fue capaz de contestar, pero la voz de Fran le llegó desde el otro lado.

—Está vomitando, no puede estar bien. Nosotros no enfermamos con facilidad —dijo la chica—. Iré a prepararte una infusión.

Cuando las arcadas remitieron consiguió abrir la puerta y que Fran lo acompañara hasta el sofá del despacho.

—¿Has vuelto a comer sobras sin fecha? —le preguntó Fran ayudándolo a ponerse cómodo—. Te he dicho que no comas nada de la nevera que no recuerdes haber cocinado.

—Déjalo tranquilo. Está tan pálido como el papel —protestó Eddie—. Bebe esto, Julian. Ayudará a que te sientas mejor.

—¿Cómo estás, cielo? —preguntó Ruby asomándose.

—Creo que va mejorando —dijo no muy convencido. Acercó la taza a los labios para darle un sorbo, pero en cuanto el olor le llegó, las arcadas volvieron.

Eddie le pasó la papelera con rapidez.

—Llamaré a Kayleen ahora mismo. Vuelve a casa y descansa. Estarás mejor enseguida —decidió Ruby.

Para cuando Kayleen llegó, estaba tan cansado que se había quedado dormido, apenas consiguió estar despierto el tiempo suficiente como para que Eddie y ella lo metieran en el coche.

"—¡Ven aquí! —bramó su madre mientras escuchaba como tiraba cosas del pasillo—. ¡Maldito crío del demonio! ¡Si no vienes aquí te arrepentirás!

Miró a la puerta del armario asustado, escuchando como trataba de forzar la puerta de su cuarto. Salió con rapidez del armario y fue directo a la ventana de su habitación, abriéndola y saltando fuera agradecido de que vivieran en un primer piso.

Huyó al patio del vecino, colándose dentro de la casa de juguete de su hija. Necesitaba un lugar seguro hasta que mamá se calmara. Otra vez fue culpa de ese hombre, ese ser horrible que solo quería hacerles daño. Si dejara de venir cada semana, mamá no bebería de esa botella que le hacía tanto daño".

«¿Me quieres?»

—Julian, ¿me escuchas? —la voz de Mashie lo sacó de su sueño.

—Juls, haz un esfuerzo —le pidió Kayleen.

Parpadeó notando sus ojos hinchados, enfocando la cara preocupada de su mejor amiga.

Alaric y Adler estaban en la puerta de la habitación mirándole.

—¿Qué está pasando? —preguntó. Su garganta pareció romperse al hablar.

—Necesito que me digas qué fue lo último que comiste.

—No lo recuerdo —murmuró sin fuerzas.

—¿No sabes cuándo comiste por última vez? —se aseguró Mashie.

Negó con la cabeza, mareado.

—No dejas de vomitar, pero tu cuerpo está bien. Creo que podrías estar intoxicado. ¿Recuerdas si alguien te dio de comer algo extraño?

Negó de nuevo.

—¿Tienes algún otro síntoma? —lo interrogó frunciendo el ceño.

Intentó contestar, pero las arcadas aparecieron de nuevo.

Kayleen le pasó un cubo, ayudándolo a darse la vuelta para vomitar fuera de la cama.

—Iré a por Abba, puede que ese hechizo le hiciera algo raro —escuchó decir a Adler con enfado.

Abba parecía tan desconcertada como Mashie.

—No parece haber nada malo en él —les dijo después de examinarlo durante bastante tiempo.

—¿Cómo va a estar bien si no puede dejar de vomitar y dormir? —preguntó Emily con incredulidad. En algún momento Emily había llegado también para ayudar.

—No sé qué responder a eso —respondió Abba—. Todo en Julian está como debería, salvo porque lo veo con mis propios ojos, no me creería que está enfermo.

—Algo le está pasando —insistió Kayleen tocándole la frente con cuidado.

Sonrió a su amiga con cansancio, estaba tan agradecido por tenerla.

—Es una condición humana. No hay nada mágico aquí —le dijo Abba antes de irse.

Adler observó a la bruja con gesto consternado antes de mirar a su hermano.

—Mashie, ¿qué hacemos? —le preguntó el alfa de forma seca.

—Las pruebas son concluyentes, no está envenenado, ni enfermo. Puede que esté intoxicado —dijo insegura.

—¿Quieres decir que tomó acónito? Porque no se me ocurre nada más que haga algo así —la atacó Kayleen.

—Puede que no a propósito, pero la mejor idea es que lo vigilemos y veamos cómo evoluciona. No podemos hacer nada más por el momento.

Kayleen parecía lista para saltar sobre la loba, pero la agarró del brazo para llamar su atención.

—Hagamos eso, seguro que alguien trató de gastarme una broma.

—¡Juls! —protestó ella.

—Por favor, estoy cansado. Solo quiero dormir —le pidió haciendo un esfuerzo por mantenerse despierto.

—Si algo le pasa a Julian... os juro por la luna... —la amenazó Kayleen llena de rabia.

—Me quedaré contigo todo lo que haga falta —le dijo Emily enseguida—. Va a ponerse bien.

Los ojos se le llenaron de lágrimas mientras giraba la cabeza para esconderla en el regazo de Kayleen.

—Salid de aquí —les ordenó ella con dureza percibiendo su olor—. Necesita descansar.

Tiró de su camiseta para darle las gracias y dejó que el sueño volviera a llevarlo.

Durante casi dos semanas, pasó los días vomitando y durmiendo. Tanto Mashie como Abba trataron de descubrir qué le sucedía sin conseguir nada, pero fue encontrándose cada día mejor.

Su estómago empezó a tolerar caldos al séptimo día, luego sopas y poco a poco de nuevo sólidos. Aun había algunas cosas que lo hacían vomitar de inmediato y no podía comer hasta varias horas después de despertarse por la mañana. Seguía durmiendo más de lo que debería, pero ya podía moverse y hacer una vida casi normal.

La explicación de que alguien lo había envenenado cobró fuerza, tanto el alfa como Adler empezaron a investigar quién podría querer hacerle daño. Kayleen estaba segura de que fue Nick por ganarle la noche del solsticio, pero él sabía que no pudo ser. Por mucho que se esforzaba, no podía recordar que hubiera comido nada fuera de casa o el trabajo.

—¿Por qué estás aquí? —le preguntó Emily al verlo bajar del coche.

—Vengo a entrenar —dijo sonriéndole.

—De eso nada —negó Alaric saliendo por la puerta principal de su casa—. Nada de entrenamiento hasta que lleves por lo menos cinco días sin vomitar.

—¿Cuándo fue la última vez? —quiso saber Adler.

—Esta mañana —reconoció a regañadientes—. Alguien iba por la calle comiendo un queso asqueroso.

—Pues eso, no hay prisa —decidió el alfa.

—¿Qué no hay prisa? Llevo semanas sin hacer nada, a este paso no recordaré cómo transformarme —protestó cruzándose de brazos.

—Oye, lo importante es que mejoras cada día, no tengas prisa. Kayleen casi se muere de la angustia. Tuve a toda la manada llamándome a cualquier hora preguntando por ti. Por favor, ten paciencia.

Suspiró haciendo un mohín con los labios.

—Sí, alfa —aceptó con solemnidad.

Alaric se rio revolviéndole el pelo.

—¡Julian! —gritó Kayleen a su espalda.

—Alguien está en problemas —se burló Adler.

—Más te vale que estés aquí para tomar el aire mientras ves a la manada entrenar —le amenazó ella llegando a su altura.

—Por supuesto, es justo lo que acabo de decir.

—Porque cualquier otra posibilidad supondría una muerte lenta y dolorosa —lo amedrentó pinchándolo en el pecho.

—Auch, estoy enfermo —le recordó.

Ella lo fulminó con la mirada antes de alejarse para seguir a los demás, así que tuvo que contentarse con sacarle la lengua.

Atik alzó la ceja, haciendo que se avergonzara por su infantil actitud.

—Es que quería entrenar.

—No es una buena opción —le contestó Atik con calma.

Julian asintió con la cabeza. Atik había ido a verlo varias veces cuando Alaric y Adler lo hacían. Nunca hablaron y en ocasiones ni siquiera estaba despierto, pero siempre supo cuándo fue a su casa, podía percibir su esencia incluso horas después.

Se quedaron mirándose unos segundos antes de que Alaric lo llamase.

—Ven dentro, Julian. Puedes descansar ahí —le sugirió Emily.

—¿Tú no entrenas hoy? —preguntó extrañado.

—No, una de las chicas va a dar a luz pronto. Vamos a hacer un amuleto para la cuna del bebé con las ancianas de la manada.

Asintió con la cabeza, sabiendo que era parte de la tradición.

—Vamos, te buscaremos un sitio cómodo en el que descansar.

Capítulo 9

El lugar resultó ser la habitación de invitados en la que durmió la otra vez. No quedaba ni rastro de su esencia o la de Atik, por lo que supuso que él se había encargado también de eso.

Se tumbó en la cama, estremeciéndose al recordar todo lo que pasó en ella. Hizo un esfuerzo por controlarse, no quería llenar el cuarto con su esencia alterada, por suerte el cansancio lo salvó de ponerse en ridículo.

"—¡Te digo que no puedes pasar!

Se encogió más dentro del armario mientras se sostenía el brazo. Le dolía mucho, pero a pesar de ello, lloró en silencio para no llamar la atención de los dos adultos.

—¡Aléjate de él, márchate de aquí! —gritó ella—. Hoy no es tu día de visita.

Trató de cubrirse las orejas con las manos, pero el dolor fue tan intenso que no pudo evitar el quejido que salió de sus labios.

La puerta del armario se abrió y alguien tiró de él.

Pateó con fuerza tratando de escapar, pero era muy pequeño y él un gigante.

—¡Suéltame! —gritó entre lágrimas—. ¡déjame!

Él lo miró con los ojos muy abierto, dejándolo con cuidado en la cama.

—¿Tú le hiciste esto? —le preguntó a su madre quién se encogió en el marco de la puerta.

—No, se cayó de un árbol —contestó ella con miedo.

—Mientes —gruñó él acercándose a su madre—. ¿Le pegas?

—No —respondió ella—. Díselo, dile que te caíste —le exigió.

Lloró asustado, sosteniendo su brazo.

—Fui yo, me caí de un árbol.

El hombre lo miró un segundo y al siguiente tenía a su madre de rodillas agarrándola del cuello.

—¿Cómo te atreves? ¿Cómo puedes pegarle a tu propio hijo? ¡A mi hijo! —le gritó.

Saltó de la cama y trató de alejarlo de ella.

—Déjala, fui yo. ¡Soy malo, soy malo! ¡Quiero quedarme con mamá, déjala! ¡Es mi culpa!

Él lo empujó sobre la cama y sacó a su madre de la habitación, dejándolo encerrado. Se quedó llorando y cuando se despertó estaba en un coche con él.

—¿Dónde está mamá? —preguntó en voz baja. Su brazo ya estaba normal y no le dolía, pero su madre no iba con ellos.

—A partir de ahora vivirás conmigo. ¿Te gustaría eso? —preguntó él con suavidad.

—No, quiero volver con mamá —insistió asustado.

Él detuvo el coche en el arcén y lo hizo salir del coche, arrodillándose delante de él para estar a la misma altura.

—Escúchame. Sé que estás asustado y confundido, pero te juro que nunca te habría dejado con ella si hubiera sabido que eras como yo. No permitiré que nadie vuelva a hacerte daño, vas a venir a casa conmigo, con tus hermanos. Te prometo que nunca volveré a separarme de ti.

—¡No! —gritó tratando de huir—. ¡Quiero ir con mamá! ¡Quiero volver a casa! No tengo familia, no tengo padre, no tengo hermanos. ¡Mamá! —Las lágrimas no lo dejaban ver, pero peleó todo lo que pudo contra su agarre hasta que ya no aguantó más y se desplomó sobre su pecho.

—Lo siento mucho, hijo. Perdóname, Atik".

En cuanto abrió los ojos, las arcadas regresaron, corrió al baño y necesitó veinte minutos antes de volver a ponerse en pie.

Atik. Todo lo que había visto era sobre Atik. Trató de calmarse mientras se enjuagaba la boca y se lavaba la cara. No tenía ningún sentido. ¿Por qué iba a ver cosas sobre él? Se estremeció al pensar en todo lo que sabía ahora de su vida, la maldad de esa mujer, los golpes, los gritos. Ahora entendía muchas cosas de los sueños que no comprendía antes.

Nunca había visto el pasado de nadie, eso era cosa de videntes y él no era nada de eso. Hablaría con el alfa en ese mismo momento. Iba a contárselo todo.

Bajó las escaleras con rapidez, en el porche estaban algunas de las mujeres de la manada con los niños.

—Julian. Tienes mal aspecto. ¿Vuelves a sentirte mal? —le preguntó Emily preocupada.

—Necesito hablar con Alaric, ahora mismo —le dijo tratando de recuperar el aliento.

Ella pareció desconcertada, pero su gesto cambió enseguida a uno de comprensión.

—Iré a buscarlo —se ofreció Emily con rapidez—. Ahora vuelvo, pasad dentro.

Julian miró distraído a las mujeres mientras entraban a la casa.

—¿Te gusta? —le preguntó Ronda mostrándole su amuleto—. Es para mi bebé, será una niña, estamos muy emocionados —dijo llena de felicidad.

—Me alegro mucho por los dos, Ronda. Que nazca con salud —le deseó mientras ella se iba. Su mirada se quedó en el abultado vientre de la chica.

—luna no —murmuró mareándose tanto que tuvo que agarrarse al marco de la puerta.

No podía ser, era imposible. Pero... los vómitos, el cansancio, el sueño, lo sensible que estaba últimamente. Se llevó la mano al estómago. Imposible. Casi no había embarazos masculinos, eran raros y muy arriesgados. Era una posibilidad entre millones. Aunque cuanto más lo pensaba, más sentido tenía.

Hacía días que había notado que los músculos de su estómago estaban menos firmes. ¿Sería posible...? No, no, no. Tenía que ser la falta de ejercicio.

No había forma de que pasara algo así sin magia de por medio o sin una conexión especial entre los lobos. ¿Cuánto tiempo había pasado desde que se acostó con Atik, la noche más poderosa del año?

«¡Oh... por la luna!», pensó alarmado.

—Julian. ¿Qué ocurre? —le preguntó Alaric sosteniéndole del brazo.

Abrió y cerró la boca incapaz de decir ni una sola palabra.

—Tengo que irme —murmuró buscando con la mirada a Kayleen.

—Pero Emily dijo...

Su amiga llegó a su lado en unos segundos.

—No me encuentro bien. Por favor, llévame a casa —le pidió con rapidez.

Kayleen y Alaric se miraron, pero ella le hizo un gesto para que se apartara mientras lo guiaba al coche.

—¿Está todo bien? —le preguntó Kayleen.

—La manada está bien. No te preocupes —la tranquilizó mirando por la ventana mientras avanzaban.

—Tu olor no dice que todo vaya bien —respondió ella con ansiedad.

—Necesito descansar, hablaremos luego —le prometió.

Kayleen trató de quedarse con él, nada segura sobre dejarlo solo. Tardó un poco en convencerla, prometiendo que la llamaría en unas horas.

Selló la casa con muérdago y subió a su habitación cuando estuvo seguro de que no había nadie en los alrededores. Bajó las persianas para asegurarse de que no hubiera testigos de lo que iba a hacer y entró al baño.

Se quitó la ropa quedándose frente al espejo.

Su rostro era el de siempre, quizá el azul de sus ojos parecía menos claro por las ojeras y su pelo castaño estaba más enmarañado que de costumbre. Su aspecto era más bien desgarbado, y aunque no había engordado, sus músculos se habían aflojado. Puso la mano debajo de su ombligo y apretó con suavidad. No había nada diferente y aun así lo supo. Estaba embarazado. El pánico lo hizo estremecerse, trató de mantener la calma. Abrió el agua de la bañera y esperó a que estuviera llena antes de meterse dentro.

Se acostó con Atik hacía casi dos meses. Cogió el móvil que había dejado en el suelo y abrió el calendario para contar las semanas desde la noche del solsticio.

En tres días se cumplirían siete semanas.

Tiró el móvil en el suelo, volviendo a sumergirse en el agua caliente, tratando de hacer entrar en calor a su cuerpo sin éxito.

Llevaba embarazado un mes y medio. Su mente daba vueltas en círculo, mientras la palabra embarazo seguía resonando dentro de él. Un bebé, había otro ser humano en su interior.

¿Qué iba a hacer ahora? No podía contárselo a Atik, solo se habían acostado una vez. Ni siquiera había pensado en tener familia, menos de esa manera. Pensó en que quizá con el tiempo querría quedarse con algún lobo que lo necesitara, igual que sus segundos padres habían hecho. Nunca creyó que pudiera llevar a su propio hijo, no era una opción. Bueno sí lo era, porque era un hombre lobo, pero el embarazo masculino era una rareza.

No estaba listo para ser el padre de nadie, no conseguía ni que las plantas del jardín sobrevivieran. Tenía que mantener la calma. Podría estar equivocado, a lo mejor era un error. No sabía cómo funcionaba su intuición, quizá era algo nuevo y estaba exagerando. Tenía que tomar las riendas de la situación. Lo primero era asegurarse de que realmente estaba embarazado.

Mashie no era una opción, porque alertaría al alfa. Tenía que conseguir una idea mejor. Recordó que había visto alguna embarazada tratando de tocar acónito amarillo, sus manos se volvían rojas.

Se animó al pensarlo, salió de la bañera y se vistió casi sin molestarse en secarse. Ya tenía las llaves en la mano y la puerta de casa abierta cuando recordó que las ancianas no permitían que ninguna embarazada estuviera cerca del acónito cuando su embarazo avanzaba.

Frunció el ceño con confusión. Volvió sobre sus pasos para dejarse caer en el sofá. ¿Qué iba a hacer?

Se quedó dormido por el cansancio sin encontrar una solución. Nada mejoró a la mañana siguiente mientras se preparaba para ir al trabajo.

—¿Por qué llevas todo el día con esa cara tan larga? —le preguntó Fran cuando estaba recogiendo su chaqueta para marcharse después de un día que parecía no llegar nunca al final.

—¿Vuelves a encontrarte mal? —le preguntó Ruby.

—No, solo... ya sabes. Cosas en mi cabeza —contestó sin mirarlas. No quería preocupar a nadie y tampoco estaba dispuesto a confiarle a nadie sus sospechas.

—Quédate un poco más, Julian. La comida casi está, tienes pinta de necesitar comer algo sabroso —le invitó Eddie.

Suspiró mientras cogía el móvil y se iba a las mesas del frente, dándose por vencido. Eddie era un cocinero muy bueno, puede que le viniera bien una de sus deliciosas comidas. Se preparó un café y fue a sentarse en su asiento favorito del local para poder observar por la ventana. ¿Qué iba a hacer?

Habían tenido embarazadas en la manada, sabía que su olor se volvía dulce y su corazón siempre iba acompañando del de su bebé. ¿Cuándo pasaría eso? ¿A los tres meses? ¿A los cuatro?

Un sudor frío le corrió por la espalda. ¿Cuánto tiempo tenía antes de que esa bomba estallase sobre él?

Se fijó en los niños humanos que iban por la calle. «¿Cuánto costaba criar a un bebé?», pensó al ver pasar a una madre cargada de bolsas.

Los hombres lobos podían embarazarse, pero no dar a luz, ni generar leche. Lo que incrementaría los gastos de su manutención, crecían rápido y la ropa se le quedaba pequeña enseguida. ¿Cuánto dinero tenía en su cuenta?

Tomó un sorbo de café mientras trataba de calmarse, lo escupió en cuanto lo bebió. ¿Podía tomarlo? ¿Por qué se preocupaba por eso? ¡Ni siquiera sabía si quería tenerlo!

Su estómago se encogió ante la idea. No estaba embarazado, no lo estaba. Si se lo repetía lo suficiente, puede que se hiciera realidad. Apartó el café, sin ser capaz de reunir el valor para hacer una simple búsqueda de comprobación en internet y confirmar si podía beberlo.

¿Tendría al bebé? Los niños eran una prioridad en cualquier manada, pero no se imaginaba siendo padre, menos si era él quien debía pasar por el proceso. El índice de muertes en un embarazo masculino era altísimo, era tan arriesgado que nadie cuestionaba al padre gestante si decidía abortar para salvaguardar su vida.

El alivio se filtró entre el pánico en el que su mente llevaba sumido desde que se dio cuenta. Tenía la opción a decir que no, podía terminar con el problema sin que nadie supiera nada, como si nunca hubiera sucedido.

—¿Me quieres contar qué demonios está pasando? —preguntó Kayleen sentándose en la silla de enfrente.

—¿Qué?

—Tengo a Alaric preocupado pensando que algo horrible va a pasar. ¿Qué fue lo que viste?

—No soy vidente —le recordó cruzándose de brazos—. No veo nada, ya lo sabes. Que yo sepa todo está como siempre.

Kayleen lo miró desconfiada.

—Nos estás mintiendo.

—No, no lo hago —le respondió mirando por la ventana para no enfrentarla.

—Pero estabas pálido y parecías tan...

—¿Tan...? —«¿Kayleen sospechaba que estaba embarazado?»

—Asustado —terminó ella observándolo con preocupación.

Cerró la boca, sabiendo que no podía mentir sin que se diera cuenta.

—No sé qué decirte a eso —contestó con sinceridad—. Ayer me encontré mal de repente y quería irme a casa. Necesitaba descansar.

El ceño de Kayleen se hizo más profundo.

—¿Vuelves a encontrarte mal? —inquirió preocupada, le sujetó de la barbilla para mirarlo con detenimiento.

Le dio un manotazo para quitársela de encima.

—Se me pasará —la tranquilizó—. No es tan malo.

—Cielo, ¿cuándo llegaste? —le preguntó Ruby acercándose a la mesa.

—Hace un par de minutos.

—Estamos a punto de comer. ¿Por qué no vas a decirle a Eddie que te quedas?

La cara de Kayleen se iluminó aceptando la invitación. Se puso de pie y salió disparada a la trastienda.

—Franie necesita cambiarte el turno mañana. ¿Podrías venir en su lugar? —le preguntó Ruby.

—Claro, no hay problema. ¿Qué va a hacer Fran?

—Nada importante. Su futura suegra viene a verla.

Julian se rio al ver su cara. Todos sabían que Ruby no tenía muy buena opinión de la mujer.

—Entonces tú tampoco vendrás, supongo que tienes una de esas agradables comidas familiares que tanto te gustan —se burló.

Ella se cruzó de brazos, refunfuñando por lo bajo.

—La palabra familia se le queda grande a esa mujer —contestó Ruby de mal humor.

—¡Oh, vamos! Fran y Eddie se casarán en cualquier momento, tendrás que acabar de asumirlo —la aconsejó.

—No lo haré —le contestó molesta—. La luna sabe que adoro a ese chico, es trabajador, familiar y amable, pero que me parta un rayo el día que esa horrible mujer y yo seamos familia.

Julian se rio mientras la miraba. Ruby era una mujer cariñosa y protectora, una madre increíble que se había esforzado mucho por criar a sus cuatro hijos, además de conseguir dividir el tiempo entre el resto de familia, su marido y el negocio. Y eso sin contar con toda la gente del pueblo que venía solo para que les alegrara el día.

—¿Qué? —le preguntó Ruby al ver cómo la observaba—. ¿Estás bien, cielo?

—Sí, estaba pensando que soy muy feliz trabajando aquí contigo.

Ella pareció sorprendida durante un segundo, pero enseguida se acercó para atraparlo en un abrazo.

—Eres encantador. ¿Lo sabías? —le preguntó dejando un beso en su pelo—. Vamos a comer, le pedí a Eddie que hiciera algo ligero para ti. Veamos si conseguimos que te sientas mejor.

Julian la siguió hasta la trastienda, empujando las palabras y preocupaciones que pugnaban por salir de él. Solo se encontraría mejor cuando estuviera seguro de qué decisión debía tomar.

Capítulo 10

No saber algo era muy diferente a esforzarse en ignorarlo. Ahora que estaba al tanto de lo que le pasaba, no podía ignorarlo y eso que lo intentaba con verdaderas ganas.

Se obligaba a no mirar su cuerpo cuando se duchaba o se vestía, fingiendo que era normal vomitar casi todo lo que comía, pero sabía que no tenía mucho tiempo. Llevaba dentro una cuenta atrás y una vez el corazón del bebé empezara a latir no habría forma de disimularlo, en unas pocas semanas más no podría enmascarar el olor del padre.

El día en que se cumplieron ocho semanas reunió el valor para buscar información en la biblioteca del alfa. Esperó a que todos estuvieran entrenando y se coló en la casa y tomó prestado uno de los libros sobre embarazo.

Su cuenta atrás avanzó vertiginosamente cuando empezó a leer, todos sus síntomas coincidían y a juzgar por lo que ponía allí, no estaba ayudado al bebé a salir adelante.

Pasó todo su día libre encerrado en casa, leyendo el libro, horrorizándose por momentos y llorando a ratos. A las cinco de la mañana acabó por rendirse y fue a buscar una prueba de embarazo a dos horas de distancia de Salem.

Se quedó sentado en el suelo de su baño, tratando de contener las arcadas mientras esperaba una sentencia de un juicio que sabía que tenía perdido.

Contuvo el aliento al ver cómo las líneas marcaban el final de su etapa de negación.

Estaba embarazado.

Se acabaron las excusas, el hacerse el sordo a los gritos que le mandaba su cuerpo... había llegado el momento de tomar una decisión.

—¡Julian! Vamos —le llamó Kayleen al día siguiente. El alfa había enviado mensajes a toda la manada para tener una reunión de emergencia.

Saludó a su amiga mientras la seguía dentro de la casa. Todos los muebles de la gigantesca sala de estar se habían retirado para que pudieran sentarse en sillas plegables.

Kayleen se acomodó en un extremo de la primera fila arrastrándole con ella.

Alaric y Adler estaban de pie frente a la multitud, con Atik y Emily detrás de ellos.

—¿Sabes por qué nos llamaron? —preguntó en voz baja a Kayleen mientras saludaba a Ruby y a los demás que estaban sentados unas cuantas filas detrás con sus familiares y amigos. Trató con todas sus fuerzas de no mirar a Atik.

—Pasó algo grave en Aurora —le dijo ella apenas en un murmullo.

—¿Ya estamos todos? —preguntó Adler a la multitud.

Hubo una afirmación generalizada, aun así, el segundo se tomó unos minutos en asegurarse de que realmente no faltase nadie.

—No vamos a andarnos con rodeos —empezó Alaric sin cambiar su gesto serio—. Ha habido otro ataque en Aurora.

Los murmullos se extendieron por la sala, hasta ahora habían sido poco más que rumores. Si el alfa consideraba urgente tratar el tema era porque algo realmente peligroso estaba pasando.

—Hubo ciertos ataques antes, pero este fue distinto. Por primera vez una criatura hostil entró en el corazón de su pueblo y atacó de forma premeditaba a la pareja de su alfa. Como sabéis, la manada de Aurora es fuerte, esa criatura logró burlarlos a todos.

—¿Está muerto? —preguntó alguien desde atrás.

—No, por suerte él consiguió ponerse a salvo. Nada se sabe de la criatura que le atacó, afirman que es una sombra negra de gran tamaño, con una fuerza descomunal y la rapidez de un hombre lobo. No tiene olor, por lo que podrían estar usando magia.

Julian miró a Abba que estaba de pie en un lateral de la sala. Su rostro no cambió a pesar de que no fue el único en observarla.

—Todas las manadas del territorio están cerrando sus fronteras y nosotros también lo haremos. A partir de este mismo momento nos ponemos en estado de alerta. —Alaric miró a la sala, asegurándose de hacer contacto visual con todos.

—No se permitirá a nadie estar fuera de casa pasada la medianoche, habrá patrullas desde que caiga el sol hasta el amanecer. Los rastreadores se turnarán para recorrer los bosques durante el día, tratando de buscar algún olor desconocido —les anunció Adler—. Las embarazadas y los niños pasarán a vivir en la casa blanca.

Julian trató de contener el gesto de sorpresa. La casa blanca era una edificación fortificada en el corazón del pueblo. En algún momento fue un hostal, pero el lugar estaba lleno de tanta magia que era difícil estar allí mucho tiempo sin sentirse incómodo. Era, después de la casa del alfa, el lugar más seguro de Salem. Si iban a encerrar a las embarazadas y los niños, significaba que el peligro era inminente.

—No descartamos que los ataques de la noche de Litha estén relacionados con lo sucedido en Aurora. No tenemos pistas, ni un sospechoso fiable —admitió Alaric—. Os pedimos que seáis más cautos que nunca. No os relacionéis con nadie de fuera de la manada, mantened los ojos abiertos a cualquier cosa que se salga de lo usual y ante la mínima sospecha hacédnoslo saber. La manada que se mantiene unida, sobrevive —les recordó con seriedad.

—Podéis marcharos. Recibiréis un mensaje con vuestros horarios de vigilancia. Manteneos a salvo —los despidió Adler.

Julian se fijó en Kayleen que le hizo un gesto para que se adelantara. Su mirada se cruzó con la de Atik mientras salía. Lo más sensato era hablar con Atik para informar al alfa de que estaba embarazado, odiaba la idea de estar encerrado en la casa blanca, pero más al pensar que se ponía en riesgo.

Se quedó parado al lado del coche, ya estaba siendo irresponsable por no hacer que algún médico le viera, pero ponerse en riesgo de esa manera le creaba sudores fríos... Tendría que contárselo a alguien, aunque ese miedo aterrador a decirlo en voz alta lo tenía paralizado.

Tomó una respiración profunda tratando de calmarse, cuando el hielo pareció extenderse por su pecho. Miró alrededor asustado. ¿Qué era eso? El vacío llenó su mente y su propia imagen apareció de la nada. Alguien lo estaba acechando.

Sus garras salieron comenzando la transformación antes de recordar que no podía hacerlo, el embarazo masculino no era compatible con ello. Pondría en riesgo al bebé.

El frío pareció atravesarlo como un aguijón, se acercaban.

—¡¡¡Kay!!! —gritó corriendo a la casa.

Alaric salió antes de que pudiera gritar una segunda vez.

—¡Hay algo en el bosque!

Adler y Atik se lanzaron detrás de su hermano, transformándose también para ir directos al bosque. Emily y Kayleen salieron enseguida, pero agarró el brazo de su amiga impidiéndole seguirlos. El aullido de Alaric llamando a la manada hizo que se le erizara la piel.

—¡Julian, vamos! Transfórmate, tenemos que ayudarlos —le apremió tirando del brazo.

Apretó con más fuerza los dedos, aumentando el agarre.

—¿Juls? ¿Por qué hueles a miedo? ¿Qué viste? —le preguntó preocupada.

Tragó saliva mientras los aullidos resonaban más cerca. Estarían usando sus sentidos, cualquier cosa que dijera sería escuchado en varios metros a la redonda, pero el bebé... si algo los atacaba no tenía forma de defenderse salvo usando a Kayleen.

—Julian, háblame. ¿Qué pasa?

Los sonidos de pelea llegaron desde el bosque.

—Estoy embarazado.

Ella dejó salir el aire de golpe, bajó la mirada a su estómago y volvió a su cara.

—Por la diosa... estás... tú... estás...

Asintió con la cabeza, incapaz de repetirlo.

—¿De cuánto? —murmuró Kayleen, en su rostro podía ver que todavía estaba tratando de digerir la noticia.

—Casi dos meses.

—Por la luna —musitó ella incrédula.

Los dos giraron la cabeza al escuchar cómo la pelea se recrudecía.

—Mierda, hay que sacarte de aquí —Kayleen lo agarró del brazo y prácticamente lo llevó en volandas hasta su coche.

Se sentó al volante y los alejó a toda velocidad de la pelea.

—¿Desde cuándo lo sabes? —le preguntó.

—Hace unos pocos días.

—Los vómitos, el cansancio... —enumeró ella uniendo las piezas—. ¿Mashie lo sabe? ¿Por qué no se lo dijiste a Alaric? ¿Sabes lo peligroso que es un embarazo masculino?

—No lo sabe nadie, estaba haciéndome a la idea —le confesó.

—¿A la idea? ¡Julian! ¿Perdiste la cabeza? Te pones a ti y al bebé en peligro —le reclamó furiosa—. Espera, ¿estás tratando de perderlo?

—¡No! Corrí a la casa porque sabía que podía perderlo si me transformaba.

—¡Maldita sea, Juls! Tendrías que estar vigilado día y noche. ¡Acaban de atacarnos a plena luz del día!

—¡No me grites! Estoy asustado, sigo estándolo. No quería tener hijos tan pronto. Ni siquiera estaba seguro de quererlos y menos con él. No sabía que podía quedarme embarazado, hay muy pocas posibilidades de que pase.

Kayleen giró la cabeza con rapidez.

—¿Por qué? ¿Quién es él? —quiso saber.

Julian tomó una bocana de aire antes de responder.

—Atik —reconoció mirándose las manos.

Kayleen dio un volantazo parando el coche en el arcén.

—¿Tu hijo es un Madsen? ¿Sabes lo que eso significa?

—No es un Madsen de verdad. Atik es solo hijo de Cormac y también es mío. Su sangre apenas es un tercio Madsen —trató de argumentar.

Kayleen arrancó a toda velocidad de nuevo.

—No que va, en lo que importa, es un Madsen. Alaric va a volverse loco cuando sepa esto. Atik es casi un marginado en la manada, ¿tienes idea de lo que supone que el primer niño de la nueva generación de los Madsen sea de él?

Julian se cubrió el estómago con los brazos tratando de protegerse.

—¿Crees que podría hacerle daño al bebé? ¿Qué pensará en él como una amenaza? ¿Por qué les importaría que Atik tenga un bebé?

—No lo sé, nunca hablamos de esas cosas, pero recuerdo la llegada de Atik, no me puedo imaginar cómo se tomará la manada el nacimiento de tu bebé. Algunos creerán que Atik quiere tratar de desafiar a Alaric.

—No puedes hablar en serio. Ni siquiera sabía que podía dejarme embarazado, no creo ni que esté interesado en el bebé. Fue una vez, nos acostamos la noche de Litha, después de que nos atacaran, ese hechizo nos hizo... no sé. Me sentí muy unido a él y solo pasó, no fue premeditado. Ninguna de las dos veces.

—¿Dos? —preguntó Kayleen indignada—. ¿Te acostaste con Atik dos veces y no me dijiste nada?

—Me daba vergüenza. Él fingió que no pasó nada entre nosotros y fue una noche. No creí que hubiera consecuencias... hasta que empecé a soñar con él.

—Oh, luna... mierda —murmuró Kayleen. Su móvil empezó a sonar—. Es Alaric.

Los dos se miraron sin saber qué hacer.

La voz helada de Alaric llenó el coche en cuanto descolgó.

"Vuelve aquí y tráelo. Mashie tiene que asegurarse de que el bebé está bien".

Las arcadas lo ahogaron por un segundo. Kayleen tenía razón.

—No —le contestó ella mirándolo asustada. No se negaba una orden del alfa.

"¡Esta no es una de tus rabietas, Kayleen! ¡Tráelo aquí, ahora!"

—No, Julian necesita pensar y... —insistió ella con un tono de voz deliberadamente calmado.

"No hay nada que pensar. Ese bebé es de la familia, nos pertenece", siseó Alaric con enfado.

Julian cortó la llamada y miró a Kayleen en pánico.

—No voy a darles al bebé. Es mío —dijo con la voz tan temblorosa cómo se sentía.

Los aullidos resonaron en alguna parte del pueblo, anunciando que salían a buscarlos.

Kayleen volvió la atención a la carretera.

—Ponte el cinturón —le dijo con los dientes apretados—. Nos vamos.

Capítulo 11

Cuando era pequeño soñó muchas veces con salir de Salem, aunque no para siempre. Amaba su pueblo y su manada, pero le gustaría conocer a otras manadas y saber cómo vivían.

Nunca pensó que sería de esa forma, huyendo del pueblo a toda velocidad. Conduciendo durante horas y apagando sus móviles en un intento de evitar que Alaric usara sus contactos en la policía para encontrarlos.

Kayleen tuvo una buena idea, llamó al alfa de Aurora y dijo que estaba escoltando a una embarazada hasta Greenville. Les daba mucho miedo seguir huyendo solos por si algo les atacaba, ella por supuesto no lo dijo en voz alta, pero no era necesario. Los nervios le estaban matando y tuvieron que parar varias veces para que vomitara.

Los recibió la pareja del alfa, Luc. Un lobo nuevo muy amable que les brindó toda la ayuda que pudo. Trayendo incluso a un médico que le echó un vistazo después de recriminarle por no estar cuidando de su embarazo como debería.

El plan era llegar a Greenville Norte y pedir ayuda al alfa. Tom y su marido Chris, estaban tratando de tener familia, por eso pensaron que podrían ser más comprensivos con su situación. También influyó en su decisión que eran una manada numerosa y la buena relación que tenía con Alaric. Necesitaban arreglar las cosas con el alfa y dejarle claro que el bebé no les pertenecía.

Su pequeña treta fue bien. Hasta que, a la mañana siguiente, cuando bajaban a desayunar se encontraron con el alfa humano de Greenville esperándoles en la cocina de Dragos.

—Buenos días —los saludó sentado al lado de su marido, Andrew.

Kayleen se puso delante de él, cubriéndolo con su cuerpo.

—No hay porque enfadarse. No estamos aquí para hacer daño a nadie —le aseguró el humano sin inmutarse por su gesto.

Los ojos de Andrew refulgieron a modo de advertencia.

—¿Por qué estáis aquí? —preguntó Kayleen de forma agresiva—. Queríamos ver al alfa.

—Alaric me llamó anoche y le prometí que me haría cargo de vosotros —le explicó dándole un sorbo de café en completa calma.

Julian usó su olfato para saber si decía la verdad, pero se arrepintió al instante cuando las arcadas de la mañana volvieron a él con fuerza.

Apenas tuvo tiempo de llegar al lavabo de la cocina.

—Juls... —murmuró Kayleen preocupada, acariciándole la espalda.

—Pobre —escuchó decir a Tyler detrás de ellos—. Zero te dejó algunas bebidas, deberían ayudarte con las náuseas.

Julian le hizo un gesto a Kayleen para separarse mientras abría el agua y limpiaba todo el desorden.

—Tienes que dejar que te vea un médico. No sabemos si el embarazo está siguiendo su transcurso natural o algo va mal.

Julian se llevó la mano a estómago negando con la cabeza.

—No, si te envía Alaric no. Me las arreglaré solo. Gracias.

Tyler le dedicó una mirada de genuina sorpresa.

—El padre de tu hijo no es Alaric. ¿Por qué ese rechazo?

—¿Qué va a hacerle al bebé? —preguntó Kayleen pasándole un vaso.

—¿Hacerle? —repitió Andrew igual de sorprendido que su marido—. ¿Crees que Alaric quiere dañar al bebé?

Julian no respondió, en su lugar le dio un sorbo a su bebida sin comprometerse.

Tyler los observó, dejando salir un largo suspiro.

—Entiendo. Creo que estáis equivocados, pero sé que diga lo que diga no vais a creerme. Os haré una proposición. Dejad que os acompañemos a Greenville para asegurarnos de que el bebé y el embarazo son normales. Si lo deseáis podéis quedaros con nosotros y no volver a Salem.

—¿Nos mantendrás a salvo? —preguntó Kayleen.

—¿De vuestra manada? —quiso saber Tyler.

—De lo que sea —puntualizó ella.

—Os doy mi palabra, nadie va a haceros daño en Greenville —le prometió con solemnidad antes de levantarse de la silla e ir hacia ellos—. Bienvenidos lobos de Salem. Habéis recorrido un largo camino, sentaos a nuestra mesa, comed y bebed. Estáis bajo la protección del alfa de Greenville —prometió acercándose a Kayleen, apoyando su frente en ella antes de hacerlo con él.

Julian se estremeció bajo su toque, emanaba un tipo de energía especial, fuerte y cálida.

—Te juro que tu bebé y tú estáis a salvo —le dijo mirándolo a los ojos.

Le creyó, no necesitó escuchar su corazón.

Había más lobos de Greenville fuera cuando consiguió encontrarse mejor. Junto con Kal, uno de los segundos de Aurora, los condujeron hasta el alfa.

Tom los esperaba en su casa, junto con la médica de su manada, Betsy. Antes de hablar quería asegurarse de que el bebé estaba bien, así que lo llevaron a la consulta de la mujer y le realizaron algunas pruebas.

—Puede que hiciera algo mal —dijo en pánico cuando lo mandaron subirse a la camilla—. Acabo de saber que estoy embarazado, no me cuidé y... —intentó justificarse.

Betsy le agarró la mano, haciéndolo callar.

—La naturaleza es sabia. Veamos vuestro estado antes de suponer cómo de grande es la herida.

Julian miró a Kayleen en busca de ayuda, ella sonrió acercándose, atrapándole en un abrazo suave.

—Estaréis bien. Ya verás —le dijo al oído.

Julian apretó los brazos a su alrededor, tragándose las lágrimas. No sabía en qué momento las cosas se torcieron tanto, cuando pasó de estar solo a tener que preocuparse por otra persona y huir de su hogar en apenas unas horas.

Un golpe suave en la puerta los interrumpió.

—Perdona Julian —le dijo Tom asomándose—. Alaric exige que haya alguien de los nuestros presente en la consulta para saber el estado del bebé.

Kayleen lo miró negando con la cabeza.

—¿Puede ser Tyler? —preguntó en voz baja. No quería insultar al alfa, pero prefería al humano.

—Por supuesto —aceptó Tom, desapareciendo para dejar pasar a Tyler.

—Suponía que me elegirías, pero debemos seguir el protocolo —le dijo cerrando la puerta a su espalda.

Julian sonrió un poco más tranquilo.

—Súbete la camiseta —le pidió Betsy.

—No quiero —dijo obstinado.

Kayleen se rio sentándose a su lado, agarrándole la mano.

—Oye, hui por ti y por ese bebé. Mínimo merezco echarle un vistazo —se quejó ella.

—Lo siento, Kay. Tus padres estarán furiosos contigo, yo no...

—No me importa —le interrumpió—. Mis padres me enseñaron a defender en lo que creo, me escaparía por ti a donde fuera. Hice lo que tenía que hacer.

Las lágrimas volvieron a llenarle los ojos mientras miraba a su mejor amiga. Nadie hubiera hecho algo así por él, darle la espalda a su mundo para lanzarse a la nada. Nadie, excepto Kayleen.

—Te quiero —murmuró tratando de limpiarse la cara.

Ella sonrió emocionada.

—Y yo a ti —dijo apretándole la mano con fuerza.

Julian tomó una bocanada y levantó su camiseta sin soltar a Kayleen.

—¿Listo? —le preguntó la médica con una mirada de comprensión.

Asintió con la cabeza sin atreverse a respirar.

—Vas a sentir esto un poco frío, le advirtió echándose un líquido en las manos antes de ponérselo en la barriga.

Julian miró con pánico cómo tocaba su vientre plano.

—¿Estás de dos meses? —le preguntó Betsy tratando de calmarle.

—Siete semanas y cuatro días —contestó en un hilo de voz.

—Eso es muy preciso —le dijo ella encendiendo un monitor a su lado.

—Solo me acosté con un hombre en los últimos seis meses, lo recuerdo bien —murmuró mareado.

—Fue en la noche de Litha, durante el solsticio de verano —resolvió Kayleen por él.

Betsy lo miró sorprendida.

—Es una noche de mucho poder. Perfecta para conseguir grandes cosas.

—Eso parece —aceptó dejando salir el aire.

—No te preocupes, esto no duele nada. Primero vamos a escuchar el corazón del bebé —le advirtió poniendo un aparato sobre su ombligo.

El latido inundó la habitación, mientras ella sonreía.

El alivio se filtró hasta lo más profundo de su ser. Su bebé, su hijo.

—¿Eso es normal? Suena raro —preguntó mirando a Kayleen que asintió con la cabeza.

—Es exactamente cómo debería sonar un bebé de estas semanas, el corazón se está formando todavía, en una o dos semanas más su latido será audible para cualquier lobo que esté lo bastante cerca de ti.

—Vamos a echarle un vistazo. La magia ha obrado un milagro, tenemos que asegurarnos de que todo está donde debería.

Julian miró al monitor como si la vida le dependiera de ello.

—Sí. Ahí lo tienes —dijo señalando un pequeño manchurrón blanco en medio del negro.

—¿Eso es el bebé? Qué asco —murmuró Kayleen.

Julian asintió con la cabeza. No se parecía en nada a un bebé.

—Todavía es un embrión en fase temprana —les explicó Betsy con paciencia. Mide unos ocho milímetros y su peso no alcanza a un gramo.

—¿Qué? —preguntó alarmado—. Es pequeñísimo.

—No te preocupes —le tranquilizó Betsy—. Es normal. El bebé es del tamaño de un haba. En esa fase el aborto tiene un riesgo muy alto porque es muy vulnerable.

Julian la miró absorbiendo cada palabra.

—¿Quieres tenerlo? —le preguntó Betsy con delicadeza.

Asintió despacio.

—¿Sabes el riesgo que corres?

Volvió a asentir.

—Lo mejor para el bebé es que estés cerca del padre. La conexión que ayudó a concebirlo se alimenta de ambos.

—No creo que eso vaya a pasar. No fue planeado, no tengo relación con el padre.

Betsy suspiró con pesar.

—Deberías hablar con él, quizá quiera ayudarte a tenerlo, aunque luego se desentienda —le ofreció.

—Quizá —dijo casi seguro de que no lo haría. Kayleen le dio un apretón.

—Está bien. No te angusties —le calmó Betsy—. Es un embarazo muy difícil de llevar adelante, hay que esperar. Tienes que cuidarte mucho, seguir todas las recomendaciones, pero aun así puede que no llegue a buen término. ¿Lo entiendes?

—Sí, quiero hacerlo de todas formas.

Ella sonrió dándole ánimos.

—¿Puedo escuchar su corazón de nuevo? —preguntó en voz baja.

—Claro —aceptó Betsy enseguida.

Julian cerró los ojos y dejó la mente en blanco, dejando que ese extraño sonido llegara a cada parte de su ser.

«Mío, mío, mío». La palabra resonó con fuerza en su interior.

—Gracias —murmuró al abrirlos.

—Estoy encantada de ayudar —Betsy le dio una toallita para quitarse el gel—. Te daré información y hablaremos de los próximos pasos.

Escuchó atento durante una hora sus consejos, síntomas de lo que iba a suceder y señales de peligro. Para cuando terminaron la consulta estaba tan agotado que Kayleen tuvo que agarrarlo mientras iban a casa del alfa.

Tyler insistió en que descansara. Aunque aún era medio día, se dejó llevar por el sueño mientras Kayleen se sentaba a su lado lista para defenderle.

—¿Mejor después de la siesta? —le preguntó Kayleen dos horas más tarde cuando se despertó.

—Un poco, lo siento. Últimamente me duermo por las esquinas —se disculpó sentándose en la cama.

—No pasa nada. Yo duermo a todas horas y no estoy embarazada.

Los dos se sonrieron por la broma. Era la primera vez en dos días que podían tomarse un respiro.

—¿Cómo estás? —le preguntó ella preocupada.

—Hecho un lío. Hace unos días no estaba seguro de tenerlo y cuando me di cuenta de que había algo acechándome en el bosque fue como... instinto. De repente quería proteger al bebé al coste que fuera.

—Instinto mater... ¿paternal? —se corrigió Kayleen con un gesto de disculpa.

—Supongo —dijo encogiéndose de hombros—. Nunca había pensado de verdad en ser padre. Soy gay y eso limita las posibilidades. Ya no importa, el bebé está aquí, es lo que cuenta.

—Lo superaremos. Vais a estar bien, me tienes para ayudarte en todo, ya lo sabes —le aseguró sonriendo en un intento de darle ánimos.

—Debes volver a Salem, tu familia está allí, tu trabajo... y Alaric —le recordó.

Ella se mordió el labio.

—No voy a dejarte solo.

—No lo harás. Esta es una buena manada, puedo quedarme aquí, yo no tengo nada que me ate a Salem, nadie me espera.

Kayleen lo miró con indignación.

—Todos te esperan. Encendí mi móvil antes, ¿sabes cuantas llamadas y mensajes tengo pidiendo que volvamos? Todo el mundo te quiere, Juls es tu hogar.

—Era —la corrigió con tristeza—. No sé qué lucha de poder se traen, pero mi bebé no está en la ecuación. No puedo viajar aun, esperaré a que el niño nazca y me iré a la manada de mi madre en Europa. No tengo familia, pero su alfa me invitó a unirme a ellos cuando murieron.

—Julian...

—Nadie va a ningún sitio —los interrumpió Ruby abriendo la puerta de la habitación.

—Tía Ruby, ¿qué haces aquí? —preguntó Kayleen poniéndose en pie para cubrirlo.

—¿Tú qué crees? —la observó de forma amenazante haciendo que se moviera para dejarle a la vista. Ruby sonrió mirándolo con cariño—. Alguien tenía que venir a meter un poco de sentido común en esas cabezas.

—Tía Ruby...

—Será mejor que te calles, prima. Menudo desastre habéis formado —le aconsejó Fran cerrando la puerta.

Julian no miró a las chicas, estaba demasiado ocupado viendo a Ruby. Ella se sentó a su lado en la cama, dándole un cuidadoso abrazo.

—Mi pobre niño, no me imagino cómo de asustado estarás.

Eran las palabras justas, no había otra forma de decirlo, estaba aterrado desde que descubrió lo que le pasaba. Se deshizo en lágrimas mientras el aroma de Ruby lo inundaba y sus manos fuertes y amables lo tranquilizaban.

—Todo irá bien, cielo. No te angusties. Te prometo que no es tan malo como parece. Estoy contigo, no pasarás por esto solo.

Sus palabras fueron calando en él, asentándolo y calmándolo de verdad por primera vez en semanas.

Capítulo 12

—Eso es absurdo. Alaric no haría daño a un bebé —lo defendió Fran cuando le contaron los motivos que lo llevaron a huir.

Ruby hizo un gesto pidiéndole silencio.

—No digo que no haya gente que sospeche de Atik, la hubo cuando Cormac lo trajo a la manada y seguirá habiéndola, aunque no tengan razón.

—Mamá, no puedes hablar en serio —se indignó Fran.

—Déjame terminar —dijo Ruby amonestando a su hija—. Pero Alaric y Adler no son así. Ellos nunca trataron mal a su hermano. Su padre les dijo que era como ellos y los dos le creyeron. Los escuchasteis cuando envenenaron a Atik, ambos estaban dispuestos a debilitarse por él. Hubo gente que en su momento pensó que Atik era un mal augurio, que sea el primero de los cuatro en tener descendencia, no será muy bien recibido.

—Por eso nos fuimos. Alaric estaba tan enfadado.

Ruby miró a su sobrina con indignación.

—Por supuesto que lo estaba. Julian es un miembro de su manada, acababan de atacarlos y te lo llevaste. Está embarazado de su hermano pequeño.

—¿Cómo puede saber Alaric quién es el padre? —preguntó Kayleen frunciendo el ceño.

—Fue en su casa, entrarían en algún momento durante la noche. O quizá se lo dijo Atik —supuso Julian.

—Eso no importa —respondió Ruby—. Ese bebé es un Madsen.

—Solo un tercio de él —contestó Kayleen enfurruñada.

—No importa —volvió a decir con dureza Ruby—. Lo importante es que lo es, si Adler y Alaric no distinguen a Atik por tener otra madre, nosotros no somos quién para hacerlo. Julian tiene que volver.

Abrió la boca para protestar, pero ella le pidió calma.

—¿Confías en mí, Julian? —le preguntó Ruby.

—Por supuesto, eres mi familia.

Ruby le sonrió con dulzura, palmeando su mano.

—Recuérdalo la próxima vez que estés en un lío. Tú eres como un hijo para mí y ese bebé es mi nieto. No dejaré que os pase nada a ninguno de los dos, pero necesitas volver a Salem. Un embarazo masculino no es algo que tomar a la ligera, debes tener contacto con el padre para que la magia que lo concibió ayude al niño a salir adelante. Ahora ya no puedes pensar solo en ti. Tus acciones repercuten en tu hijo y tu primera misión como padre es asegurarte que llegue bien a este mundo.

—Pero y si... —intentó decir Julian.

—Alaric es un buen hombre, estaba roto de la preocupación cuando vino a contarme lo que había pasado. No está buscando hacerte daño a ti o al bebé. Es un hombre preocupado por un nuevo miembro de su familia. Te juro que si creyese que hay una mínima posibilidad de que fuera a hacerte daño, yo misma te ayudaría a huir. Confía en mí. Sé que es difícil, estás confundido, pero esto es lo mejor para ti y para el bebé.

Fran asintió con la cabeza.

—Los tres hermanos vinieron a buscarnos. Creo que es la primera vez que veo una expresión real en la cara de ese hombre, siempre es tan serio —les relató Fran—. Me refiero a Atik —puntualizó al ver que no la entendía.

—¿Y cuál era? —quiso saber Kayleen.

—Desconcierto. Si le hubiera preguntado, cómo se llamaba, no creo ni que hubiese podido decirlo. Alaric habló todo el tiempo, pero cuando se iban le pidió a mamá que por favor te trajera de vuelta.

—¿Qué significa eso? ¿Quiere al bebé? —Kayleen parecía igual de desconcertada que él.

—Lo importante es lo que quiera Julian. Su cuerpo, sus normas —opinó Ruby—. ¿Quieres tenerlo?

—Porque está bien si no quieres —añadió Fran.

Julian asintió con la cabeza, mordiéndose el labio en un gesto nervioso.

—Lo quiero, es mi bebé también.

—Fin de la discusión —resolvió Ruby poniéndose en pie—. Es hora de volver a casa.

Tyler y Tom eran los únicos que estaban en el piso de abajo esperándoles.

—¿Estás seguro? —le preguntó Tom cuando se despedían.

—Puedes quedarte con nosotros todo el tiempo que quieras —le ofreció Tyler.

—Siento las molestias, pero confío en Ruby y es lo mejor para el bebé —le respondió con sinceridad.

Tyler le tendió una tarjeta.

—Ahí tienes mi número de teléfono, está operativo todo el día y noche. Si necesitas algo, lo que sea, llámame. No te pongas en riesgo ni pienses que no tienes opción, estaríamos encantados de recibiros a ti y a tu bebé. Mucha suerte a los dos, Julian —le deseó abrazándolo antes de dejarlos marchar.

Ruby insistió en que subiera al coche con ella, Fran y Kayleen iban en el otro. Aunque era un trayecto largo, se le hizo corto, ya que durmió gran parte del camino. Era obvio que los esperaban porque los aullidos empezaron a sonar en cuanto atravesaron la frontera del pueblo.

—¿No puedo hablar con el alfa mañana? —le preguntó a Ruby preocupado.

—Me temo que no, cielo. Cuanto antes mejor. Alaric está al tanto de todo lo que dijo la médica, sus cuidados y tu estado.

Julian ahogó un gemido frotándose la cara con agobio.

—Oye, no te preocupes tanto, no es bueno en tu estado —le aconsejó Ruby.

—¿Puedes venir conmigo?

—Por supuesto que sí —aceptó Ruby.

—Gracias —murmuró mientras el coche llegaba a la casa del alfa.

Todas las luces estaban encendidas y los cuatro hermanos estaban esperándole en el porche junto a Emily.

—¿Qué hace Agara aquí? —preguntó a Ruby.

—Esto es un asunto de familia, uno de los importantes. Hicieron bien en llamarla —opinó apagando el coche, el de Kayleen aparcó a su lado.

—¿Puedo irme?

Ruby sonrió palmeándole la mano.

—Todo irá bien, no tengas miedo.

—Es fácil de decir, pero creo que no había estado más asustado en toda mi vida. No quiero que nadie le haga daño a mi bebé.

—Y no lo harán. Te lo prometí y soy una mujer de palabra —le recordó ella.

Sonrió un poco más tranquilo.

—Gracias, Ruby —murmuró al salir del coche.

Kayleen y Fran hicieron lo mismo.

Mientras recorrían los últimos pasos vio la cara de los cinco. Emily le dedicaba una sonrisa afable, pero los cuatro hermanos tenían el semblante serio y gesto cerrado. Atik apretaba con tanta fuerza la mandíbula que tenía que dolerle.

—Alfa —dijeron a la vez al llegar a la escalera.

Alaric los miró con seriedad uno a uno antes de hablar.

—Ruby, eres bienvenida a quedarte. Gracias a ti y a tu hija. No tengo palabras para agradeceros que devolvierais a Julian sano y salvo —les dijo el alfa mirando a la mujer mayor.

Las mujeres inclinaron la cabeza a modo de reconocimiento.

—Kayleen, puedes marcharte —le ordenó a la chica.

—No, yo también me quedo —se negó ella con facilidad.

Todo el cuerpo del alfa se tensó mientras la miraba.

—No te estaba dando opción. Vete —le dijo con dureza—. Es una orden.

Kayleen hizo un sonido sorprendido por su brusquedad.

—Vamos, Alaric. Solo estaba cuidando de Julian. Él quería irse —replicó Kayleen.

—¿Cuidándolo? —intervino Agara con enfado—. Lo alejaste de nuestra protección, te llevaste al bebé lejos de su familia.

—No hubo mala intención en mis actos, yo solo...

—Puede que digas la verdad —la cortó Adler—. Pero no cambia el hecho de que tomaste un riesgo que no te correspondía. Acababan de atacarnos, ¿qué habría pasado si le hubieses llevado directo a una trampa? Ni siquiera consideraste eso.

—Lo estaba alejando del peligro. No sabíamos qué intenciones teníais —se quejó su amiga.

—¡Basta! —Alaric observó a Kayleen con tanta rabia que Julian se encogió por solidaridad—. No me conoces en absoluto si crees que le haría daño a un bebé inocente, menos al hijo de mi propio hermano. Márchate, no tengo nada más que hablar contigo.

Kayleen se quedó mirándolo antes de admitir la derrota, Fran le pasó un brazo por los hombros y se la llevó al coche, yéndose con ella.

Julian tiró de la manga de su sudadera con nerviosismo. No creía que viviría el tiempo suficiente para ver al alfa enfadado de verdad con Kayleen.

—Julian, por favor —le pidió Alaric son suavidad, moderando su tono al máximo—. Entra en la casa.

Miró a Ruby con aprensión. Ella no parecía afectada por lo que acababa de suceder, le pasó la mano por la espalda y lo guio escaleras arriba.

—Siento mucho todo esto, es culpa mía —murmuró cuando estuvo frente al alfa.

—Eso difícilmente es verdad. Hablaremos de ello —le prometió dejándolo pasar.

Emily se puso a su otro lado mientras lo llevaban al salón de la casa, en vez de al despacho del alfa. Ruby se sentó a su lado en el sofá, Emily y Adler en un sofá lateral, mientras que Alaric y Agara lo hacían frente a él. Atik se quedó de pie detrás del alfa.

—Lo primero es lo primero —dijo Emily—. ¿Cómo te sientes, Julian? ¿Cómo estás? —le preguntó con amabilidad.

Abrió y cerró la boca tratando de hablar sin que le saliera un solo sonido.

—Está aterrado, no le preguntes eso —respondió Atik con voz cortante—. ¿Acaso no lo hueles?

Tragó saliva viendo al padre de su futuro hijo.

—No estás ayudando, hermano —le recriminó Agara—. Julian, no tienes nada que temer. Nadie en esta habitación quiere hacerte daño.

Asintió con la cabeza sin creerse del todo que fuera verdad.

—Está nervioso y asustado, como es normal. El embarazo es una bomba de hormonas y lo ha pasado mal en estos días. Necesita calma y tranquilidad, el estrés no es bueno para el bebé, ni para él —dijo Ruby haciéndose con el control de la situación.

—Por supuesto —admitió Emily con facilidad—. Entonces... ¿Vas a tratar de tener el bebé?

Julian asintió con la cabeza buscando su voz.

—Quiero tenerlo. No espero nada de vosotros —les aseguró de forma atropellada—. Fue... casualidad o suerte... No espero que Atik,

108

o vosotros os ocupéis de nosotros. Le cuidaré bien, lo quiero. Es mío —puntualizó, porque por alguna razón le parecía importante.

Alaric suspiró con gesto derrotado.

—Julian, no existe vosotros y nosotros. Somos todos familia desde el momento en que ese niño fue concebido. Sabemos que no fue planeado y por eso hemos pensado en darte soluciones.

—¿Cómo cuál? —preguntó Julian desconfiado.

—Puedes tener al bebé y luego entregárselo a Agara. Atik está dispuesto a marcharse para criarlo con la ayuda de nuestra hermana. El bebé estará bien cuidado y podrás verlo cuando quieras. Si lo prefieres, también podría quedárselo Atik y criarlo con Adler y Emily. Así le verías crecer. Haremos lo que tú quieras.

—Quiero criarlo yo mismo. No será fácil, pero es lo que quiero. Le quiero, es mío —volvió a puntualizar.

—Bien, eso facilita las cosas —añadió Adler—. Atik está dispuesto a enlazarse contigo y criar al niño juntos.

Julian abrió la boca por la sorpresa.

—Paso. Vamos a tener un hijo, pero no nos conocemos.

—Pues eso supone un problema —dijo Agara mirando a Atik por encima del hombro.

—¿Por qué?

—Atik también quiere criar al niño —le explicó Alaric.

—Ah... yo creía que...

—¿Qué? ¿Qué abandonaría a mi hijo como hizo mi padre? —le preguntó Atik con brusquedad.

—Atik —le advirtió Alaric.

—Perdónale —le pidió Agara cubriendo la mano que Atik tenía apoyada en el respaldo del sofá—. Todavía está lidiando con la información, estábamos preocupados por tu desaparición.

—Lo siento, no quería irme —se disculpó Julian de nuevo—. Pero me daba miedo que creyeseis que es un símbolo de mala suerte o que alguien pensara que el bebé es la señal para un golpe contra Alaric.

—Lo pensarán. Odiarán al niño solo porque soy su padre —dijo Atik sin dejar de observarlo.

—¡Atik! —le recriminó Alaric con dureza—. Cálmate, hermano. Nada le pasará a vuestro hijo —les prometió mirándolos—. La llegada de Atik a nuestras vidas fue un regalo, tu hijo lo será también.

Atik dio media vuelta y salió de la casa hecho una furia.

Julian no lo culpó ni por un instante, recordando las circunstancias que hicieron que llegara a la manada. Se preguntaba si sus hermanos sabrían algo sobre su infancia antes de Salem.

—Iré con él —dijo Agara marchándose en su busca.

Adler suspiró negando con la cabeza.

—No se lo tengas en cuenta. Atik necesita tiempo para procesar las cosas, no ha dormido en dos días y estaba asustado porque desaparecieras con el niño.

Claro que lo pensaría. Después de lo que había visto, su madre probablemente fue lo que hizo con él.

—No quería irme, me daba miedo de que le hicierais daño al bebé porque lo vierais como una amenaza.

Alaric lo miró, asintiendo.

—No prestes atención a lo que diga la manada. Atik es un Madsen, igual que nosotros tres. Puede que haya gente que lo considere un mal augurio, solo nosotros y nuestra familia entiende que no lo es. Por favor, no dejes que la influencia de otros dicte cómo nos relacionamos. Esta es una situación complicada, necesitamos ser sinceros los unos con los otros para salir adelante.

—Lo entiendo. Trataré de hacerlo —contestó Julian con voz baja sintiéndose avergonzado.

—Gracias. Me gustaría que Mashie te viera mañana y empezar con el seguimiento del embarazo. Necesitas vitaminas y cuidados.

Miró a la alfombra, ¿había alguna forma de decir lo que quería sin ser ofensivo?

—Julian, cielo. Solo dilo —le aconsejó Ruby adivinando que algo le pasaba.

—No quiero que Mashie lleve mi embarazo.

—¿Puedo preguntar el motivo? —le interrogó Alaric.

—Se inventó una excusa para no tratar a Atik, ¿debo confiar en que vaya a cuidar de su hijo?

—No, no debes —contestó Adler mirando a su hermano.

—¿Y Abba? —le ofreció el alfa.

—Lo siento, pero no. No me fio de ella, sé que te es fiel y no dudo de sus intenciones contigo.

—Está bien, lo comprendo —respondió Alaric después de unos instantes—. Buscaremos a alguien. Podría pedirle a Tyler que nos preste a Betsy. ¿Eso te gustaría?

—Sí, alfa. Gracias.

—Hablaré con él para tenerla lo más pronto posible con nosotros. Coincido en que hoy hemos pasado por demasiadas emociones, creo que todos deberíamos descansar. Nos gustaría que te quedaras aquí esta noche, mientras decidimos qué hacer. Ruby eres bienvenida a quedarte.

—Lo que quiera Julian. ¿Crees que puedas estar aquí solo? —le preguntó ella con amabilidad.

—Creo que sí, ya te he mantenido lejos de tu casa lo suficiente. Gracias Ruby —murmuró abrazándola.

Ella se rio besándole la frente como cuando era niño.

—Llámame si me necesitas, mi teléfono está encendido en todo momento —le advirtió.

—Sí, señora —cedió con facilidad.

Julian se quedó parado en la sala mientras despedían a la mujer.

—¿Estás listo para subir a tu habitación? —le preguntó Emily con tranquilidad.

No, no lo estaba. Dudaba mucho que fuera algo bueno que decir, así que sonrió y la siguió escaleras arriba.

Capítulo 13

Cuando era niño, la mansión Madsen siempre le pareció un lugar aterrador. Era una casa demasiado grande para ser acogedora. En su mente infantil cada vez que recorría el pasillo hasta el salón donde solía reunirse la manada, apresuraba el paso con temor a que algo lo acechara en las esquinas.

Habían pasado muchos años desde eso, pero la misma sensación lo sacudía cada vez que subía las escaleras de esa casa.

Intentar dormir entre esas paredes cuando estaba tan intranquilo era misión imposible, por lo que abrió la ventana y dejó que la luz de la luna se colara en la habitación para hacerle compañía.

—¿No duermes? —le preguntó Atik sobresaltándolo. Sacó medio cuerpo fuera de la ventana para verle sentado en el tejado.

—¿Por qué estás ahí? —lo interrogó. No lo había visto desde que saliera echo una furia de la casa.

—Te vigilo —contestó con tono desapasionado.

—¿Por qué? —preguntó sin saber qué decir a semejante declaración.

Cumpliendo con lo prometido, Betsy vino de Greenville para cuidar su embarazo esa misma mañana. Pagaron una cantidad indecente de dinero por llevarle a una clínica privada donde le hicieron muchas pruebas en un intento de asegurarse de que todo fuera bien.

Hubo bastante revuelo en la manada por no permitir que Mashie atendiera su embarazo, los murmullos que empezaron el día en que escapó ya no lo eran tanto y algunas voces en contra de Atik sonaban cada vez con más fuerza.

Atik siguió con la vista al frente, ignorando su pregunta.

Julian se apoyó en el alféizar mientras hacía lo mismo. Las luces de las casas iluminaban la oscuridad de la noche en la parte baja del pueblo. Los únicos sonidos de la casa llegaban del piso del abajo donde Alaric y Adler todavía estaban trabajando.

—¿Puedo hacerte una pregunta? —se atrevió a preguntar sin mirarlo—. Voy a tomarme como un sí el hecho de que no te vayas —terminó por decir después de recibir más silencio.

Giró la cabeza para mirar a Atik que no tuvo la misma cortesía, seguía mirando al bosque.

—¿De verdad quieres al bebé? —Le obsesionaba la pregunta porque no tenía sentido que lo hiciera, pero desapareciera durante todo el día.

Atik giró la cabeza, con una mirada hostil.

—¿Y tú? —le devolvió con enfado.

—No sabía si lo quería al principio —admitió.

Atik pareció sorprenderse por su sinceridad.

—No había pensado en tener hijos ahora, menos ser yo quien estuviera embarazado. No lo sabrás, porque no nos conocemos mucho, pero soy bastante desastre. Probablemente sea la persona menos indicada del mundo para tener un bebé.

—¿Y por qué vas a seguir adelante con ello? —lo interrogó Atik mirándolo con desconfianza.

Suspiró cruzándose de brazos para tratar de conservar el calor ahora que estaba la ventana abierta.

—Porque es mío y aunque tengo un miedo horrible, quiero cuidar de él.

—Podrías dármelo a mí, lo criaría y lo mantendría a salvo. Esas ideas no fueron de Alaric, yo se lo ofrecí —le recordó Atik.

—Y eso sin duda sería lo más fácil. En realidad, lo más sencillo es no tenerlo..., pero cada vez que pensé en deshacerme de él sentía que algo se me rompía por dentro. ¿Por qué quieres quedártelo tú?

Atik volvió a mirar al frente.

—Los niños no pueden decidir si vienen o no al mundo, son vulnerables y frágiles, dependen de lo que hagan los adultos de ellos. Si es mi hijo, me haré cargo de él.

Indignado, Julian lo miró.

—Por supuesto que es tuyo. No voy por ahí acostándome con cualquiera y aunque lo hiciera, no trataría de colocarle al bebé a otra persona. En unos meses el niño crecerá y por su esencia quedará claro quiénes son sus padres.

Atik lo miró con una ceja levantada.

—Sé que es mío. No tengo ninguna duda. En realidad, tenía que haberlo sospechado.

—¿Por qué? —preguntó con cautela—. ¿Sabías que podías dejarme embarazado?

—No, pero sí que había algo raro. Pensé que era por el hechizo de la bruja, ahora sé que fuimos nosotros.

Julian le esquivó la mirada, sintiéndose un poco cohibido.

—¿Estás teniendo visiones sobre mí? Dicen que eso pasa si hay conexión natural entre dos lobos.

Julian lo observó dudando si decir la verdad o buscar un escape que le evitase contestar.

—Soñaba cosas que no tenían sentido. El día que me di cuenta de que eran recuerdos tuyos, entendí que estaba embarazado.

La mirada de Atik lo atravesó.

—¿Qué tipo de cosas?

Iba a responder, pero antes de que pudiera hacerlo, él volvió a hablar.

—Déjalo. No quiero saberlo. ¿Mañana vuelves a tu casa?

—Sí, si todas las pruebas salen bien. Tu familia está siendo muy amable, pero quiero volver a mi hogar. Me gustaría tener mis cosas y usar mi cama. El olor de tu hermano es bastante avasallador en este momento, me asfixia un poco.

Atik sonrió de medio lado.

—Es una forma sutil de decirlo. En su defensa está fuera de sí por todo este tema. Adler suele calmarle, pero parece que no tiene mucho éxito. Todos están nerviosos.

—¿Y tú no? —quiso saber.

—¿No estás usando tu olfato? —le preguntó Atik extrañado.

—No, prefiero seguir a ciegas un tiempo. Imagino lo que estará pensando todo el mundo, no necesito percibir sus estados de ánimo. Quiero concentrarme en mí mismo mientras me hago a la idea.

—Parece lo más inteligente —admitió Atik.

—Eso creo yo —murmuró estremeciéndose.

—¿Tienes frío? —le preguntó Atik con curiosidad.

—Sí, al parecer es otra de las virtudes del embarazo. La temperatura baja, adiós al calor de mi sangre de lobo.

Atik le frunció el ceño.

—¿Hay más?

—Oh, sí. ¿Por dónde empiezo? Vómitos diarios varias veces al día, mareos, cansancio, cambios de humor... es una lista que al parecer solo acaba de empezar —enumeró Julian suspirando.

—Parece horrible —opinó Atik poniendo mala cara.

—Porque lo es. Betsy me prometió que iría mejorando, así que solo me queda cruzar los dedos y esperar a que diga la verdad.

—Lo siento, por todo. Fui imprudente al tener relaciones contigo sin protección. Ni siquiera te pregunté si te parecía bien.

Julian dejó escapar un suspiro de resignación.

—Créeme, esto es cosa de los dos. Ninguno de los dos fuimos cuidadosos.

Atik aceptó su palabra con un gesto.

—Aunque sería de ayuda si accedieras a pasar algo de tiempo conmigo. Sería bueno para el bebé, fortalecer nuestra unión —intentó Julian aprovechando que estaban más tranquilos.

—¿Quieres establecer un horario o citas? —le preguntó Atik con extrañeza.

—No, bueno, quizá sí. No sé. Yo voy a volver al trabajo y...

—No puedes trabajar, debes descansar —le recordó Atik—. Yo puedo encargarme de todo lo que necesites.

—Lo siento, pero no. Si tengo que quedarme quieto más tiempo voy a volverme loco. No hago trabajo pesado y Ruby no dejará que haga nada que pueda lastimar al bebé. Además, le prometí a Betsy que me retiraría al primer síntoma de problemas o si ella considerase que no puedo seguir trabajando.

—No me gusta eso —gruñó Atik.

—Ya, me temo que en esto gano yo. Es mi cuerpo el que tiene que pasar por una odisea, yo decidiré lo que es bueno para nosotros.

Atik entrecerró los ojos, observándolo.

—Tienes razón. Solo te pido que no te presiones, voy a apoyarte económicamente en todo lo que necesitéis tú y el bebé.

—Te lo agradezco, aunque la idea no acaba de gustarme.

—Pues tendrás que lidiar con ello, no puedo hacer nada por el bebé, pero sí encargarme de pagar todos sus gastos por lo menos.

Julian lo miró frunciendo el ceño.

—Supongo que encontramos la forma de lidiar con ello.

—Espero que sí, porque vamos a tener que seguir viéndonos a diario durante el resto de nuestra vida. Un hijo es para siempre —le dijo Atik con voz dura.

—Sí, no te ofendas, pero creo que esa es la peor parte de todo esto. Que lo tendré contigo. No es que tenga nada en contra tuya —se apresuró a aclarar—. No nos conocemos, no es forma de traer un niño al mundo.

Atik volvió a mirar al frente.

—Lo único que necesita un niño es estar con sus padres y que lo quieran, al margen de lo que sientan sus padres o la relación que tengan.

—Por supuesto, el bebé siempre será nuestra prioridad. Somos dos adultos, nos llevaremos bien. Conseguiremos que funcione.

—Bien —aceptó Atik aunque no parecía muy convencido.

Julian se quedó apoyado en la ventana, observándolo todo y disfrutando de la vista. Confiando en que lo que había dicho no fuera una mentira.

Betsy le dejó volver a casa como estaba previsto. Kayleen lo estaba esperando en su sofá, ya que durante esos días no había podido venir a verlo. Se enviaron algunos mensajes, pero era obvio que ella no se encontraba bien y tenía muchas ganas de verla.

Los dos se abrazaron al verse.

—Kay... ¿Cómo estás? —preguntó sentándose a su lado.

—Sobreviviendo. Tú eres lo importante. ¿Cómo te sientes? —lo interrogó ella.

—Igual que antes, pero con una semana más de embarazo —aclaró—. En cuanto a Alaric... —empezó a decir.

—No quiero hablar de él —se negó Kayleen cruzándose de brazos.

—Kay...

—No, es un tema cerrado. Por fin hemos avanzado en una dirección. Al final yo no tuve que tomar ninguna decisión y eso es genial —mintió con una sonrisa.

Julian observó a su amiga, su rostro demacrado y la forma en que sus dedos se movían con nerviosismo. Decidió no decir nada, Kayleen fue una amiga fiel en el momento que más la necesitó, haría lo mismo por ella, aunque estuviera seguro de que cometía un terrible error.

—¿Ya está la manada más tranquila con lo de mi embarazo?

—No, para nada —le contestó ella disculpándose con la mirada—. La gente está preocupada por ti, creen que Atik se aprovechó.

—¿Qué les hace pensar eso? —preguntó horrorizado.

Kayleen le hizo un gesto despectivo.

—A lo mejor el hecho de que Atik da mal rollo. Y que todos culpan a la bruja de inutilizar tu voluntad con el hechizo.

—El hechizo no era para eso. Solo tomó mi energía para curarlo.

Kayleen se encogió de hombros.

—¿Estás seguro de eso?

—¡Claro que sí! Alaric y Adler confían en ella.

—Ya lo sé —trató de tranquilizarlo—. Pero no hay forma de saber si hizo algo más. Yo no creo que sea verdad, solo te digo lo que van comentando.

Julian soltó un bufido dejándose caer contra el respaldo del sofá.

—No te agobies. Pronto alguien hará algo y dejarán de fijarse en ti. Disimula y trata de pasar desapercibido.

—¿Ese es tu consejo? —preguntó indignado.

—Sí, pasa desapercibido —le repitió convencida.

—¡Estoy embarazado! Tengo siete meses por delante de llamar la atención y una evidencia de por vida.

Kayleen se encogió mirándole con cara de circunstancias.

—Lo había olvidado.

Julian se la quedó observando fijamente.

—¿En serio? —la increpó.

—Míralo por el lado positivo... si yo lo olvidé, otros podrían hacerlo.

Capítulo 14

Se reincorporó al trabajo el día siguiente y durante los días que lo siguieron tuvo que soportar que casi toda la manada pasara por allí. Algunos fueron lo suficiente educados como para no preguntar directamente, compraban algo y lo olfateaban tratando de buscar algún indicio raro. Con otros no tuvo tanta suerte.

—¿Estás seguro de que eres tú el que quieres tener al bebé? ¿Te está presionando alguien? —le preguntó Muriel.

Con alguien, se refería por supuesto a Atik, pero nadie se atrevía a acusarlo de manera directa.

—¡Muriel Curtis! —intervino Ruby—. ¿No te da vergüenza estar preguntando esas cosas? Está embarazado. Ten más respeto mujer.

Julian trató de aguantar la sonrisa mientras le daba el cambio a Muriel quien salió de la tienda de forma apresurada.

—Siento mucho todos los problemas que te causo Ruby —se disculpó mirándola—. Debería trabajar en la trastienda por una temporada.

Ella puso los ojos en blanco mientras colocaba una bandeja de magdalenas.

—No eres tú el que da problemas —refunfuño la mujer—. Esta gente no tiene vergüenza alguna.

—Sí, no les hagas caso. Además, en un par de días hicimos la caja de un mes —añadió Fran guiñándole un ojo.

—Me alegra que por lo menos al negocio le esté yendo bien. —Suspiró mirando el reloj—. Mi turno ya acabó. ¿Necesitáis que me quede?

—No, cielo. Es hora de descansar. Vuelve a casa y relájate —le ordenó Ruby enseguida—. Eddie tiene lista la comida para que te lleves.

Habría protestado por el exceso de cuidados si no fuera porque Eddie siempre preparaba algo para todos. Recogió sus cosas y la comida antes de meterse en el coche para volver a su hogar. Después de un día de preguntas indiscretas, estaba deseando encerrarse en la tranquilidad de su casa. Dejó su comida en la nevera y fue directamente a ducharse.

Desde hacía un par de días había notado que el olor de los demás lobos le molestaba y el hecho de recibir cada día decenas de ellos no ayudaba a que su tolerancia aumentara, más bien lo contrario.

Salió envuelto en una toalla a la habitación, cerró las cortinas y se metió entre las sábanas en ropa interior, necesitaba una siesta.

Sonrió contento cuando su olor lo rodeó y las suaves telas acariciaron su piel, se quedó en silencio y usó sus sentidos de lobo. Cerró los ojos mientras su sonrisa se ampliaba al escuchar el latido del corazón del bebé. Todavía no era muy audible, pero en silencio absoluto ya se podía notar.

Durmió casi una hora y media y después de prepararse salió a dar un paseo. Estaba acostumbrado a moverse y hacer más actividad, por lo que le venía bien caminar. Es prácticamente lo único que Betsy le había autorizado a realizar.

Caminó entre los árboles tomando una respiración profunda, empapándose de los diferentes olores que había en el ambiente. Normalmente, ese simple gesto lo relajaría, pero había algo diferente en el bosque hoy. Miró alrededor sin saber a qué se debía, al no encontrar una explicación, decidió volver a casa. Apenas había llegado al porche cuando escuchó cómo un coche se acercaba.

Atik salió y fue hasta él con paso rígido, mirándole a los ojos fijamente.

—¿Hay algún problema? —preguntó al ver que no decía nada.

Atik frunció el ceño, pero no contestó de inmediato.

Julian esperó con paciencia a que decidiera dar una explicación, seguro de que tuvo que haber algún motivo para que estuviera allí.

—¿Quieres pasar? —Sería mejor entrar en la casa y no llamar la atención de los vecinos.

—No, quiero que vengas conmigo —le pidió mirándolo como si quisiera atravesarlo.

—¿A dónde?

Los ojos azules de Atik bajaron a su estómago.

—¿Qué es ese ruido?

Julian ahogó una sonrisa.

—El corazón del bebé —le explicó sorprendido de que pudiera escucharlo con tanta facilidad.

Atik lo miró a la cara, incapaz de disimular su sorpresa.

—¿Por qué suena así? ¿Le pasa algo malo? Hablé con Betsy ayer, dijo que no había que preocuparse y...

Julian se rio incapaz de contenerse.

—Todo está bien, es el sonido que debería ser —aseguró.

Atik frunció el ceño dedicándole una mirada desconfiada.

—Escuché bebés antes dentro de su madre. No suenan así —protestó.

—Lo sé, fue lo primero que le dije a Betsy cuando empecé a escucharlo. Pero dice que es normal mientras sea pequeño, puede tener un latido raro hasta que su cuerpo madure, así que está bien.

El ceño de Atik se volvió más profundo, subió el escalón que los separaba e inclinó la cabeza con los ojos en su modo de lobo, concentrándose en el sonido.

—¿Estás seguro? —le insistió.

—Todo lo que puedo estar. Si te sirve para tranquilizarte, los primeros días era más como un eco distante y muy leve. Ahora puedo escucharlo si estoy en silencio, se vuelve más fuerte cada día que pasa.

Atik volvió a mirarle con sus ojos humanos.

—Me sirve —aceptó con solemnidad—. Vamos, mi hermano quiere vernos.

—Claro —contestó sorprendido. Alguien tendría que haberle avisado si habría una reunión, o puede que no si sucedió algo mientras dormía—. Iré a por las llaves del coche.

—Yo te llevo —le ofreció Atik bajando las escaleras.

—No quiero molestarte. Tendrás que traerme a propósito después.

Atik lo observó de nuevo con intensidad.

—O también podría ir contigo —cedió siguiéndole.

Se subió a su coche un poco cohibido por volver a encerrarse con él en un lugar tan pequeño.

—No tienes que preocuparte por eso, superamos esa barrera cuando te dejé embarazado. Podemos estar juntos en cualquier lugar, no tiene que ser incómodo —le dijo Atik mientras encendía el coche y arrancaba.

Julian lo miró boquiabierto.

—¿Puedes leerme la mente?

Atik hizo un ruido que no supo interpretar con la garganta.

—No, ¿y tú? —le preguntó con seriedad.

—No —contestó Julian enseguida—. Pero es que estaba pensando que era extraño estar contigo en el coche. Es como si lo hubieras adivinado.

Atik paró el coche para que cruzaran algunas personas.

—No es adivinación, es lo que yo estaba pensando. Creí que nos vendría bien a los dos escuchar algo así —le dijo con voz desapasionada, giró la cabeza para mirarle directamente—. Acerté.

—Lo hiciste, sí —murmuró sin saber qué decir—. No sabía que tuviéramos reunión hoy. Últimamente se me olvidan las cosas.

Atik asintió con la cabeza.

—Es común la pérdida de concentración durante el embarazo y después de él. Tu cuerpo tiene las hormonas por las nubes y está enfocado en crear vida. No es tu culpa.

Julian se giró para mirarlo sin molestarse en disimular.

—¿Gracias? —contestó inseguro.

—De nada —le respondió él con seguridad—. No hay reunión para los demás, solo para la familia.

—¿Y por qué voy yo? —preguntó alarmado.

Atik le dedicó un fugaz vistazo antes de volver a mirar al frente.

—Porque eres familia —le dijo despacio como si fuera algo obvio y él estuviera siendo deliberadamente obtuso.

—No, no lo soy.

Atik no se molestó en responder hasta que aparcó el coche delante de la casa Madsen. Se giró en el asiento para poder verle bien la cara.

—¿Estás embarazado? —le preguntó con claridad.

—Ya sabes que sí —contestó Julian.

—¿Es mío? —lo interrogó sin parpadear.

—Por supuesto que lo es —respondió con indignación a pesar del tono tranquilo que Atik estaba usando.

—Lo que nos convierte en familia. El hijo que llevas dentro es mío, así que yo soy un poco tuyo. Llegamos tarde, nos están esperando.

Julian se quedó mirándolo salir del coche. ¿Qué acababa de decir?

Lo siguió dentro de la casa todavía con la frase rebotando en su cabeza.

En vez de llevarlo al salón principal o el despacho, Atik lo guio al piso de arriba hasta un pequeño salón.

—Bienvenido —lo saludó Emily sentada al lado de Adler en un largo sofá blanco.

Julian miró alrededor con curiosidad. Era muy parecida a la sala de abajo, pero sin adornos y con muchos enseres personales que le indicaron que sería un espacio privado de la familia.

—¿Ese es el corazón del cachorro? —preguntó Adler señalando su estómago con el dedo, con sus ojos abiertos de emoción.

—¿Cómo podéis escucharlo? Todavía es débil, solo lo oigo si utilizo mis sentidos de lobo y no hay ruido.

Alaric sonrió desde otro sofá.

—Tenemos los sentidos más desarrollados que vosotros, es una cosa de familia —lo tranquilizó el alfa mientras Julian ocupó el único sillón de la sala. Atik se sentó al otro lado de Adler.

—Está bien saberlo —murmuró—. ¿Tú puedes escucharlo? —preguntó a Emily.

—Me temo que no —le respondió ella—. Pero me gustaría.

—Nuestro padre podía percibir a alguien acercarse a varios kilómetros de distancia y distinguir los sonidos sin dificultad —le explicó Adler sonriendo al recordarlo.

—Eso explica muchas cosas —reconoció Julian—. Como la vez que supo que fui yo quién robó pastelitos en la tienda del viejo Morse.

Alaric y Adler rieron.

—Sentimos no haber podido acompañarte estás semanas, hay asuntos importantes que han requerido toda mi atención y la de mis hermanos. Me disculpo por ello —le explicó Alaric.

—Lo entiendo, no te preocupes. Además, no necesito nada.

—Es bueno para el bebé que Atik y tú paséis tiempo juntos —le recordó Emily.

—Lo sé —los tranquilizó—. Pero no hasta que cumpla los tres meses. Primero tenemos que saber si el embarazo continuará.

—¡Lo hará! —dijeron los hermanos a la vez.

Julian intercambió una mirada con Emily que le sonrió.

—Eso espero, ya tenemos un plan para pasar tiempo juntos —le aseguró al alfa.

—Lo sé, Atik me lo dijo. Me parece bien lo que decidáis por el bien del bebé —lo tranquilizó Alaric—. Sin embargo, no estás aquí por eso. Tenemos noticias de Aurora.

Julian sonrió aliviado.

—¿Cazaron a las criaturas que los atacaban? —preguntó esperanzado. Seguro que sí, el alfa de Aurora, Dragos tenía fama de ser brutal. No le pasó desapercibido como Adler y Atik miraban a su hermano.

—Podríamos decir que sí.

Nervioso, Julian los miró a todos uno a uno.

—Eso no suena muy esperanzador.

—Porque no lo es —le dio la razón Adler.

—Escúchame bien, Julian —le advirtió Alaric—. Estás embarazado de mi hermano y eso nos convierte en familia. Por eso voy a arriesgarme a contarte algo que nadie, absolutamente ninguna otra persona debe saber. Se lo contaré a la manada, pero mientras no esté claro lo que pasa, no quiero sembrar el pánico.

Julian se puso cómodo en sillón intentando disimular su nerviosismo.

—Aunque no lo estuviera, no traicionaría a mi alfa. No le contaría tus secretos a nadie —aseguró.

Alaric sonrió, asintiendo con la cabeza.

—Ya lo sé. Pero para guardar este, se necesita más lealtad que la de un lobo de la manada.

—Lo entiendo —murmuró en voz baja.

—Bien, porque quiero hacerte una pregunta y que respondas con total sinceridad —le advirtió Alaric—. Nadie sabrá nada de lo que hablemos aquí, por favor, dime la verdad.

Julian movió la cabeza mientras sentía que los nervios le pellizcaban el estómago.

—¿Por qué no quisiste que Abba y Mashie comprobaran tu embarazo?

Julian miró a Atik sorprendido, pero él al igual que sus hermanos, lo observaba muy concentrado.

Julian apretó los labios, buscando la forma de responder sin descubrir su opinión real.

—No te vamos a juzgar por nada de lo que digas —lo animó Adler.

Julian permaneció en silencio.

—Sé que no te fías de Mashie porque no quiso ayudar a Atik, lo entiendo. Tienes razón, pero no se me ocurre el motivo que te lleva a desconfiar de Abba. Si no fuera por ella, tu hijo no sería concebido.

Julian se estremeció al recordar la crueldad de Mashie al negarle ayuda a Alaric, pero continuó en silencio.

—¿Desconfías de ella porque es una bruja? —lo presionó Alaric sin apartar la vista de él ni siquiera un segundo.

—Puede ser —admitió.

—¿Eres prejuicioso? —lo interrogó Adler.

—Creo que no —le respondió, aunque siguió mirando a Alaric.

—Pero Abba no te gusta y no sabes decir el motivo —resumió Adler—. La elegiste para tu tablero —le recordó.

—No exactamente.

Todos parecieron desconcertados por la respuesta.

—Decidí dejar que el destino eligiera. Lo hice con vosotros también.

Alaric miró a sus hermanos durante un segundo.

—¿Por eso no te gusta, Abba? —le interrogó el alfa con rapidez—. ¿Por tu intuición?

No le pasó desapercibido el tono en el que dijo la última palabra.

—Supongo —respondió apartando la mirada.

—Los ataques de Aurora están relacionados con la brujería —reconoció Alaric.

Julian levantó la cabeza, para mirarlo con sorpresa.

—Volvieron a atacarlos, pero esta vez pudieron ver a la criatura. Eran hombres lobos —le explicó Adler con seriedad.

—Eso es imposible. Nadie en su sano juicio atacaría Aurora, es una manada antigua, demasiado numerosa y muy bien relacionada. Es una sentencia a muerte.

—Ya estaban muertos —lo interrumpió el alfa.

—¿Cómo?

—Los hombres lobos que los atacaron no estaban vivos, pero se movían y luchaban —le explicó Adler—. Eran marionetas.

—Brujería —murmuró entendiendo el motivo de tantas preguntas.

—El lobo que los atacó estaba dirigido por un brujo.

—¿El que vi en el bosque? —recordó enseguida.

—Creemos que sí. La descripción coincide —admitió Alaric.

—¿Cómo es posible? ¿Las brujas pueden convertirnos en sus esclavos si morimos?

—No lo sabemos.

Julian lo miró sin creer lo que acababa de decirle.

—¿Confiáis en ella después de saber eso?

—Sí, lo hago. Porque en estos años ha tenido muchas oportunidades de hacernos daño y jamás se ha puesto en mi contra.

Julian quiso decirle que eso no significaba nada, pero guardó silencio por respeto.

—En su bosque encontraron pequeñas hogueras con restos de hechizos —continuó Alaric.

—Pero tú ampliaste las guardias, ahora hay patrullas a todas horas. Si hubiera algo en el bosque, alguien lo habría visto.

—De momento nadie vio nada y los guardias saben lo que deben buscar.

—Bien, esa es una buena señal. ¿No? —pregunto mirándolos a todos.

—Sí, no hemos vuelto a tener ataques, pero el hecho de que se pueda transformar a hombres lobos en esclavos nos dice dos cosas. Existe una gran probabilidad de que los lobos de Royal estén bajo su poder y lo que usan para hacerlo es nuestra sangre, que como sabes, es especialmente poderosa.

Julian asintió con la cabeza, con lentitud.

—Por eso te llamé. Las propiedades de la sangre de lobo son casi ilimitadas cuando hablamos de magia.

Alaric tomó aire como si le costara continuar.

—Nadie fuera de la manada sabe que estás embarazado, y debe seguir así. Si ese brujo se entera de que hay un bebé con nuestra sangre, tú serás el objetivo.

—¿Qué? ¡No! —murmuró asustado. Se llevó las manos a su vientre tratando de alejarlo de la vista de todos—. Solo es un bebé, ni siquiera ha nacido.

—No va a pasaros nada —le aseguró Atik poniendo la mano sobre su rodilla.

—Por supuesto que no —le dijo Alaric.

—Nunca dejaríamos que eso pasara —lo tranquilizó Adler.

—Haremos lo que haga falta para poneros a salvo —añadió Emily.

—Es que no lo entiendo. ¿Por qué mi bebé?

—Lleva la sangre de un Madsen y eso lo significa todo —le dijo Alaric muy serio.

—No lo entiendo —murmuró mirando a Atik.

—Conoces nuestra historia. Nuestros antepasados unieron nuestro linaje al de esta tierra. Mientras haya un Madsen y su sangre esté consagrada a ella nadie puede tener acceso a lo que se esconde debajo.

Las palabras de Alaric hicieron que el frío entrara en su cuerpo como si de una bala se tratara.

—El poder de las primeras brujas —susurró con miedo.

—Una pequeña licencia poética por el paso del tiempo —le corrigió Adler—. Este sitio fue un día como un recipiente rebosante de energía, pero ellas agotaron el pozo.

—No entiendo. ¿Qué tiene eso que ver con mi bebé?

—Todos los Madsen antes que nosotros recibieron un aviso de la generación anterior. Un día el pozo se llenaría y alguien querría volver a usarlo —le explicó Alaric.

—¿Creéis que eso fue lo que pasó? ¿Qué vienen aquí por eso?

—No pensamos que la energía haya vuelto del todo —le respondió el alfa con seguridad—. Pero si se dan cuenta de que hay un bebé con nuestra sangre, se darán cuenta de que pueden volver a llenarlo.

—¿Usando al bebé? —preguntó en voz baja.

—Sí —le contestó el alfa con sinceridad.

Julian trató de respirar lentamente para tranquilizarse.

—Nadie va a tocar a mi bebé —pronunció despacio.

Atik le apretó la rodilla.

—Nadie, te lo juro —le prometió con solemnidad mirándole a los ojos.

Julian se sintió mejor al percibir la sinceridad en sus palabras.

—No pretendía asustarte... —se disculpó Alaric.

—Pues si esto era para tranquilizarme, haces un trabajo horrible.

Alaric se rio con suavidad.

—Necesitamos que sepas todo lo que está pasando para que entiendas los riesgos y tomemos decisiones en conjunto.

—¿De qué tipo? —preguntó preocupado.

—Nos gustaría que te mudaras a la casa familiar —le dijo Emily.

Alaric se le adelantó al ver que iba a protestar.

—Sé que no quieres, pero no podemos dejarte sin protección. Tendríamos que ponerte guardias día y noche a donde fuera que vayas, llamaría la atención.

Julian entrecerró los ojos mirándole con detenimiento.

—Mientes. —No había ni rastro de duda, sabía que lo estaba engañando. Frunció el ceño y dirigió la acusación a Atik—. No me mientas.

Atik levantó la mano para hacer callar a sus hermanos cuando intentaron intervenir.

—En Aurora pusieron protección sobre la pareja del alfa, Luc. No pudieron mantenerlo a salvo. No podemos... —Atik se detuvo un segundo, como ordenando sus pensamientos—. No quiero correr riesgos con vosotros. Tienes que dejar el trabajo hasta que la amenaza sea eliminada. Sé que no quieres que os mantenga, pero esto no lo podemos discutir. El bebé podría ser un objetivo.

Julian pensó en sus palabras y en lo que le acababan de decir antes de continuar. Volvió su atención a Alaric que tenía una expresión preocupada.

—Con todo el respeto del mundo, porque a mí no me importa en absoluto. Mi hijo, solo será medio Madsen. Y Atik es vuestro medio hermano. ¿Qué porcentaje de vuestro linaje puede tener el bebé? ¿Un diez? ¿Un cinco por ciento?

—Eso no importa —le contestó con dureza el alfa—. Aunque tenga una sola gota de sangre nuestra, será suficiente.

Adler suspiró llamando la atención de Julian que giró la cabeza.

—Nuestra tía Cassandra, creía que Atik no podría ser consagrado a nuestras tierras por no ser de la misma sangre que nosotros y sí pudimos hacerlo. Podría pasar también con el niño y aunque no sea así, el brujo podría pensar que sí. Eso es lo único que importa, lo que crean que obtendrán de él.

Julian se estiró en el respaldo del sofá y miró al techo.

—No quiero vivir aquí. ¿No podría vivir en su casa? —preguntó señalando a Atik.

—Sí —le respondió él.

—No —le contestó Alaric de manera tajante, fulminando a su hermano con la mirada—. Atik también vendrá, no podemos tomarnos a la ligera esta amenaza. Todos los Madsen deben estar bajo el mismo techo, sin excepciones, incluyendo a bebés no nacidos.

—Pues entonces no tengo opción. ¿Para qué preguntar? —protestó Julian enfadándose. ¿Por qué lo estaban mangoneando? ¿No veían que estaba asustado?

—Alaric —le reprendió Emily sentándose en el brazo del sillón para ponerse a su lado—. No tengas miedo, estamos siendo precavidos. Todas las manadas están tras ese brujo, lo cogerán pronto y podremos volver a la normalidad.

Julian la miró, pero no dijo nada.

—Nadie fuera de la manada sabe que estoy embarazado de Atik —intentó por última vez.

—Los alfas de las otras manadas sí lo saben —le corrigió Adler—. Son de fiar y protegerán el secreto, pero no podemos fiarnos hasta dónde llegan las capacidades del brujo. Podría llevar semanas vigilándonos. Incluso aunque no lo supiera, ese bebé nace de un hombre... tiene más magia que cualquier otro bebé. Siento que estés disgustado, pero debes quedarte con nosotros —le dijo con delicadeza.

—No son tan malos —bromeó Emily.

—¿Cuándo tengo que mudarme? —preguntó sin tratar de ocultar su molestia.

—Ahora mismo. Hoy —anunció Alaric.

Julian lo miró sin disimular su indignación.

—Hazlo por la seguridad del bebé —le pidió Atik.

—Eso es chantaje —devolvió al padre de su hijo.

—No, eso es anteponer el bebé a nuestra comodidad —le respondió Atik mirándolo con intensidad.

—Está bien —cedió Julian poniéndose en pie—. Pero iré a casa, yo solo, necesito unos minutos para... hacerme a la idea.

—Está bien. Atik te acompañará y... —le indicó Alaric.

—No —se negó Julian con firmeza—. Iré solo.

Todos observaron a Alaric esperando una respuesta.

—Está bien. Puedes irte, pero tienes que volver antes del anochecer.

Capítulo 15

Julian miró su mochila con el ceño fruncido. Quería revelarse y negarse a ir, pero sabía que no podía. Esa horrible historia le había dejado mal cuerpo. Su bebé todavía ni se había formado del todo y ya estaba amenazado.

Quería quedarse en su casa, protegerse, esconderse donde nadie pudiera hacerles daño.

Suspiró mientras metía un par de sudaderas en otra bolsa. No quería irse, cogió el móvil para llamar a Alaric y decirle que no iría. Se sentía más seguro en su casa, allí estaban todas sus cosas, lo criaron entre esas paredes y quería que su bebé disfrutara de ello también.

—Solo es temporal —murmuró tratando de animarse. Cerró la segunda bolsa y cogió ambas para salir de la casa. Sería peor si lo posponía, seguro que...

El vacío ocupó su cabeza y el frío lo inundó de arriba abajo. Su mano tembló sobre el picaporte de la puerta.

La separó enseguida, dando un paso atrás.

Apartó el pánico que lo golpeó como un yunque, debía ponerse a salvo. Tenía que salir de allí, en ese mismo instante. El bebé, su bebé estaba en peligro. Dejó las bolsas en el suelo con toda la calma que pudo reunir y retrocedió hacia la ventana sin apartar la vista de la puerta.

Solo tenía que abrir la ventana y huir usando...

Retrocedió al ver un lobo negro parado justo delante del cristal, mirando con sus ojos sin vida.

Se pegó a la pared conteniéndose a duras penas para no aullar. Su mente pensó con rapidez qué podía hacer, recordando lo que le contó Alaric y lo que había escuchado.

Sus garras aparecieron, su gen de lobo empujando para defenderse. Respiró tratando de calmarse, el bebé moriría si se transformaba.

Se atrevió a asomarse a la ventana, esa cosa seguía allí.

Marionetas, dirigidas por brujos. Eso fue lo que dijo Alaric. Se movió sin hacer ruido hasta el armario, metiéndose dentro. ¿Por qué estaban allí?

Era la primera vez que no podía usar sus habilidades de lobo para sobrevivir.

Si esas cosas hubieran venido a matarlo, no estarían siendo tan silenciosas. Puede que no estuviera usando sus sentidos de hombre lobo, pero habría escuchado algo de ese tamaño moviéndose por la casa. ¿Y sus vecinos? ¿Cómo era posible que nadie viera algo así?

La puerta de la habitación chirrió mientras se abría. Se cubrió la boca conteniendo su propia respiración. Era un lobo, pero su cuerpo estaba lleno de heridas, llevaba mucho tiempo muerto.

Aquel ser se acercó a su cama, la abrió y lanzó unos polvos sobre las sábanas. Presenció con el corazón en la garganta como volvía a colocar todo en su lugar, hasta dejarla igual que la encontró.

Julian lo observó salir sin hacer ni un solo sonido. Utilizó sus sentidos, no había ningún olor, ni ruido.

Esperó un poco después de que se cerrara la puerta para salir del armario. El de la ventana había desaparecido. Tragó saliva, aterrorizado. Se acercó al cristal intentando asegurarse de que estuviera despejado.

Abrió la ventana y salió por ella, sin dejar de comprobar alrededor. Su móvil estaba en la cocina, pero no pensaba seguir encerrado con esas cosas.

No podía transformarse, pero sí correr.

Fue hasta el lateral de la casa y se internó en el bosque. Sabía que debía dar la voz de alarma y advertir a todos los demás, pero no si con ello arriesgaba a su hijo. Tenía que poner al bebé a salvo.

Supo lo que debía hacer. Corrió dejando que fuera su instinto el que cubriera sus pasos. La sensación de urgencia lo azuzó mientras huía y no se detuvo hasta atravesar el portón del cementerio.

Se escondió entre las tumbas, quedándose sentado contra la pared dentro de un mausoleo. No tenía ni idea de por qué estaba allí. Los hombres lobo no solían dejar cadáveres que enterrar, sus muertos se quemaban y se devolvían a la tierra, aun así, sabía que estaba a salvo.

Se cubrió el estómago con los brazos y esperó. Alaric le había ordenado volver antes del atardecer, el sol iba a ponerse enseguida, en cualquier momento irían a buscarlo.

No había nada raro en la casa, pero se preocuparían al ver sus bolsas preparadas tiradas en el suelo. Confió en que fuera así y rodeó sus piernas con los brazos. Se sentía horrible por no avisar del peligro, pero si lo que dijo Alaric era cierto, no podía dejar que nadie se acercara a él.

Cerró los ojos y apoyó la frente en sus brazos. Se concentró en inspirar y espirar, confiando en que toda la manada se pondría a salvo. Se sentía como un traidor por no avisarles.

Se encogió al notar un pinchazo en el estómago.

Debía mantenerse tranquilo, por el bien de su embarazo.

«Vamos a estar bien. Tú aguanta ahí, pequeñín. Uno, dos, tres, cuatro. Inspira. Uno, dos, tres, cuatro. Espira».

Los aullidos resonaron por todas partes advirtiendo peligro. El alivio fue tan intenso que se sintió un poco mareado.

Decenas de aullidos resonaron en el pueblo desde distintas partes, pero continuó sin moverse.

El aullido de Alaric lo hizo estremecerse. Se acercaban a él a gran velocidad.

—¡Julian! ¡Julian! —escuchó gritar a Adler.

Siguió en silencio, apretando los brazos en torno a sí mismo.

Escuchó cómo se abría el portón y Adler se agachaba a su lado.

—¿Estás herido? Julian, ¿estás herido? —le insistió tratando de que levantara la cabeza—. ¡Aquí, estamos aquí! —gritó Adler al escuchar nuevos aullidos.

—¿Está bien? —le preguntó Alaric entrando a la carrera—. ¿Por qué está tan asustado? Su latido está disparado.

—No sé qué le pasa —dijo Adler acariciándole la espalda con suavidad—. Julian, habla conmigo. ¿Qué sucede?

—¿Por qué huiste de la casa? —inquirió Alaric.

—¡Julian! —Atik entró corriendo por la puerta, arrodillándose delante de él. Sus manos grandes cubrieron las suyas, en un firme agarre.

—No quiere hablar —dijo Adler en voz baja—. Creo que está teniendo un ataque de pánico.

Julian se encogió, notando el dolor expandiéndose por su pecho.

—Julian, di algo —le pidió Atik apoyando la cabeza en la suya.

—Duele —murmuró sin moverse.

—Mierda —masculló Adler mientras Alaric aullaba reclamando a Betsy.

—Voy a moverte —le advirtió Atik en voz baja—. Te levantaré en brazos, voy a sacarte de aquí. ¿Te parece bien?

Julian asintió con la cabeza y un segundo después los brazos de Atik lo alzaban. Pasó los brazos alrededor de su cuello, escondiendo la cara en su hombro. Su agarre se apretó sobre su cuerpo, haciéndolo sentir seguro.

—Esas cosas están aquí —murmuró en su oído.

—¿Qué? —le preguntó Atik—. ¿Te refieres a los lobos muertos de Aurora?

Su respiración se entrecortó al recordarlos entrando en su casa.

—Respira —le ordenó Atik subiéndose a la parte trasera de la camioneta de su hermano—. No os pasará nada —le aseguró devolviéndolo a su regazo.

Julian apoyó la cabeza sobre su corazón, su latido fuerte constante resulto reconfortante.

—Lo estás haciendo muy bien —siguió hablándole Atik—. Dentro, fuera. Respira conmigo —le pidió acariciando su espalda.

Julian cerró los ojos y dejó que la voz de Atik lo ocupara todo. El dolor del pecho empezó a menguar.

—Puedo escucharlo —le susurró Atik al oído—. Oigo al bebé —le aseguró.

Julian se hundió en el amplio pecho de Atik. No era una mala señal, pero su estómago seguía doliendo.

—Súbelo a la habitación. Tenemos que comprobar al bebé —escuchó decir a Betsy en cuanto el coche se detuvo.

Atik lo sacó con rapidez y subió las grandes escaleras en un apenas unos segundos.

—Tiene un ataque de ansiedad —dijo Betsy mientras Atik lo tumbaba en la cama—. Julian, escúchame. Necesitas calmarte, necesitamos hacerte una ecografía y comprobar al bebé.

Julian sujetó a Atik en cuanto trató de alejarse, manteniéndolo agarrado de la muñeca. Atik entendió el mensaje y se sentó a su lado en la cama. Cerró los ojos con fuerza mientras le levantaban la camiseta y sentía el líquido frío en su vientre.

—Por favor, que esté bien, por favor, que esté bien... —murmuró incapaz de mirar.

—Tienes que calmarte, Julian. Intenta tranquilizarte, el estrés es peligroso para tu embarazo —le recordó Betsy con voz suave—. Eso es... abre los ojos. Mira —le ordenó.

El latido del bebé sonó con fuerza y fue el detonante para que obedeciera. Observó la pantalla del monitor mientras la habitación parecía girar y las arcadas le subían por la garganta.

—¿Está bien? —la interrogó Atik.

—El bebé sí, el padre no. ¿Qué ha pasado? —le preguntó Betsy mientras le limpiaba el gel y comprobaba su presión.

—Necesito un minuto —dijo en voz muy baja.

—¿Qué? —le preguntó Betsy sin dejar de moverse, poniéndole el brazalete.

—Necesito... —Ella estrujó la bomba que empezó a apretarle el brazo—. Yo... para. Por favor... ¡Para! —gritó arrancándoselo el estúpido chisme.

Betsy dio un paso atrás, con gesto sorprendido.

—Julian...

—¡Necesito un minuto! —gritó sentándose en la cama. Todo le dio vuelvas al moverse tan rápido.

—Lo que necesitas... —dijo ella.

—Sal —le ordenó Atik con dureza—. Déjanos solos.

—Te preparé una taza de té, Betsy —le dijo Emily desde la puerta.

Ella miró a los tres antes de salir.

—¿Qué necesitas? —le preguntó Atik.

—Voy a vomitar —dijo en voz baja, haciendo un esfuerzo por no desmayarse.

Atik no le contestó nada, pero le pasó la papelera. Su estómago aguantó menos de veinte segundos antes de vomitar todo lo que había comido ese día.

Estaba seguro de que no tenía que ser muy agradable, pero Atik se quedó a su lado, ayudándolo a sostenerse hasta que paró de vomitar. Lo llevó al baño y lo ayudó a limpiarse la cara y los dientes.

—¿Mejor? —le preguntó dejando que se sentara en la taza.

—Había dos de esas cosas en mi casa —dijo en un hilo de voz apoyando la frente en los azulejos fríos del baño. Le iba a explotar la cabeza, pero al menos era capaz de pensar con claridad de nuevo.

—Cuando iba a salir sentí que no debía hacerlo. Uno entró en mi casa, otro estaba en la ventana de mi habitación.

Atik mojó una toalla en agua fría y se la pasó por la frente arrodillándose entre sus piernas. Cerró los ojos con alivio, sentía que su cara estaba en llamas.

—No venían a hacerme daño. Fueron sigilosos, no rompieron nada. Esa cosa entró a mi cuarto y abrió mi cama.

—¿Cómo? —preguntó Atik extrañado.

—Echó algo entre mis sábanas, unos polvos y volvió a poner todo para disimular —siguió diciendo. No quería responder preguntas. Quería hacerle entender lo que había pasado—. Quería aullar, transformarme, avisar de que pasaba algo..., pero me di cuenta de que no venían a llevarse a nadie.

—Venía a por el bebé —murmuró Atik.

Asintió con la cabeza, estaba tan cansado.

—Tenía mucho miedo por todos, pero sobre todo por el bebé. Por eso me escondí, quería ponerle a salvo. Pero me dolía y no podía respirar bien, creía que...

—Hiciste lo correcto —le aseguró Atik con voz tranquila—. Emily... —llamó mirando a la puerta.

Ella apareció en el dintel con el móvil en la oreja, dejando claro que lo había escuchado todo y que estaba llamando a su marido.

—Averiguaremos por qué estaban aquí —le prometió Atik—. ¿Qué puedo hacer por ti?

—Me vendría bien una ducha —admitió moviendo la nariz con disgusto. Quería dormir, pero necesitaba sentirse limpio para estar a gusto.

Atik asintió con la cabeza.

—Te traeré algo de ropa —le dijo antes de salir.

Se quedó apoyado en la pared escuchando a Emily hablando.

—¿Podrías quedarte en la puerta? Mientras me ducho —aclaró cuando Atik volvió.

Atik asintió sin dudar.

—¿Quieres que la deje abierta? No miraré —le prometió.

—Ese barco ya zarpó —contestó con una pequeña sonrisa—. Creo que será suficiente con que te quedes en la puerta.

—¿Estás seguro? No pareces ser capaz de mantenerte en pie.

—Te pediré ayuda si lo necesito —aseguró.

Atik asintió antes de salir, todavía no muy convencido.

Se arrepintió enseguida, le temblaban tanto las piernas que tuvo que apoyarse en la pared, la imagen de esos seres no se le iba de la cabeza.

Terminó la ducha lo más pronto que pudo y salió con demasiada ansia, pero Atik no dijo nada al respecto. Lo ayudó a moverse hasta la cama y lo metió entre las sábanas.

—¿Te parece bien si seguimos con el examen? —le preguntó Betsy en cuanto estuvo instalado.

—Sí, lo siento. Estaba un poco fuera de control —se disculpó con la mujer.

—Lo entiendo. No te preocupes. Veamos como estáis y qué podemos hacer —sugirió ella sonriendo para tranquilizarlo.

Atik y Alaric volvieron varias horas después, con sus bolsas, pero sin noticias de sus atacantes.

—No queda ningún rastro de ellos, aunque averiguamos algo extraño. Las sábanas de tu cama no eran las únicas que tenían esos polvos. Todos los chicos en tu franja de edad tenían, lo que significa... —le explicó Alaric.

—Que no saben quién es —adivinó Atik mirando al alfa.

—No lo saben —le aseguró Adler—. Abba está comprobando qué es, lo más probable es que sea algún método para saber quién está embarazado.

Julian miró al alfa sin disimular su preocupación.

—Usan magia para ocultarse, no tienen un olor característico y no hacen ruido —dijo Julian.

—Lo sabemos, nos lo advirtió la manada de Aurora, pero creímos que nuestras barreras aguantarían —le confesó Alaric.

—¿Y qué hacemos ahora? —les preguntó asustado—. No hay forma de escapar.

—¿Tú?, nada —le ordenó Alaric con dureza—. Eres la prioridad, no volverás a salir de nuestra vista. Siempre estarás acompañado, en todo momento. Por el momento, no saben quién eres y lo usaremos en nuestro favor. Te quedarás en la casa, tenemos una pequeña ventaja, trataremos de no perderla.

Julian observó a Atik que lo miró sin parpadear.

—Me quedaré contigo —le prometió—. No volveré a dejaros solos.

Capítulo 16

—Buenos días —saludó al entrar en la cocina.

Alaric le saludó con la mano sin hablar. Después de vivir durante varias semanas con ellos, todavía se le hacía raro verlos por las mañanas cuando aún llevaban marcas de almohada en la cara.

Alaric nunca pronunciaba ni una palabra hasta que se tomaba dos tazas de café solo. Adler, por el contrario, hablaba sin parar mientras ayudaba a Emily a preparar el desayuno para todos. Los ojos de Atik se clavaron en su estómago y luego en su cara. No había mucho cambio de ver a un Atik recién levantado, era igual de callado y silencioso.

—¿Dormiste bien? —preguntó Emily poniendo unas pocas galletas saladas y un yogur delante de él—. Yo apenas pude cerrar los ojos, estoy demasiado nerviosa. La ecografía de la semana dieciséis es muy importante. ¿Será una niña o un niño? —le preguntó emocionada.

—Es un niño —aseguró Adler.

—Niña —dijo Alaric guiñándole un ojo a Julian que sonrió. Si algo había aprendido en esas semanas era lo mucho que le gustaba al alfa meterse con sus hermanos. Cuando salían, los hermanos respetaban las jerarquías, pero tras las puertas de su casa eran como críos.

—No me importa lo que sea. —Negó sonriendo al probar el yogur. Las arcadas ya habían remitido bastante y salvo casos concretos podía volver a disfrutar de lo que quisiera comer—. Solo quiero que esté bien y sano.

—Tenemos que empezar a pensar en nombres —siguió diciendo Emily.

—Todavía no estoy pensando en eso.

—Iré a comprar unos libros de nombres, hay muchos increíbles. ¿Qué te parece Vilma? —le ofreció ella—. Es un nombre con carácter, es original, es...

—Es la mujer de Pablo Picapiedra —dijo Atik con voz monótona.

Julian se atragantó con su comida, riéndose mientras lo miraba. Atik era una persona distante, pero tenía un sentido del humor curioso que siempre lo hacía reír.

Adler y Alaric se rieron a carcajadas al ver la cara de indignación de Emily.

—A mí me parece bonito —protestó ella—. Está bien. Tengo muchos. ¿Qué tal Aston?

—Que se reirán de él si su coche en el instituto no es un Martin —volvió a responder Atik.

Esta vez hasta Emily sonrió.

—Es un nombre moderno —se defendió ella.

—Nuestra familia tiene cientos de años de antigüedad, no nos van las cosas modernas —le aseguró Adler a su mujer dándole un beso en la mejilla para aplacarla.

—Eso es verdad. Tengo más, no importa —resolvió Emily sin desanimarse.

—Estamos deseando escucharlos —le dijo Atik sin emoción.

Julian lo miró negando con la cabeza. Atik se encogió de hombros sin avergonzarse. Intercambiaron una sonrisa cómplice antes de centrar su atención en Emily.

Esas semanas sirvieron para acostumbrarse el uno al otro, Julian había aprendido un par de cosas sobre los hermanos, pero muy pocas de él. Era bastante cerrado y a pesar de no ser demasiado hablador, sentía que estaban avanzando en la buena dirección y que harían un buen equipo criando al bebé.

Apenas unos días después de su incidente, las manadas de Greenville y Aurora fueron salvajemente atacadas. Por suerte, consiguieron eliminar la amenaza. Solo quedaba una bruja sin cazar, pero estaba sola y desde entonces no tuvieron más problemas.

Aun así, Julian permanecía bajo el cuidado de los Madsen, y la verdad es que no tenía prisa por marcharse. El susto de la última vez fue suficiente para hacerlo consciente del riesgo que corría su bebé y no se arriesgaría por nada.

—Preparaos, porque este es de los buenos. De hecho, es uno de los nombres que había elegido para mis propios hijos, pero no me importaría cedéroslos —les dijo Emily.

Julian sonrió a la mujer, la adoraba. Era generosa y dulce por naturaleza, muy comprensiva y había resultado una magnífica amiga en esos momentos de miedo e incertidumbre.

—¿Por qué yo no sabía el nombre de nuestros futuros hijos? —le preguntó Adler a su mujer.

Emily le hizo un gesto a su marido para mandarlo callar.

—¿Listos? —Sus ojos se abrieron por la emoción—. Amadeus —dijo felizmente.

—Mozart —completó Atik mientras sus hermanos se ahogaban entre café y risas—. ¿Por qué odias a nuestro hijo? Desquítate conmigo, no con él.

Julian se rio dándole un golpe en el brazo.

—Es un nombre muy... —trató de calmarla Julian.

Atik lo observó alzando una ceja, con gesto expectante. Intentó contener la risa, así que dejó de prestarle atención a él.

—Especial —completó sonriendo a Emily que se la devolvió.

—Como vuestro bebé —terminó ella con felicidad—. Es perfecto.

—Es una opción, sin duda —le concedió—. Lo tendremos en la lista.

—Al final de ella —aclaró Atik.

Julian negó con la cabeza mientras los tres se reían. El timbre de la puerta terminó la reyerta entre los cuatro.

—Valdrías para político —le dijo Alaric estirándose para alcanzar el café y poder rellenar la taza.

—Nah. Gajes del oficio —les contestó a los tres mientras Emily iba a abrir—. Es que el cliente siempre tiene la razón.

—¡Julian! —protestó Emily desde la entrada.

Ellos se rieron a carcajadas de buen humor.

—Betsy está aquí —anunció Adler—. Llegó el gran momento. No estoy listo, estoy demasiado nervioso —les dijo a sus hermanos.

Alaric asintió con seriedad.

—Yo tampoco, voy a tener un sobrino.

—O sobrina —le recordó Atik.

—O sobrina —se corrigió Alaric palmeando el brazo de su hermano pequeño—. ¿Creéis que se parezca a mí?

Adler se rio.

—Atik te matará si eso pasa —le advirtió—. Tendremos otro lobo enfadado de ojos azules —bromeó golpeando la espalda del futuro padre.

—Oye —le defendió Julian—. También tendrá parte de mí. Y yo rara vez me enfado.

Los tres giraron la cabeza de lado a lado, considerándolo, aunque no parecían del todo convencidos.

—Es verdad —insistió.

—¿Y qué pasa cuando me tiraste una servilleta por terminarme el puré? Parecías muy enfadado —quiso saber Adler.

—Antojo de embarazado —se justificó.

—¿Y cuándo me tiraste el cojín a la cabeza la semana pasada? —le recordó Alaric.

—Sensibilidad por el embarazo. Tu perfume apestaba.

—Eso no es cierto —le contradijo el alfa.

—Sí lo era —le cortó Adler—. Creo que estoy embarazado, también tuve ganas de vomitar al olerte. ¡Emily, dijiste que lo tenías todo bajo control!

Ella se rio desde la sala.

—¿Veis? Nunca me enfado —zanjó con una sonrisa de satisfacción.

Adler y Alaric miraron a su hermano que frunció el ceño.

—No sé yo —murmuró Atik—. Tuve miedo el día que te dije que no quedaba miel. Parecía que ibas a matarme.

—Chicos —los llamó Emily asomándose a la puerta y sonriendo al verlos reír—. Betsy está preparando la máquina. Vamos a ver ese bebé.

Los cuatro subieron la escalera para saludar a la mujer que los recibió de buen humor.

—Nunca hice ecografías con tanto público hasta que te conocí, Julian —le comentó mientras esparcía el líquido por su vientre, que empezaba a estar abultado.

—Somos una familia unida, nos gusta hacerlo todo juntos —le gruñó Atik.

—No todo —le corrigió Adler dándole un codazo.

—Casi todo —puntualizó el alfa.

Betsy se rio con indulgencia, acostumbrada a lidiar con ellos.

—Veamos si hoy está en buena posición, en estas semanas nunca hemos conseguido verle la cara.

—Le dará vergüenza —resolvió Emily—. Lo sacaría de Juls, que es muy tímido.

—No tanto o no estaríamos aquí —respondió Alaric.

Julian le lanzó un cojín a la cabeza al alfa sin pensar.

—Y van dos, menos mal que no se enfadaba —les dijo Alaric a sus hermanos que se reían.

—Veamos... —murmuró Betsy ajena al escándalo—. Muy, pero que muy bien... vuestro bebé pesa noventa y dos gramos. Y mide diez centímetros y medio. Su peso y talla son perfectos —les dijo sonriendo.

Julian miró a Atik con alivio, el lobo estaba sentado a su lado en la cama. No se había perdido ni una sola ecografía desde que vivía en su casa. Tampoco ninguna de sus citas para comprobar que estaba sano.

—Está siendo un embarazo increíble, lo estás haciendo muy bien.

—No tengo mucho mérito, duermo muchísimas horas. No hago mucho más.

Ella sonrió con indulgencia mientras movía el aparato por su vientre.

—Es lo que tienes que hacer, ni más ni menos.

—¿Es niño o niña? —preguntó Emily incapaz de contenerse.

—Sus piernas están por medio, hace muy difícil saber su sexo —les dijo Betsy—. Aunque... —El bebé se movió quedando un poco más visible.

—¡Es un niño! —gritaron Alaric y Adler.

—Amadeus —aplaudió Emily.

—Betsy, ¿qué pasa? —le preguntó Julian al ver su cara de preocupación.

Ella miró la pantalla en silencio durante unos segundos.

—Creo que tenemos que ir a la clínica.

—¿Qué? ¿Por qué? —demandó.

—No te alarmes, puede que sea problema de la máquina —le ofreció ella.

—Pero... —la presionó Atik.

—Creo que necesitamos hacer una ecografía en 4D. Para ver mejor al bebé.

—Su corazón late bien, acabas de decir que está perfecto —protestó Adler.

La médica miró a Alaric sin responder.

—Estaremos allí enseguida —cedió al alfa muy serio.

—Iré preparándolo todo —le dijo ella saliendo con rapidez de la habitación.

—El bebé... —murmuró angustiado mirando a Atik.

—Calma, seguro que no es nada —lo tranquilizó el lobo—. Vamos a vestirnos, solo está siendo precavida.

Los cinco salieron de la casa y se subieron en la furgoneta de Alaric para ir juntos.

Julian cerró los ojos centrándose en el corazón del bebé que desde hacía semanas sonaba fuerte y claro.

La mano de Atik encontró la suya, dándole un suave apretón. Julian dejó caer la cabeza en su hombro. El trayecto fue un suplicio y para cuando llegaron a la clínica tenía los nervios destrozados.

—Lo hicimos todo bien —murmuró mientras subían en el ascensor.

—Lo sé —le dijo Atik atrayéndolo a su costado.

—Me tomé todas las vitaminas, dormí, descansé y pasamos mucho tiempo juntos.

—Ya lo sé —murmuró Atik en su oído para tranquilizarlo.

Betsy los hizo pasar con premura.

—Lo siento —se disculpó ella al percibir su nerviosismo.

Atik lo ayudó a subirse a la camilla.

—¿El bebé está bien? ¿Julian está a salvo? —la interrogó Atik con dureza.

—Eso es lo que vamos a averiguar, por favor. Tened paciencia. Solo será un minuto más.

—Chicos, dejemos que haga su trabajo —les pidió Emily.

Julian extendió la mano buscando el contacto de Atik que se la agarró enseguida, pegándose a él.

—Esto nos dejará ver bien el interior —trató de calmarlos Betsy mientras esparcía el gel conductor sobre su abdomen.

Julian estrujó la mano de Atik y contuvo el aliento, observando cómo ella ponía la máquina sobre su piel.

—Y aquí está —murmuró Betsy.

Dejó salir el aire al ver al bebé. La imagen era mucho mejor, en color piel y negro, pero podía ver sin problema su cuerpo.

—Es una niña —les anunció la médica—. Todo es normal, lamento haberos asustado —dijo con evidente alivio.

Todos se felicitaron con alegría, mucho más tranquilos.

—¿Qué creías qué pasaba? —preguntó Julian.

—No lo sé. Me pareció ver algo raro, pero podía ser la máquina. Y por suerte así es.

—Gracias a la luna. Un bebé fuerte y sano —dijo Alaric golpeando la espalda de Atik con una gigantesca sonrisa.

—¿Qué es eso? —preguntó Julian señalando la pantalla.

Había algo raro a los pies del bebé, como un cordel grueso.

Betsy movió con rapidez la máquina hasta la zona.

—Eso fue lo que vi antes —murmuró acercando la cara a la pantalla.

—¿Y qué es? —pregunto Atik.

—Parece...

—Por la diosa, habla ya. Nos estás matando con tanto misterio —la amonestó Alaric con enfado.

—Creo que es otro cordón —dijo ella en voz baja.

—¿Cómo otro? —preguntó Adler en un hilo de voz.

Betsy miró a Julian a los ojos con lástima.

—No es posible. ¿Había otro bebé? —preguntó notando cómo se le cerraba la garganta.

—Creo que sí —le dijo Betsy en voz baja—. Si el bebé muere al principio del embarazo, el cuerpo lo absorbe, o el otro bebé. Puede que no haya pasado.

—¿Qué estás diciendo? ¿Eran gemelos y uno murió? —la interrogó Atik.

—Es bastante común que eso suceda y en un embarazo de este tipo más —le respondió Betsy con suavidad—. Probablemente pasó cuando Julian fue atacado en su casa. El estrés... los bebés ya estarían mal colocados, nunca vimos indicios de otro embrión, ni escuchamos su corazón.

—No es posible —dijo Julian tratando de mantener la calma.

—Julian... —le dijo Betsy en voz baja.

—¡Te digo que no! Yo lo sabría, si mi bebé hubiera muerto yo lo sabría. Estoy seguro. —Miró a Atik a los ojos—. Estoy seguro —respondió con voz llorosa.

—Sé que es difícil de asumir, pero debes centrarte en el otro bebé —intentó razonar Betsy.

—Cállate —le ordenó Atik sin dejar de mirar a los ojos de Julian—. Si no lo vimos hasta ahora, puede ser que esté detrás del bebé que está al frente.

—Teóricamente —admitió Betsy—. Pero no hay otro latido y casi no hay espacio, la probabilidad es...

—No me interesa tu opinión —la cortó Atik con dureza—. Cómo vemos detrás del bebé.

Ella miró a Atik boquiabierta por su falta de educación y crudeza, pero él ni siquiera le estaba prestando atención.

—No podemos, el bebé es aún muy pequeño. Tiene el tamaño de un tomate. Eso supondría que el otro bebé...

—Que no nos interesa —repitió Adler con enfado—. ¿Dinos cómo?

—Dinos un precio, te daremos lo que necesites —añadió Alaric.

Betsy los miró con incredulidad.

—No es cuestión de dinero. Podrías beber, si la vejiga está llena el bebé se verá mejor. Preferiblemente zumo de naranja natural, el azúcar ayudará a que se mueva.

—Marchando —dijo Adler saliendo de la habitación a toda velocidad.

—Andar también sería bueno y hablar en voz alta.

Atik lo ayudó a levantarse para que pudiera pasear por la consulta.

—Es imposible que yo no supiera que mi bebé está muerto —murmuró en voz baja.

Atik lo rodeó con el brazo, dejando que apoyara el peso de su cuerpo en él. Intentó no pensar en que tampoco supo que estaba embarazado, pero era imposible que algo así hubiera pasado y él no lo percibiera. Estuvo tan angustiado que quizá...

—Julian... —lo llamó Atik devolviéndolo a la realidad.

Levantó la cabeza para enfrentarlo. Todo estaba girando, el suelo temblaba bajo sus pies y de repente nada. La mirada de Atik lo ató a la realidad como una flecha, clavándose en lo más profundo de él.

—Tómalo —le pidió tendiéndole un gran vaso de zumo.

Comprobó detrás de él, que Adler ya había vuelto y estaba sentado con Alaric y Emily mirándolos con evidente preocupación.

Aceptó el vaso con torpeza dando un largo sorbo.

Atik asintió con firmeza, reanudando el paseo mientras lo ayudaba a beber hasta terminárselo todo.

—¿Podemos intentarlo de nuevo? —le preguntó a Betsy un buen rato después.

Ella asintió con la cabeza, repitiendo el proceso de preparación en silencio.

Todos se apelotonaron alrededor de la camilla. Las manos de Adler y Alaric sobre los hombros de su hermano, Atik con la suya encajada en la de Julian.

El bebé se había movido, ahora estaba un poco de lado, el otro cordón podía verse, pero no apareció nada nuevo en la pantalla.

—Os lo dije... —les advirtió Betsy con suavidad—. Era muy... —se interrumpió cuando la bebé movió las piernas encogiéndose y una cabeza apareció.

Julian contuvo el aliento.

—Por la diosa... —musitó estrangulando la mano de Atik.

—Esto no es posible —dijo Betsy pulsando las teclas con rapidez.

—¿Está vivo? —preguntó Emily asustada.

—No hay latido, no se mueve —contestó Betsy moviendo un poco el aparato.

—Vamos, pequeña —murmuró Julian poniéndose la mano al lado de la máquina—. Necesitamos ver a tu hermana. Por favor, muévete. Por favor.

El bebé se movió dándoles la espalda del todo.

—Por eso siempre se da la vuelta, está con el otro bebé. Es algo común entre gemelos —dijo Emily.

—Y eso explicaría el peculiar latido de su corazón —añadió Adler.

—Podría ser... —reconoció Betsy—. Está bien... probemos otra cosa. Julian ponte sobre el lado izquierdo. En cuanto estuvo colocado, ella empezó a tocar su vientre. —Puede ser un poco doloroso —le advirtió.

—No importa —aceptó con rapidez. Se aguantó la molestia fijándose en Atik, que le aguantó la mirada.

—Pásame el ecógrafo, Emily —pidió ella después de un buen rato—. Vamos a ver si tenemos más suerte.

La mano de Atik le devolvió el apretón mientras sentía el gel frío en su piel.

—Ahí están —dijo Betsy con evidente alivio.

—Es muy pequeño. ¿Por qué es tan pequeño? —preguntó Julian a Atik como si él lo supiera.

—¿Se mueve? —añadió Adler tragando saliva.

—¿Está bien? ¿Por qué no se mueve? —le reclamó el alfa a Betsy.

—Dejad que haga su trabajo —los amonestó Emily.

—Mide unos ocho centímetros y pesa cuarenta gramos —les dijo Betsy.

El otro bebé movió los brazos hacia delante y encogió las piernas haciéndose más pequeño aún.

—Está vivo —declaró Betsy.

—¿Pero está bien? No es ni la mitad del peso que tiene el otro bebé —señaló Julian mirando la pantalla.

—Puede pasar —musitó Betsy concentrada tratando de conseguir una imagen más nítida—. No son gemelos, son mellizos. El embrión alfa es la niña, ella recibe más alimento y por eso su desarrollo es mayor. No me puedo creer que tengas mellizos, no lo había visto nunca en un embarazo masculino.

—Sí, es un milagro —la cortó Julian con sequedad—. Pero y el otro bebé, ¿estará bien el segundo bebé?

—Es difícil de decir, estás de dieciséis semanas. Tendría que crecer más para que su cuerpo se desarrolle de la forma correcta. El gen lobo debería asegurar cualquier enfermedad, pero si no hay una buena formación de su cuerpo... Tú sabes que en un embarazo masculino el riesgo existe hasta que el bebé esté fuera. Los bebés en este caso.

—¿Y qué puedo hacer? ¿Cómo puedo ayudarlos? —le preguntó con ansiedad.

—No puedes. Solo reposo, comida, calma. Ahora será la selección natural la que decida si vive o muere. Cambiaremos tus vitaminas y suplementos, un embarazo de mellizos es muy distinto a uno normal. Sé que tienes que estar aburrido, pero no hay nada más.

Asintió aturdido, procesando toda la información. Dos bebés. Tendrían dos bebés.

—Es un niño —murmuró ella dedicándole una pequeña sonrisa.

Julian asintió con los ojos llenos de lágrimas. Sus bebés no habían ni nacido y ya les estaba fallando. ¿De verdad sería el mundo tan cruel como para quitarle de nuevo a un miembro de su familia?

Capítulo 17

—Julian.

Apretó los ojos con fuerza.

—Julian —intentó llamarlo Atik de nuevo.

Apretó la cabeza todo lo que pudo contra la almohada.

—Julian —le dijo Atik con paciencia—. ¿De verdad es esto necesario?

—Estoy descansando para que el bebé crezca y sea fuerte —le recordó.

—¿Y no crees que lo estás intentando demasiado? —sugirió con suavidad.

—No —respondió obstinado.

—Julian, sé que estás asustado...

—¡No! —le ordenó señalándolo con el dedo—. No vamos a hablar de eso —le advirtió con contundencia.

Atik se cruzó de brazos mirándolo desde los pies de su cama.

—Comer, dormir y estar calmado. Eso dijo Betsy y eso es lo que voy a hacer.

—Está bien. ¿Y no crees que te estás pasando? Esta no es la manera —trató de convencerlo—. No creo que sea lo mejor para el bebé que estés aquí solo todo el día. Puedes hacer una vida normal, guardando reposo.

—No, de eso nada. No puedo —contestó de manera tajante.

—¿Por qué no?

—Porque eso fue lo que hice la otra vez y ahora uno de los bebés...

El gesto inexpresivo de Atik cayó al escucharlo. Se sentó en la cama para mirarlo fijamente.

—No es culpa tuya. Incluso aunque perdieras a los dos niños, nunca sería por tu causa.

Julian se sentó con un gesto enfadado.

—¿Cómo puedes decir eso? No hables así de ellos.

—Julian...

—Nunca quisiste a los bebés, por eso no te importa.

—Sabes que eso no es verdad —le contradijo Atik sin enfadarse—. No quería dejarte embarazo, pero quiero al bebé... a los bebés —se corrigió al ver su cara.

—Tú no lo entiendes. No lo haces —negó cerrando los ojos tratando de calmarse—. No puedo perderles, no perderé a nadie más —murmuró en voz baja.

Atik le tocó el brazo con suavidad.

—No es tu culpa, nunca lo fue —le aseguró—. Ni con tus padres biológicos, ni los adoptivos. Hay cosas que escapan a nuestro control, no podemos adivinar el futuro.

—¿Y qué hago? ¿Me quedo sentado mientras mi bebé se muere? No va a pasar —le advirtió.

—No se trata de eso —le aseguró Atik.

—Entonces, ¿qué hago? —le preguntó perdiendo el control, dándole un empujón sin conseguir ni siquiera moverlo un poco—. ¡Teníamos dos bebés! ¿Cómo puedes estar tan tranquilo? —le recriminó intentando empujarlo de nuevo.

Atik lo miró sin expresión.

—¿Por qué eres así? ¿Es que no te importa? ¡Nuestro hijo se muere! —gritó sin dejar de empujarle—. ¡Tenemos dos bebés y ni siquiera pudimos alegrarnos! Se muere y no podemos hacer nada, no puedo ayudarlo como tampoco pude hacerlo con ellos. Nunca debí seguir adelante con el embarazo, tenía que... —Horrorizado, estalló en lágrimas por lo que acababa de decir.

Los brazos de Atik lo rodearon con torpeza, acariciando su pelo y su espalda.

—Estoy igual de asustado que tú —le dijo Atik al oído—. Aterrorizado, pero los bebés aún están aquí y tú también. Mientras él no se rinda, no lo haré tampoco.

Julian lloró desconsolado, Atik lo apretó con firmeza contra su cuerpo. Le encantaba tocar a Atik. Su presencia era tan sólida que resultaba tranquilizador, cuando Atik le tocaba todo parecía mejor y se sentía más fuerte.

—Por eso tienes que calmarte. Ellos sentirán lo que tú sientes, hueles a miedo y ansiedad.

—No sé cómo hacerlo. No dejo de darle vueltas, buscando qué hice mal —contestó Julian entre lágrimas con voz rota.

Atik empujó su mejilla contra la suya, frotándola con suavidad. Julian parpadeó sorprendido por el gesto, soltando una risita llorosa.

—¿A qué ahora te arrepientes de acostarte conmigo? —le preguntó limpiándose las lágrimas sin separarse de él.

—La verdad es que no —le contestó Atik apartándose un poco para poder mirarle a la cara—. No creo que nadie pudiera hacer esto mejor. Gracias por tener a mis hijos y por ser tan valiente.

Julian levantó la cara para mirarle a los ojos.

—¿Te das cuenta de que llevo minutos llorando y que acabo de hacer una rabieta? Siento todo lo que dije, no lo pensaba de verdad.

Atik negó con la cabeza cogiendo un pañuelo de la caja sobre la mesilla para ofrecérselo.

—Ya lo sé. Y sé que esta forma pasiva agresiva de descansar es tu manera de llevarlo, pero tu olor me dice que no es buena idea.

—¿Se te ocurre una mejor? —preguntó agobiado.

—Puede ser —le contestó Atik con seriedad—. Tengo ganas de tomarme un café.

Julian parpadeó sin entender.

—Pues baja a la cocina. ¿Por qué me dices eso? Estamos en medio de una conversación importante.

—Quiero un café, con un postre de esos con chocolate y azúcar.

—No te he visto tomar dulce desde que vivo aquí, ¿por qué ibas a querer...? —Sus ojos se abrieron por la comprensión—. Oh, no. No voy a ir a mi trabajo. Sé lo que estás tratando de hacer y no funcionará.

—No sé de qué hablas —le negó Atik sin mudar su expresión.

—No quiero ir —dijo cruzándose de brazos, alejándose de él.

—¿Por qué no? —le interrogó—. Ruby y Fran vienen aquí todas las semanas. Podrías ir tú a saludar.

—¿Y salir de casa? ¿Estás loco? ¿Quieres que ande? —preguntó escandalizado.

Atik esbozó una pequeña sonrisa.

—Lo sé, es una locura —coincidió él con paciencia—. Pero haz el esfuerzo por mí.

Julian entrecerró los ojos con malicia.

—No —se negó.

—Bien —se rindió Atik poniéndose en pie—. Te llevaré a la fuerza.

Julian ni siquiera tuvo tiempo de protestar, le retiró las sábanas y lo levantó en brazos.

—¡Está bien! Deja que me vista por lo menos —cedió enfurruñado.

Atik obedeció, pero se sentó en la cama esperando a que se vistiera.

—¿Podría tener algo de intimidad? —preguntó.

—No. Solo es un café, por una vez ponte cualquier cosa que no sea el pijama. Será la primera vez en lo que va de semana.

Eso captó la atención de Julian que se giró con los brazos cruzados.

—¿Estás diciendo que tengo mal aspecto?

—¿Qué? —le contestó Atik desconcertado por su cambio de humor.

—¿Es porque voy en pijama? —lo apremió.

La boca de Atik se abrió en un gesto que en otro momento le hubiera resultado cómico.

—No. No quería decir...

—No son unos pijamas muy bonitos, pero estoy engordando y prefiero estar cómodo —se justificó, aunque Atik no le preguntó nada.

—Es normal en tu estado.

—Entonces piensas que estoy gordo —decidió Julian mirándolo con los brazos cruzados.

Adler pasó por la puerta abierta.

—Discúlpate —le ordenó fingiendo una tos.

Julian miró en su dirección con enfado.

—Yo no pienso eso —negó Atik enseguida todavía mirando en dirección a donde había aparecido su hermano.

—Porque si estoy gordo es culpa tuya. Tú me hiciste esto —le recordó señalándolo con el dedo—. Tengo dos bebés dentro de mi cuerpo, algunos lo llaman milagro.

—Por supuesto —asintió Atik muy despacio.

—¡Que te disculpes! —Esta vez hubo menos tos y más grito en el consejo de Alaric cuando también pasó por delante de su habitación.

—Tus pijamas son... —intentó decir Atik.

—Bonitos —le aconsejó Emily mientras se iba por el pasillo.

—Bonitos —repitió Atik—. Y no has engordado, llevas dentro... —Lo miró con cautela antes de seguir—, un milagro y estás muy.

Julian parpadeó esperando a que continuara.

—¿Bonito? —terminó Atik inseguro.

—¿Me lo estás preguntando a mí? —le interrogó Julian frunciendo el ceño.

—No era una pregunta —le aseguró Atik suspicaz.

Dos toses llegaron desde algún lugar próximo en el pasillo.

—Y lo siento mucho —se disculpó Atik con rapidez—. Por todo —terminó.

Julian lo observó de arriba abajo, pensando si estaba siendo sincero.

—Vale —aceptó despacio—. Voy a cambiarme, no mires —le advirtió mientras escogía algo que ponerse.

Los vaqueros ya estaban fuera de discusión, siempre había sido muy delgado, pero cuatro meses de embarazo habían ensanchado su cadera y agrandado su cintura. Su vientre todavía no era muy prominente, pero todo lo que se ajustara a la cintura le hacía daño.

Eligió un pantalón de deporte negro y una sudadera granate con zapatillas blancas. No solía usar ese tipo de ropa porque lo hacían parecer muy joven, pero era lo único con lo que se sentía cómodo.

—Estoy listo —anunció para que Atik dejara de mirar a la pared.

Atik asintió con la cabeza, poniéndose en pie.

Lo miró de arriba abajo antes de salir de la habitación, aunque no hizo ningún comentario.

—Creo que me apetece un café —dijo Alaric, esperándoles al final de la escalera.

—Tengo muchas ganas de un rollo de canela —añadió Adler.

—Yo de algo de chocolate —se apuntó Emily.

Julian no dijo nada, solo los siguió fuera de la casa. Emily caminó a su lado y se subió a la parte de atrás, dejando a Atik y Alaric delante.

—¿Todo bien? —le preguntó ella al ver que Julian fruncía el ceño mirando por la ventanilla.

—A tu cuñado no le gustan mis pijamas —dijo en voz baja.

—Eso no es... —protestó Atik.

—Es que no entiende nada. No le hagas caso. Él ni siquiera usa pijama —le calmó Emily.

—A mí el pijama con estampado de vaca me encanta. Es muy alegre, siempre me hace sonreír —lo animó Adler.

—El azul con el gatito es el mejor —opinó Alaric.

Julian se rio al escucharlos, le estaban dando la razón solo para calmarlo, pero le encantó que fueran tan generosos.

—Creo que nos vemos demasiado. No volveré a bajar a desayunar sin vestirme.

—Así es como se hace —le dijo Adler a Atik asomándose entre los dos asientos.

Atik le dio un golpe en la frente para hacerle retroceder mientras Alaric se reía.

No había salido de la casa desde que lo atacaron, así que miró a todas partes tratando de encontrar alguna cosa extraña.

—No hay de qué preocuparse —le tranquilizó Alaric—. La amenaza fue neutralizada, una sola bruja no es rival para nosotros.

Asintió no muy convencido mientras salía del coche. Entendía de forma racional que no podía estar más seguro que con ellos, pero esa parte que llevaba días aterrorizada pensando que su bebé podía morir, estaba gritando más fuerte que nunca.

Atik se acercó un poco más a él, como si supiera a qué se debía su malestar.

—Julian, cielo —lo saludó Ruby abriendo la puerta.

Sonrió aceptando de buen grado su abrazo.

—¿Cómo estás? —le preguntó poniendo la mano sobre su vientre.

—Bien —dijo algo alicaído.

Fuera de la familia, solo Ruby sabía que eran dos niños y que uno estaba en peligro. Como el corazón del otro bebé no se escuchaba, decidieron mantenerlo en secreto.

—Venimos a tomar café —explicó saludando con la mano a algunos lobos que estaban alrededor mirándolos mientras trataban de disimularlo.

—Por supuesto, lo que queráis —les invitó haciéndolos entrar.

Juntaron dos mesas para estar más cómodos, quedándose al final del local para no llamar la atención. Había olvidado que todo el mundo creía que Atik le dejó embarazado a propósito.

—No sé... si es buena... —les dijo viendo por la ventana como algunos lobos de la manada paseaban casualmente por la calle principal.

—Somos una familia —le recordó Alaric—. No hay nada raro en que todos vayamos juntos. Cuanto antes se acostumbren mejor.

—No había pensado en que mi desaparición podía suponer que aumentaran las sospechas de la manada. Lo siento —se disculpó mirándolos a todos.

—No te disculpes, ni te preocupes. Hay cosas mucho más importantes que atender —le recordó Adler fijándose en su barriga.

Julian miró por la ventana con inquietud. No le gustaba ser el centro de atención y menos si iban a hablar mal de los suyos.

—Solo es café —le recordó Atik moviendo su silla sin discreción para taparle la vista.

Julian le sonrió agradecido.

—No puedo tomar café —le recordó.

—Lo sé, por eso pedí chocolate caliente para ti. Ya pasan de las cuatro, el dulce no te hará vomitar.

Julian se rio negando con la cabeza y sonriéndoles con cariño.

—Muchas gracias —le dijo de manera sincera.

Adler y Alaric imitaron a su hermano para burlarse de él.

—Eres tan... detallista. ¿Pediste algo para nosotros también hermanito? —lo pinchó Alaric.

—Por supuesto —contestó Atik sin dudar con gesto imperturbable—. Ácido, dos cubos. Ya no quedaban remedios para la estupidez crónica.

Ellos se rieron a carcajadas sin inmutarse por la pulla, jugando a empujarse unos a otros.

Julian se cubrió el vientre con las dos manos mientras los veía discutir.

«Creced bien, bebés. Vuestra familia está deseando conoceros».

Capítulo 18

Abrió los ojos despacio, la luz de luna se filtraba a través de la ventana iluminando la habitación. Todavía era de noche cerrada.

Se levantó de la cama con cuidado, sin entender por qué estaba despierto. Quizá hacía demasiado frío ahora, aunque tenía calor cuando se acostó. Al acercarse a la ventana, una ráfaga helada le golpeó la cara. Miró al cielo mientras la cerraba, la luna desapareció cubierta por una espesa nube que casi no dejaba paso a la luz.

Volvió a la cama, notando su garganta seca. Levantó el vaso que había sobre la mesilla, extrañado al verlo vacío, juraría que Atik lo llenó antes de irse a su cuarto. Se encogió de hombros y salió al pasillo, no podría dormir hasta que bebiera algo.

Ya conocía la casa lo suficiente como para no necesitar encender la luz. Le pareció raro que nadie se despertara por su paseo nocturno, habitualmente Atik lo interceptaba en cuanto tocaba la puerta. Abrió la nevera y miró las bebidas disponibles.

Sonrió al ver la botella de zumo de naranja, llenó el vaso hasta arriba y tomó un largo sorbo. Se había terminado esa misma tarde, pero alguien había ido a comprar más antes de irse a dormir.

Regresó al pasillo para subir a su cuarto, empezando notar rastros de cansancio.

Se detuvo en la entrada, viendo el porche a través del par de cristales que había en la parte superior de la puerta. Salió todavía con el vaso en la mano, encogiéndose un poco cuando el viento se coló por el cuello de su pijama, la tela era demasiado fina para estar fuera a esa hora.

Bajó las escaleras de madera movido por la curiosidad, apretando el vaso entre sus dedos. Miró confundido los charcos de agua sobre la tierra húmeda. Sus pies descalzos se hundieron en el barro y la parte baja de sus pantalones se mojó enseguida. «¿Cuándo llovió?», pensó extrañado. Hacía por lo menos tres días que los acompañaba el buen tiempo.

Confuso, se inclinó sobre un gran charco en el que se reflejaban las nubes. ¿Por qué había salido?

El agua le devolvió su propia imagen. No podía dejar de mirar a pesar de que no había nada fascinante en verse a sí mismo.

Algo se removió dentro de su pecho, advirtiéndole. Tragó saliva sin entender por qué se sentía tan nervioso. No estaba haciendo nada malo, pero todo su cuerpo empezó a gritarle que retrocediera. El vacío llenó su mente y sus ojos se cerraron por la intensidad de sus sentimientos.

Al abrirlos no fue su reflejo el que le devolvió la mirada.

Una mano fuerte tiró de él hacia atrás, alejándolo.

—¿Julian? ¿Qué haces aquí? No te escuché levantarte —le preguntó Atik con preocupación—. Hace mucho frío, estás helado —lo levantó en brazos para devolverlo a la casa.

—Había alguien ahí... —murmuró rodeando su cuello y mirando por encima de su hombro para comprobar que no los seguían.

—¿Qué?

—Fuera. Había alguien fuera —repitió sin dejar de vigilar a su espalda.

No había terminado de pronunciar las palabras cuando Alaric, Adler y Emily pasaron con rapidez por su lado para comprobar los alrededores de la casa.

Julian miró con aprensión cómo recorrían el terreno, antes de que Atik lo llevara a su habitación para dejarlo en el baño.

Lo bajó con cuidado al suelo, poniéndolo sobre la alfombra y abrió el agua caliente. Ni siquiera tuvo tiempo de protestar antes de que Atik tratara de quitarle la camiseta y los pantalones para meterlo dentro de la bañera.

—Atik, tengo que explicarte lo que pasó.

—No, necesitas entrar en calor, podrías enfermar —le advirtió él.

Julian lo miró congelado. Ni siquiera había pensado en eso.

Atik tiró de su camiseta para sacársela.

—Puedo desnudarme solo —protestó Julian—. Espérame en la habitación —le dijo avergonzado, tratando de empujarlo lejos.

—No hay tiempo para ponerte puritano. Estás helado. —Atik volvió a intentar quitarle la camiseta.

—Vas a verme desnudo —protestó Julian con las mejillas coloradas.

Atik lo miró a los ojos, con gesto duro.

—Ya te he visto desnudo, recuerdo cada parte de ti que he visto y tocado, prometo no mirar a ningún sitio que no sea a tus ojos. Ahora deja de ser difícil.

Julian se quedó tan sorprendido que no reaccionó cuando consiguió quitarle la ropa y lo metió en la bañera.

—¿Qué pasó? ¿Por qué estabas fuera? ¿Cómo conseguiste salir sin que nadie te escuchara?

Julian se mordió el labio tratando de hacer memoria.

—No sé por qué salí, me desperté por el frío y luego sentí mucha sed. Bajé a la cocina y llené el vaso. Al volver... —intentó explicarle a pesar de que no acababa de entenderlo bien ni él mismo—. Sentí el impulso de salir y al acercarme al charco, yo...

Atik lo miró fijamente.

—¿Charco? —le interrogó él—. No ha llovido en... —Atik se acercó a la ventana para echar un vistazo fuera.

—Lo sé, parece que lleva toda la noche cayendo agua, pero estoy seguro de que no llovía cuando me dormí.

—Me fui a la cama hace una hora, el cielo estaba despejado —le respondió Atik volviendo a mirarlo.

—Vi a alguien.

—¿Dónde?

—En el charco —explicó Julian.

—Te verías a ti mismo —le corrigió Atik.

—No, a no ser que el embarazo me haya convertido en una mujer.

Atik giró la cabeza con rapidez.

—Explícate —le exigió.

—Vi mi cara primero y cuando volví a mirar, alguien me estaba vigilando. Tenía el rostro demacrado, como... ¿quemado? No estoy muy seguro de eso, pero sí que era una mujer. Cara blanca, pelo negro.

—Mierda, quédate aquí y no salgas de la casa. Necesito hablar con Alaric.

Julian miró cómo se iba con prisa y cerraba la puerta, dejándolo solo.

Suspiró y se hundió en el agua, acariciando su vientre. Todavía no era muy prominente, con dieciocho semanas de embarazo, unos cuatro meses y medio y ya tenía una pequeña barriga que no podía cubrir con sus manos.

Sonrió relajándose cuando notó un ligero revoloteo hacia un lado. Hacía apenas unos días que había empezado a sentir esos curiosos movimientos, al principio se asustó, pero Ruby le contó que era normal y que con el tiempo podría sentir las primeras patadas del bebé.

Las últimas ecografías no habían mostrado una gran mejoría en su pequeñín, así que su existencia seguía siendo un secreto para todos fuera de la familia.

Hizo pequeños círculos con las manos concentrándose en ellos mientras tarareaba una melodía sin letra. Betsy le aseguró que ya podían distinguir su voz.

La música pareció animarlos porque el revoloteo se volvió más intenso. La falta de sueño y el calor empezaron a adormecerlo, así que se bañó con rapidez para irse a la cama.

En algún momento de la noche un movimiento lo despertó.

—¿Atik? —le preguntó medio dormido. Se había vuelto muy bueno reconociendo la presencia del lobo.

—Sigue durmiendo —le ordenó en voz baja.

Julian se giró para mirarlo, se había metido entre las sábanas y tumbado bocarriba.

—¿Vas a quedarte aquí?

—Sí.

—¿Encontrasteis algo fuera?

—No, pero los rastros de lluvia terminan a un par de kilómetros de la casa.

—Eso no es... —guardó silencio al darse cuenta de lo que significaba—. Magia.

—Eso creemos. Adler y Alaric están esperando a Abba.

Julian frunció el ceño dedicándole una mirada preocupada.

—¿Qué? —lo interrogó Atik entendiendo su gesto.

Julian se sentó en la cama, apoyándose en el cabecero para estar más cómodo, el dolor de espalda llevaba días acompañándolo. Se mordió el labio mientras pensaba si contarle sus preocupaciones o no.

—¿Nos están escuchando tus hermanos? —quiso saber.

Atik entrecerró los ojos, observándolo.

—No lo creo. No solemos hacerlo, pero puede que esta noche sí lo hagan. No importa, di lo que piensas.

—Es sobre Abba —trató de advertirlo, no era la primera vez que hablaban de ella y sabía la opinión que tenía Alaric.

—No te gusta, ya lo sé.

—No es que no me guste, es que... —intentó encontrar las palabras sin mucho éxito.

Atik alzó una ceja esperando que continuara.

—A veces hay algo en ella que...

Los ojos de Atik se convirtieron en dos pozos de hielo.

—No es que hiciera alguna cosa sospechosa o rara —se apresuró a explicar.

—Pero hay algo que no te gusta, no dejas de insistir con eso.

—Creía que era porque es una bruja, pero no consigo sentirme bien cuando ella está cerca. Creo que oculta algo —terminó por reconocer.

El gesto precavido de Atik se endureció.

—¿Tú también crees que ella tiene algo que ver en el embarazo?

Julian negó con la cabeza tocándose el vientre al notar cómo se movía la bebé.

—No lo creo. Supongo que es posible, pero...

—Aquella noche pasó algo, tú y yo lo sabemos —le contradijo Atik.

—Te morías y ella usó mi energía vital para curarte. Lo busqué y pregunté, lo que dijo era verdad. Crea una unión, pero no hace que te quedes embarazado.

—Pero es la única explicación a lo que pasó —insistió él.

Julian le miró con el ceño fruncido.

—Sé que lo que dices tiene sentido, pero mis hormonas están descontroladas y me siento insultado.

Atik alzó las manos para apaciguarlo.

—Llevamos años viéndonos a menudo y nunca me había fijado en ti.

—Ni yo en ti —protestó Julian.

Atik le dedicó una sonrisa ladeada.

—No es una competición, estoy siendo honesto.

Julian lo miró con los ojos entrecerrados.

—La sinceridad está sobrevalorada.

Esta vez la risa de Atik resonó en la habitación.

—Me refiero a que pasamos de no mirarnos, a querer follar hasta dejarnos sin sentido. No soy de los que pierde la cabeza por una cara bonita, pero mientras te veía dormir lo único que tenía en mente era lanzarme sobre ti.

Julian sonrió azorado, notando como sus mejillas se calentaban.

—Lo entiendo. Me pasó lo mismo. Aun así, no creo que tenga nada que ver. Tú conoces las costumbres de los lobos mejor que yo. Es muy difícil dejar embarazado a un hombre, magia o no, tenemos que ser compatibles a muchos niveles, es una especie de tirada de dados. A veces los dos lobos cumplen todos los requisitos y no consiguen tener hijos propios.

Atik suspiró con cansancio atrayendo la atención de Julian.

—Sería más fácil si fuera culpa de la bruja —reconoció Atik después de un momento en cómodo silencio.

Julian lo observó sin comprender a qué se refería. Atik pareció entenderlo porque giró la cabeza buscando su mirada.

—Así podríamos culpar a la magia por lo que le pasa al otro bebé —le dijo en voz baja.

Su cuerpo se heló al escucharlo, Atik había sido una roca desde que se enteró de su embarazo. Siempre fuerte y estoico a su lado, adaptándose para que estuviera cómodo y aceptando lo que se le ocurriera en un intento de no someterlo a más tensión. Nunca había dado muestras de debilidad hasta ahora.

Los ojos de Julian se humedecieron, había pasado el embarazo centrándose en él, sin detenerse a pensar ni un segundo en cómo lo estaba viviendo Atik. No se podía imaginar verlo desde su perspectiva, con una parte de la manada creyendo que trataba de robarle el puesto a su hermano y la otra susurrando que lo había engañado para tener un hijo primero.

—Aún estamos peleando. ¿Recuerdas? —le preguntó Julian con suavidad—. Él sigue peleando para quedarse y nosotros no lo damos por perdido.

Atik asintió con rigidez, aunque no parecía muy tranquilo.

—¿Sabes? Les hablo y les canto cuando estoy en mi cuarto —confesó en voz baja.

Los ojos de Atik brillaron con interés.

—Betsy dice que nos escuchan, así que intento que no se sientan solos. Que ellos sepan que estoy aquí y que les quiero —le dijo a pesar de la vergüenza.

—¿Crees que saben que eres tú?

—Sí creo que sí y que les gusta. A veces me agobio pensando en si saldrán adelante o si los tres estaremos bien... entonces les hablo y los toco —le explicó frotando pequeños círculos sobre su vientre—. Sigo asustado, pero parece más llevadero si lo comparto con ellos, por lo menos nos hacemos compañía y ninguno estamos solos.

Se sentía vulnerable y ridículo compartiendo ese detalle, pero al mirarle a los ojos supo que no era el único que se sentía así. Él tenía a los bebés, pero Atik estaba solo y asustado. A pesar de tener a sus hermanos como apoyo, solo ellos cuatro sabían por lo que estaban pasando.

—¿Y qué les dices? —le preguntó Atik en voz baja.

Se encogió de hombros dedicándole una sonrisa avergonzada.

—Cualquier cosa, a veces les cuento historias que me invento o si no sé qué hacer, les canto para que sepan que estoy con ellos. ¿Quieres intentarlo? —preguntó deseando poder retirarlo en cuanto lo dijo.

La cara de Atik cambió por completo, a un gesto de puro anhelo.

—¿Puedo?

Julian asintió con rapidez, sorprendido por su expresión ansiosa.

—Claro, son tus hijos también —le recordó con suavidad.

Atik lo miró a los ojos tratando de adivinar si realmente le parecía correcto, Julian le sonrió señalando su barriga.

—Estoy seguro de que también se alegraran de saber que estás con nosotros.

Tres segundos fue los que tardó Atik en girarse en la cama para apoyar la cabeza en su regazo.

Julian se esforzó por no moverse, demasiado sorprendido de que aceptara con tanta facilidad.

—¿Está esto bien? —le preguntó Atik.

Asintió sin responderle, Atik se quedó en silencio sin hacer nada. No parecía cómodo, pero sí decidido a seguir allí.

Julian se mordió el labio para no reírse.

Cogió un cojín de la cama y lo hizo levantar la cabeza para acomodarlo. Sin decirle ni una palabra, retiró la parte de arriba de su pijama, dejando al descubierto su vientre.

Los ojos de Atik brillaron cuando sus miradas se encontraron. Sonrió de nuevo para tranquilizarle, poniendo la mano sobre su hombro en un intento de infundirle ánimos.

Giró la cabeza hacia la ventana, dándole toda intimidad posible y que se sintiera más a gusto. Atik habló en voz baja, una conversación privada entre un padre con el corazón roto y unos bebés que sin saberlo eran ya toda su vida.

Julian acarició el pelo de Atik, pasando las manos por sus gruesos mechones mientras sentía cómo su cuerpo se iba relajando. Sonrió cuando escuchó su respiración lenta, pero no se movió. Se colocó el pijama y se tapó con una manta, feliz de por una vez poder cuidar también de él.

Levantó la cabeza al notar que alguien lo observaba. Alaric estaba en el marco de la puerta, viendo a su hermano con una sonrisa triste.

Julian lo miró con curiosidad, pero Alaric solo le dedicó un asentimiento antes de desaparecer por el pasillo. No era la primera vez que se preguntaba por la relación entre los tres hermanos, pero sí la primera en que estaba seguro de que había mucho que todavía le faltaba por descubrir.

Capítulo 19

—¿Y todo eso qué significa? —les preguntó preocupado a los demás.

Alaric los despertó a primera de la mañana para reunirse con Abba en su despacho y hablar de lo que había pasado.

Abba lo miró con el ceño fruncido.

—Significa que saben que tú eres el embarazado y que tu hija está en peligro —le resumió la bruja con crudeza.

Julian se cubrió el vientre con las manos como si pudiera proteger a los bebés.

—Abba... —le advirtió Alaric a la mujer.

—Ya no contamos con el factor sorpresa, es una suerte que se pudiera ocultar hasta ahora —continuó ella sin inmutarse.

—¿Cómo pudo llegar a nuestra casa? —preguntó Emily mirándola sin disimular su antipatía por su actitud.

—No lo hizo, por eso creó la lluvia, porque no podía entrar dentro —le aclaró ella.

Todos la miraron esperando que ampliara su explicación.

—La lluvia hizo charcos en el suelo, creando una superficie donde Julian podía reflejarse. Así fue como ella consiguió saber quién era. No conocía su cara, pero sí que le estaba protegiendo la familia del alfa. Atrajo al embarazado afuera y esperó, usó un hechizo sobre la casa para no alertaros por el ruido. Esta mañana encontré una bolsa de encantamientos escondida en el porche trasero —les explicó sacando un trozo de tela pequeño y negro.

—¿Estuvo tan cerca de Julian? —quiso saber Adler con evidente alarma.

—No lo creo. Pudo enviar a uno de sus esclavos lobos. Solo tenía que dejar la bolsa e irse. Fue rápido.

—Pero si no se me podían escuchar desde la casa... ¿Cómo te enteraste tú de que yo había salido? —le preguntó Julian a Atik que estaba al otro lado de la habitación.

El lobo se había mostrado distante desde que se despertara por la mañana, todavía en su regazo. Julian se había mostrado complaciente dándole su espacio porque sabía que estaba avergonzado, pero estaba asustado y preferiría que estuviera a su lado.

—No escuché nada —contestó Atik—. Solo sentí que no estabas y salí a buscarte.

—¿Lo sentiste? —repitió Alaric mirando a su hermano con desconcierto.

Atik asintió con la cabeza sin explicar más.

—Vuestra unión es obvia —opinó Abba—. Él no estaría embarazado si no fuera así. Es posible que el lazo que te une con tu hija te llamara al estar en peligro.

—¿Peligro? —preguntó Emily frunciendo el ceño—. ¿Cómo de grave fue lo que pasó anoche?

Abba giró la cabeza para dedicarle una larga mirada a Emily.

—Julian salió sin protección y no sabemos cómo de lejos se escondía ella.

La piel se le erizó ante la idea de que esa horrible mujer hubiera estaba cerca de él y los bebés.

—Pero entonces no estoy a salvo en ningún sitio —protestó asustado—. Ella puede hacerme salir de casa y...

—No volverá a pasar. No sabía que ella podía hacer eso, ahora lo sé y no menospreciaré de nuevo los poderes de su aquelarre.

Julian hizo un esfuerzo para calmarse, notando la rabia corrompiéndole como un veneno.

—¿Estás menospreciando el poder de un aquelarre que hizo desaparecer a una de las manadas más fuertes y antiguas del estado? Creo que ya han dejado claro su poder. Borraron a la manada de Royal del mapa y atacaron a la de Aurora.

Abba lo observó sin expresión.

—¿Es una broma? Son poderosos, hasta un niño sabe eso. Protégenos, ese es tu deber —la increpó frustrado por su pasividad.

La mirada de la mujer se volvió fría, inhumana.

—Yo a ti no te debo nada. Mi compromiso es con Alaric.

Julian observó al alfa, que le pidió calma con la mano. Miró a Atik con incredulidad, él tampoco parecía enfadado por las palabras de la bruja.

Se levantó del sofá y salió del despacho dando un portazo, haciendo un esfuerzo titánico por no transformarse y lanzarse sobre la mujer. Subió las escaleras creando el mayor ruido posible, recordándose que podía perder a los bebés si usaba su forma de lobo.

Se encerró en la habitación mientras pensaba con rapidez en todo lo que había escuchado.

No pensaba quedarse sentado esperando a que Alaric convenciera a la bruja de protegerlos. Ella nunca sería fiel a sus bebés. ¿Y si trataba de hacerles daño también?

Su mente se aceleró, impulsándole en alejarse todo lo posible de la mujer. ¿Cómo iba a poner a los niños a salvo si la bruja podía llegar a él? ¿Podría fiarse de su palabra?

Se mordió los labios notando como crecía la ansiedad en su cuerpo. Cogió el móvil sin pararse a pensar.

Envió un mensaje mientras cerraba la puerta de la habitación y se escondía en el baño.

Julian:

¿Puedes hablar? Necesito ayuda.

Su móvil sonó a los pocos segundos. Aliviado empezó a hablar, sabiendo que estaba en buenas manos y que al menos alguien estaría al cien por cien a su favor. Solo con contarle sus miedos ya se encontró mejor, por haber dejado salir parte de su ansiedad, volviéndola más tolerable.

A pesar de que ya no estaba tan enfadado, la cena fue incómoda. Atik y sus hermanos siempre se sentaban en el extremo de la mesa con Emily y Julian en el centro, aunque sabía que estaba siendo infantil, Julian llevó su plato al otro extremo de la mesa sentándose solo.

Emily le dedicó una mirada tensa, haciéndole un gesto para que volviera a colocarlo todo en su lugar. Julian se mantuvo en su nuevo lugar de forma obstinada. ¿Así es como sería su vida ahora? Cuando estuvieran en desacuerdo ¿Atik siempre se pondría a favor de su hermano? Estaba bien saberlo antes de empezar a criar a sus hijos.

Entendía que los alfas no soportaban que se desafiara su autoridad y nunca lo había hecho antes, pero no sería flexible en eso. Sus hijos solo le tenían a él como protección, entendía que Alaric tendría sus razones para confiar en Abba, pero le confió a Atik sus dudas. Esperaba que él le apoyara por lo menos o le diera una explicación.

Prescindió del postre, se tomó las vitaminas y subió de nuevo a su cuarto, poniendo el cierre. Nadie de la familia entraba sin llamar si la puerta permanecía cerrada, pero no estaba dispuesto a asumir riesgos. Fue a la ventana y corrió las cortinas antes de prepararse para irse a la cama.

Se quedó dormido muchas horas después, teniendo sueños inquietos, donde todo estaba oscuro y no podía moverse.

Normalmente, los tres Madsen desayunaban y se iban a trabajar temprano, por lo que esperó a que sus coches se alejaran antes de enviarle un mensaje a Kayleen pidiéndole que fuera a buscarle. No podía salir solo de la casa por seguridad, pero su mejor amiga era una buena luchadora, nadie se preocupaba cuando era ella quien lo acompañaba. Por supuesto, siempre los seguían alguno de los lobos destinados a su protección, pero les daban espacio.

Emily no estaba en la cocina, podía escucharla hablando por teléfono en algún lugar cercano, fue el momento perfecto para bajar corriendo las escaleras, coger sus vitaminas y salir pitando de la casa.

—¿Por qué parece que estás huyendo? —quiso saber ella.

—Porque lo hago —le aclaró exasperado haciéndole un gesto para que arrancara.

—Ya hicimos eso y no salió bien. ¿Tengo que ir a entregarme?

Julian suspiró negando con la cabeza.

—No, el ambiente está tenso en casa, eso es todo. Quiero despejarme y pensar.

Kayleen lo miró con preocupación, pero no dijo nada.

—Solo para tenerlo claro. No vamos a fugarnos, ¿verdad?

Julian se rio por las tonterías de su amiga, le pegó en el brazo, volviendo a reírse cuando ella se lo agarró como si le hubiera hecho mucho daño.

—El embarazo te está poniendo cachas —bromeó cogiendo la carretera principal al pueblo.

Fueron a ver a Ruby, ella siempre conseguía calmarle.

—Oh, cielo. No haces bien comportándote así —le riñó.

Julian la miró sintiéndose traicionado.

—No es forma de llevar vuestra vida familiar. Te guste o no, ese hombre es el padre de tus hijos —le dijo hablando con libertad, ya que estaban solos en el despacho—. Y ellos son sus tíos, Alaric es el alfa de los niños, aunque todavía no hayan nacido, tiene derecho...

—No me fio de ella. Se lo conté a Atik en confianza —insistió—. Quería que se pusiera de mi parte.

Ruby suspiró cruzándose de brazos.

—Cielo, él lleva poniéndose de tu parte desde que sabe que estás embarazado. Está en una situación difícil. Tú eres el padre y Alaric es su alfa y su hermano. La sangre tira, es un vínculo inquebrantable.

Los ojos de Julian se llenaron de lágrimas.

—Nuestros hijos también llevan su sangre. Si la palabra de su hermano es más importante que la del padre de sus hijos, no sé si puedo confiar en él —protestó enfadado.

Ella se sentó a su lado en el sofá, acariciándole la espalda al verlo tan disgustado.

—La relación de Alaric y Atik siempre ha sido complicada —le dijo Ruby con cautela.

Julian la miró sorprendido por el comentario. Ruby suspiró al ver su cara.

—Verás... mi marido era un buen amigo de Cormac. Vivimos parte de la integración de Atik a la manada.

Sabía que Ronald fue alguien de confianza para el anterior alfa, pero nunca los había escuchado hablar de Atik.

—¿Integración?

Ruby se encogió de hombros, mientras parecía pensarlo.

—Supongo que sí. Él no tenía ni idea de cómo comportarse en manada y no tenía respeto por su padre ni sus hermanos a pesar de que ellos eran mayores en rango.

—¿Se llevaban mal? —preguntó con sorpresa. Los había visto en la intimidad de su hogar y no era capaz de imaginar un momento en el que no estuvieran unidos.

Era cierto que Atik no podía ser más diferente de sus hermanos mayores, pero de alguna extraña manera encajaban y los tres se entendían con solo una mirada.

Ruby se rio al escucharle.

—No sé si mal, los primeros meses de ese chico en Salem los pasó peleando con sus hermanos. Incluso atacaba a su padre cuando se enfadaba.

Julian la miró tratando de distinguir si estaba bromeando.

No se imaginaba a alguien tan frío y serio como Atik actuando de esa manera. Los recuerdos de Atik volvieron a él recordándole que al menos los primeros años de su vida había vivido en un entorno violento. ¿Podría ser la causa de su comportamiento?

—Cormac lo intentó todo con él —siguió diciéndole Ruby ajena a sus pensamientos. No le contó a nadie lo que había visto sobre Atik, ni siquiera a él—. Primero intentó ser paciente, pero cuanto mejor lo trataba más se descontrolaba él. Al final de su primer año, Cormac lo metió en cintura, fue duro y más estricto que con cualquiera de los otros chicos. Necesitaba disciplina.

No le parecía justo que después de lo que Atik pasó con su madre tuviera que soportar más cosas difíciles. Sabía por experiencia que Cormac no era un alfa muy severo, pero sí bastante estricto.

—¿Fue durante mucho tiempo? —quiso saber.

—¿Su etapa rebelde? —Ruby negó con la cabeza—. No podía durar, no dejaba de ser un niño. A pesar de ello, Cormac no aflojó con él, creo que en el fondo temía que volviera a sus viejos hábitos si lo hacía.

—No tiene sentido. Dejó que Atik estudiara fuera de la manada, eso le da ventaja frente a sus hermanos. Fue algo bueno.

Ruby chasqueó la lengua, mirándole con enfado.

—No digas tonterías. Eso fue una crueldad.

Julian la observó con sorpresa, tratando de entender a qué se refería.

—Atik fue ajustándose poco a poco, cuando estuvo mejor, su padre lo mandó estudiar fuera. No fue algo bueno, todo lo contrario, si quieres mi opinión. Creo que con el tiempo Cormac también entendió que fue un error.

Como Julian seguía mirándola, Ruby decidió explicarse mejor.

—A la manada nunca le gustó Atik. Cuando decidió que Atik saldría a estudiar, ¿qué mensaje piensas que recibió la manada?

—No lo sé, siempre creí que Cormac pensó que Atik no tenía un sitio aquí y le dejó labrarle su propio camino.

Ruby negó con un gesto.

—Lo que hizo fue abrirle una puerta lejos de Salem. Fue una invitación a marcharse y seguir adelante. Muchos pensaron que era la forma que Cormac tenía de arrepentirse de haberlo traído.

La boca de Julian se llenó de un sabor amargo. ¿Qué clase de padre fue Cormac? ¿Quién haría algo tan cruel después de lo que pasó Atik?

—Eso es muy injusto —protestó indignado.

—Lo es —cedió Ruby con facilidad—. Siempre trataron a Atik como un extraño. No era un crío fácil ni afable y no le cogieron cariño. Nunca le gustó hablar ni jugar con otros lobos... Siempre estaba con sus hermanos, en eso me temo que no ha cambiado mucho. Creo que las cosas serían diferentes si Cormac lo hubiera incluido en la vida de la manada.

—Eso es imposible. La gente piensa que Atik da mala suerte, lo habrían matado si Cormac hubiera intentado darle un puesto de mando en la manada.

Ruby pensó en lo que acababa de decirle, pero terminó por negar con la cabeza.

—Puede ser, pero creo que fue cruel criarlo con sus hermanos y obligarlo a mantenerse fuera del círculo. Al borde, siempre un paso por detrás de ellos, viendo la luz, pero nunca bajo ella. Cada uno de los chicos tenía su puesto claro. Un alfa, un segundo, un tercer hermano en el exilio por si la familia principal caía. Lo tratan como a un mendigo, siempre obligado a estar presente, pero conformándose con las migajas que sus hermanos estén dispuestos a darle.

Julian tomó una respiración profunda, Ruby siempre hablaba claro, pero era la primera vez que sus palabras le resultan hirientes.

—No lo es. —Estuvo obligado a defenderle—. Ellos quieren a su hermano.

—¿Tú crees? Supongo que tú lo sabes mejor que yo, vives en su casa. A veces, cuando veo a los dos hermanos juntos y a Atik detrás de ellos, me pregunto si es amor o si Cormac le enseñó demasiado bien su lugar para asegurarse de nunca creer que tenía el derecho a ocupar otro sitio.

Boquiabierto, Julian miró a Ruby.

—Por eso la manada cree que Atik me dejó embarazado. Es una tontería, Atik nunca iría contra Alaric.

—Yo creo que no. Aunque reconozco que sería el golpe definitivo.

—¿A qué te refieres?

—La sangre de Atik también está consagrada a esta tierra, a pesar de que solo es medio hermano de los otros chicos.

—Supongo que a la magia lo único que le importa es que los tres hijos lleven sangre Madsen.

—Eso podría tener sentido —le concedió Ruby—. Pero el caso es que trataron de consagrar la sangre de los sobrinos del alfa y no lo consiguieron. Solo es posible atar la tierra a los hijos del alfa, solo a su descendencia directa. Atik es la única excepción. Los mayores dicen que para que la protección de Las obligaciones del rey funcionen, los tres hijos deben nacer de la misma madre y el mismo padre. O lo que es lo mismo, provenir los tres de la misma raíz familiar.

—No lo sabía —murmuró sorprendido. Ahora entendía porque creían que Atik era un mal augurio.

—Claro que no. ¿Cómo podrías? El hermano de Cormac solo tuvo un hijo y murió ahogado cuando tú tenías apenas dos años. Cassandra tuvo una hija, falleció durante el parto. En realidad, los hermanos del alfa pueden tener descendencia, pero no suelen vivir mucho tiempo. Es como si toda la fuerza de su sangre se concentrara en los tres Madsen que deben existir y luego simplemente espera a la siguiente generación para mantenerlos con vida.

Julian palideció al escucharla pensando de inmediato en sus bebés.

—Oh, cielo, no. No me refería a ti. Atik es fuerte y sano, solo es medio Madsen, estoy segura de que no tiene nada que ver contigo —lo tranquilizó abrazándolo para disculparse—. No hagas caso a esta vieja, conozco demasiadas historias. Iré a traerte algo de comer y hablaremos de temas más alegres.

Julian se quedó en el sofá mientras ella salía. Su conversación con Ruby le había dado mucho en qué pensar, pero lejos de tranquilizarle solo había conseguido más preguntas sin respuesta y una sensación de zozobra que hacía vibrar todo su cuerpo.

Capítulo 20

«¿Me quieres?»

Sobresaltado, Julian se sentó en la cama. Cerró los ojos esforzándose por tranquilizar el latido apresurado de su corazón.

—Calma, bebés —murmuró como si fuera cosa de ellos. Sonrió cuando recibió un pequeño golpe en la mano que tenía sobre su ombligo.

Las patadas habían empezado a sentirse hacía solo una semana. Cada vez que notaba una no podía evitar sonreír. Ahí tenía la comprobación, ahora eran tres. Por desgracia su pequeñín, todavía no había ganado mucho peso, pero el hecho de que se moviera y su corazón siguiera latiendo era un consuelo. Betsy trataba de animarlo porque las probabilidades seguían en contra, pero había dejado de prestarle atención a su opinión.

No podía permitirse escuchar ningún escenario en el que admitiera que algo malo podría pasarle a su hijo.

—Julian, ¿va todo bien? —le preguntó Atik a través de la puerta cerrada—. Tu corazón va muy rápido.

—Sí, creo que me despertó la tormenta —respondió sin abrir.

Habían transcurrido tres semanas desde su enfado con todos por culpa de Abba. Volvía a comer con los demás, pero ya no pasaba tanto tiempo con ellos, incluyendo a Atik.

El incidente le recordó algo que al parecer había olvidado durante su embarazo, no eran pareja. Ninguno de los dos sabía nada el uno del otro. Puede que se conocieran más ahora, pero no tenían una vida en común.

Entendía que querían lo mejor para él y los bebés, aunque eso no tenía por qué significar lo mismo para todos, estaba claro que no era así.

Después de que se le pasara el enfado entendió que probablemente por el miedo y los nervios había apartado temas importantes. ¿Cómo querría educar Atik a los bebés? ¿Tendría Alaric siempre la última palabra cuando se tratara de sus propios hijos? La charla con Ruby le hizo darse cuenta de que no sabía muchas cosas sobre la familia a la que ahora pertenecía. Ni el papel que sus hijos ocuparían entre ellos, pero como padre tenía la obligación de hacer lo que fuera para salvaguardarlos, aunque no fuera lo mejor para él.

Había planeado ese día durante semanas y mantenido en secreto lo que iba a hacer, pero era hora de hablar sobre ello al fin.

—¿Necesitas ayuda para vestirte? —preguntó Atik.

—No gracias, me las apaño bien solo —le respondió levantándose con dificultad de la cama.

—¿Seguro? Puedo llamar a Emily —le ofreció.

—Sí, gracias. —No quería depender de nadie más. Llevaba dos años solo y criaría a los bebés de la misma manera, no tenía sentido continuar fingiendo algo que no estaba destinado a durar.

Tuvo que comprarse ropa nueva, su barriga llevaba a dos bebés y en las últimas dos semanas parecía que crecía cada día. El peso y volumen extra le hacía difíciles cosas sencillas como agacharse o vestirse, pero con paciencia e ingenio había ido sorteándolas.

Bajó la escalera con cuidado, agarrándose bien a la barandilla.

—Hay tarta de queso recién hecha, una de tus favoritas —le dijo Emily en cuanto entró a la cocina.

—Gracias, eres la mejor —le agradeció con sinceridad, sentándose despacio en la silla. Los cuatro lo miraron mientras se acomodaba, preocupados, pero sin decir nada.

—¿Dormiste bien? —le preguntó Adler.

—Más o menos, se movieron mucho esta noche —dijo, sonriendo al notar otra patada infinitamente más floja que la de antes. Parecía que su pequeño tenía ganas de jugar hoy. Se frotó la zona con suavidad, notando una nueva. Cerró los ojos y saboreó el momento, tratando de controlar las hormonas que lo vencieron por un instante. Era inusual sentir al niño y apreciaba el doble cuando tenía constancia de que seguía allí con ellos.

—¿Va todo bien? —le preguntó Atik poniéndole la mano en el brazo.

—Sí, sí. —Carraspeó tratando de calmarse, era un día importante—. En realidad, quería hablar con vosotros.

Sus ceños de preocupación se hicieron más profundos.

—Voy a tener visita hoy, me gustaría advertiros.

Los cuatro se miraron unos a otros sin entender por qué anunciaba algo así cuando a menudo solía tener compañía.

—No hay problema, estás en tu casa —le recordó Alaric.

Julian se esforzó por mantener el tono neutral al escucharle. No, no lo estaba.

—Es un alfa. Por eso lo digo, porque si notáis su esencia sobre mí, que sepáis que vino a verme.

Alaric dejó la taza de la que estaba bebiendo, Atik apartó su plato y Adler y Emily clavaron sus miradas en él.

—¿Qué alfa y por qué? —exigió Alaric.

Julian tomó una respiración lenta antes de responder.

—Eso no importa, es un alfa afín a nuestra manada que viene a visitarme como amigo.

Alaric miró a Atik exigiendo más información, pero por supuesto él estaba igual de perdido.

—Es Tyler —adivinó Adler.

Antes de que pudiera contestar alguien llamó al timbre.

—No hay esencia —les dijo Alaric mientras Adler se levantaba a abrir—. Es Tyler. Si hay algo que quieras decirme, preferiría que lo trataras conmigo en vez de usar intermediarios.

Su tono cortante dejaba claro que no estaba contento con su decisión, pero no era algo que Julian no supiera que iba a pasar.

—No es Tyler —anunció Adler con gesto serio mirando a Julian con incredulidad.

Se levantó de la mesa sin haber tocado su desayuno con los otros detrás de él.

—Gracias por venir, alfa —dijo cuando vio al recién llegado parado en el salón.

—No hay de qué —le respondió Dragos sonriendo y haciendo que sus ojos amarillos brillaran aún más.

Intentó acercarse a él, pero la mano de Alaric lo sujetó de la muñeca.

—¿Qué estás haciendo? —siseó en voz baja.

—¿Por qué no nos calmamos todos? —sugirió Dragos alzando las manos—. Estoy aquí de visita, Alaric. Te aseguro que no albergo ningún mal para ti o tu familia. No es necesario hacer una escena por esto. —Su mirada hacia donde Alaric todavía lo sujetaba no fue sutil.

Fue liberado enseguida y por fin pudo llegar hasta él.

—¿Por qué no puedo olerte? —preguntó al acercarse al alfa.

Dragos se rio mientras miraba a Julian como si buscara alguna herida.

—Soy el alfa, en este momento no conviene que extraños sepan que estoy fuera de Aurora. ¿No crees?

—Más motivo para no salir de allí —dijo Adler mordaz.

Dragos se carcajeó con diversión.

—Veo que no les advertiste de mi llegada —adivinó mirando a Julian.

—Lo siento —se disculpó enseguida. Era una falta de respeto que Alaric no hubiera saludado a Dragos de la forma correcta, asegurándole protección. Puede que las cosas estuvieran saliendo peor de lo que pensaba.

—No te preocupes, son como niños nerviosos. Salgamos a pasear un rato. ¿Estás en condiciones de andar? —quiso saber viendo su barriga fijamente.

—Sí, es bueno para el embarazo.

—No creo que... —interrumpió Alaric.

—Julian estará a salvo conmigo. ¿O no confías en mí? —le preguntó con seriedad Dragos. Era un hombre intimidante, su gran tamaño y sus ojos amarillos lo hacían alguien a quien temer, incluso en su forma humana.

—Por supuesto —aceptó a regañadientes Alaric.

Dragos le dedicó una sonrisa altiva antes de abrir la puerta e invitarlo a salir con un gesto.

Julian cogió una chaqueta para abrigarse antes de seguirlo al exterior.

—Julian... —lo llamó Atik a su espalda.

Hizo un esfuerzo por no girarse, sintiéndose mal por no haberlo discutido antes con él.

—Solo iré a dar un paseo. No voy a irme, quiero hablar con Dragos. —Fuera le esperaba otra sorpresa.

Nueve lobos desconocidos y transformados estaban parados delante del porche.

—¿Son tuyos? —quiso saber reconociendo a Mike, uno de los segundos del alfa.

Dragos hizo un gesto con la mano y ellos se dispersaron por el bosque a donde Dragos lo fue dirigiendo, acomodándose a su lento ritmo.

—Nunca voy solo a ninguna parte —le comentó con tranquilidad—. Menos con todo lo que está pasando.

Julian asintió con la cabeza.

—¿Tyler te contó lo que le dije? —le preguntó en cuanto estuvieron lejos de la casa.

—Lo hizo —le respondió Dragos—. Por eso decidí venir a verte, para escuchar y resolver tus dudas.

—Gracias por venir, estoy realmente agradecido. Hay algo que no le conté a Tyler, prefería decírtelo en persona.

—Habla con confianza, nadie nos está escuchando, mis lobos se encargarán de que sea así —le alentó el alfa.

—Verás, estoy embarazado de casi seis meses. Falta una semana —empezó nervioso a pesar de que había tenido esa conversación mil veces en su cabeza.

—Tyler dice que el embarazo va bien, que tú y la niña estáis sanos. Sé que es común que en un embarazo masculino se saque antes al bebé, pero creo que no será necesario.

Julian cerró los ojos deteniendo sus pasos para poder mirarle a la cara. Eligió a Dragos por un motivo, era el más fuerte de todos los alfas, el que tenía una manada más numerosa y el único con una pareja lobo que no podía ser hombre lobo.

—Lo que Tyler no te contó es que son dos bebés.

Dragos bajó la vista a su estómago procesando la información.

—No escucho dos bebés —dijo con un tacto inesperado para alguien con su fiero aspecto.

—Lo sé. Sus corazones laten casi exactamente al mismo ritmo, pero son dos. Una niña y un niño —dijo intentando controlar la emoción al decirlo en voz alta.

—Y no va bien —supuso Dragos mirándole con sus ojos antinaturales.

Negó con la cabeza tomándose un momento.

—El segundo bebé es mucho más pequeño, más débil y con menos esperanza de sobrevivir.

Los ojos de Dragos brillaron antes de poner su gigantesca mano sobre su barriga.

—Que el destino no lo quiera —murmuró el alfa.

Julian asintió cubriendo su mano con la suya con agradecimiento. Había algo realmente calmante en él, Tyler tenía razón, era el indicado.

—Betsy está esperando a que se desarrolle un poco más, si lo consigue quiere sacarlos. Cree que el gen lobo podría hacer que se salvara.

Dragos lo observó con detenimiento, retirando su mano.

—Tú no crees eso.

Negó de nuevo.

—Creo que lo mejor es que el bebé se quede dentro.

—¿Y qué opina el padre? —quiso saber Dragos.

—Dice que se fía de mi criterio, pero me temo que si Alaric decide que es mejor sacarlos..., apoyará su decisión.

La expresión de Dragos se volvió cautelosa.

—Alaric es el alfa, pero no es el dueño de su hermano... y mucho menos de ti y tus bebés. Tú eres el gestante, solo tú puedes decidir qué hacer.

Julian lo miró aliviado.

—Alaric es un buen alfa, pero pienso que su juicio está nublado.

—¿Por la bruja? —preguntó Dragos—. Tyler dice que no te fías de Abba.

—¿Tú lo harías? —le devolvió Julian esperando su respuesta.

—¿Fiarme de una bruja si mi hijo estuviera en camino? Primero muerto —le aseguró con crudeza—. Pero soy desconfiado de naturaleza, no confiaría ni en mi sombra. Sé que Alaric maneja bien su manada y por eso no entiendo su reticencia a escuchar tus miedos sobre ella.

—Confía en Abba ciegamente y no tengo pruebas en su contra. Lo que me preocupa es que como él opina diferente, el tema no se puede tratar —Tomó una aspiración profunda para darse valor—. Quizá uno de los bebés sea humano o tenga algún tipo de problema... No quiero que él pueda decidir sobre ello. Si muero... —se dio valor para decir todo lo que quería—, no quiero que se críe aquí, que sea un peón de algo que ni siquiera entiendo, o que lo traten mal solo porque es distinto. Tyler dice que tu pareja es un hombre lobo, pero no se puede transformar...

Los ojos de Dragos se abrieron por la compresión.

—Entiendo, por eso me pediste que viniera —dijo con suavidad.

—Aquí tengo buenos amigos, pero ya no me queda familia y no quiero separar a los bebés de su padre, aun así, no dejo de pensar. Si no estoy, ¿quién los protegerá? ¿Quién criaría a unos bebés a los que no quiere nadie por quién es su padre? No quiero que nadie les haga daño, ni los use... o que los menosprecie si no es como los demás —terminó con voz temblorosa.

Dragos lo miró con gesto serio.

—¿Quieres que sea el padrino de tus hijos?

Julian asintió enjuagándose las lágrimas.

—Eres el único que podrá imponerse a Alaric. No quiero que se críen sin Atik si yo no estoy, pero tampoco quiero condenarlos a una vida de sentirse incómodos, de aguantar que los odien solo por existir. Y si el niño no es un lobo no sé si lo querrías, pero...

—Lo haré —le interrumpió Dragos—. Si tú no estás, cuidaré de tus hijos, de los dos, sea cual sea el resultado o su naturaleza. Te doy mi palabra —la seriedad de su promesa hizo que le temblaran las piernas.

—Muchas gracias, es muy importante para mí saber que los dejo bien si no estoy. Atik los quiere, lo hizo desde el principio. A lo mejor quiere mudarse a Aurora con ellos —le advirtió.

—Será bien recibido —le prometió Dragos—. ¿Puedo decirte una cosa?

—¿Después de entregarte a mis bebés? Claro —dijo ahogándose un poco por la emoción y la culpabilidad.

Dragos le dio un apretón tranquilizador en el hombro.

—Todo va a salir bien. No voy a llevarme a tus hijos porque tú vas a estar ahí. Van a nacer y los verás crecer —la firmeza y sinceridad de su voz fue como hundirse en un pozo de calma.

—Gracias. Es que no podía dormir pensando en esto —le confesó Julian con timidez.

—Me preocupa un poco tu situación aquí —le confió el alfa—. Podrías terminar tu embarazo en Aurora, es seguro. Podríamos llevarnos a Betsy, haríamos lo que tú prefieras y si al tenerlos quieres volver es decisión tuya.

—Tyler me lo ofreció —le dijo sujetándose a su brazo para seguir andando.

Dragos le rodeó la cintura con el otro brazo para ayudarlo.

—¿Y por qué no lo haces? Te estás planteando cosas muy difíciles, tu comunicación con el padre es... pobre.

—Atik es una buena persona, ha estado conmigo en todo momento, pero no comprendo su relación con su familia. Sé que Alaric es el alfa y su palabra pesa sobre la de los demás, pero no estoy dispuesto a que dirija mi vida como hace con su hermano.

—¿Le has preguntado? —se interesó Dragos.

—No. Verás... estar embarazado es terrorífico y todo este problema con las brujas solo hace que el miedo se expanda más día a día. Me estaba apoyando demasiado en él.

—¿Y qué? Es el padre.

—No somos pareja —intentó explicarle. Sabía que no era sincero del todo y que su relación con Atik se hacía más cercana a cada momento que pasaba. La forma que tenía de cuidarlo, cómo se entendían, su forma de ser, los esfuerzos que hacía por dejarle entrar en su vida. Le angustiaba un poco tener que hacer esto sin consultarle, pero necesitaba estar seguro de que se respetarían sus deseos si él ya no estaba.

—Qué más da. Tienes a sus hijos. Necesitáis tener una relación cercana y sincera. No creo que buscar un padrino para tus hijos en secreto y planear alejarlos de él vaya a ayudar a que eso pase.

—Probablemente no —le dio la razón—. Pero tengo que anteponer los bebés a todo, no le cuentes a nadie sobre los bebés o lo que te pedí. Trataré de arreglar las cosas con Atik, solo estoy siendo precavido. Quiero que mis hijos tengan oportunidades y un buen futuro.

—Tyler sería mejor opción, es humano y cariñoso —opinó Dragos.

Julian sonrió ante su falta de delicadeza.

—Lo sé, Tyler será el otro padrino, pero no tiene poder. Y estos niños serán la nueva generación Madsen, necesito a alguien más poderoso que su familia o no tendrán opciones.

Dragos examinó su perfil durante bastante tiempo.

—¿Qué es lo que te preocupa tanto?

—No lo sé. Solo sé que ahora me siento mejor en lo que respeta a los bebés. Hablaré con Atik cuando vuelva y procuraré que me entienda.

Dragos asintió como si tuviera sentido. No lo tenía, pero desde hacía semanas que no se quitaba de la cabeza lo que pasaría con los niños y por primera vez desde entonces, no sentía esa necesidad acuciante espoleando sus entrañas.

Su intuición lo era todo, así que confió en que estaba haciendo lo correcto y no equivocándose de forma irremediable.

Capítulo 21

La visita de Dragos no estaba pensada para durar, por lo que después de hablar sobre el tema que les ocupaba, volvió a acompañarlo hasta la casa donde toda la familia le estaba esperando en el porche y desapareció junto a su manada sin hablar con Alaric ni explicarle nada.

Nunca había visto a Alaric y Adler tan enfadados. Sabía que por muy molestos que estuvieran no le harían ningún daño, así que ignoró su actitud y entró a la casa para encerrarse en su cuarto.

Su comida estaba en la mesa cuando bajó movido por el hambre, pero no había rastro de los demás habitantes de la casa, ni tampoco evidencia de que hubieran comido antes que él.

Se tomó su tiempo algo inquieto, era raro que lo dejaran solo en la casa, no lo habían hecho desde que se quedó embarazado. Era desconcertarte no escuchar a ninguno de ellos, no percibir sus esencias y que el eco de la gigantesca casa lo agobiara después de tanto tiempo viviendo allí.

Se sintió mejor al cerrar la puerta de su habitación y volver a estar protegido.

El misterio quedó resuelto cuando al ver por la ventana encontró que todos los lobos de primera línea de ataque rodeaban la casa. Boqueó sorprendido al ver que eran gran parte de ellos.

¿Qué causa requería que lo hubieran dejado solo? ¿Era una venganza por su encuentro con Dragos?

Se mantuvo entretenido viendo un poco la televisión y acabó por quedarse rendido en un sueño inquieto. Cuando se despertó ya era de noche y no estaba solo.

Parpadeó para asegurarse de que no seguía dormido. Atik estaba de pie enfrente a la cama.

—Atik… —murmuró sentándose para espabilarse.

Sus ojos azules lo observaron con detenimiento, como si estuviera buscando algo en su cara.

—¿Va todo bien? —preguntó Julian preocupado.

—Debería ser yo quien preguntara eso —le contestó él. Su tono frío e impersonal lo despertó del todo.

—Sé que estás enfadado y lo siento —dijo con rapidez.

Atik ladeó la cabeza con una mueca de desprecio.

—Mientes —lo acusó.

—No es verdad —respondió Julian indignado—. Siento que estés disgustado, pero no lo que hice —puntualizó.

Atik frunció el ceño sin dejar de observarlo.

—¿Vas a llevarte a los bebés?

—No —contestó de forma corta y concisa para que supiera que no mentía.

—¿Por qué vino a verte el alfa de Aurora?

Julian se mordió los labios sabiendo lo que iba a pasar si le respondía con la verdad.

—¿Vas a mudarte? ¿Se trata de eso? —le preguntó Atik al ver que no recibiría respuesta.

—No lo sé —reconoció.

—¿Cómo que no lo sabes? —le reclamó Atik mirándolo como si lo hubiera traicionado.

Julian suspiró sabiendo que no podía postergar más la conversación.

—No quiero irme y tampoco alejarte de los bebés —puntualizó tratando de calmarlo.

—Ahora es cuando viene el pero —adivinó Atik sin expresión.

—Hemos estado tan centrados en que el embarazo estuviera a salvo, que postergamos cosas importantes como su educación o lo que esperamos cada uno sobre la crianza de los bebés.

Atik siguió mirándolo sin decir nada.

—Creo que entendemos esas cosas como algo distinto. Te dije que conseguiríamos ponernos de acuerdo sobre los bebés, pero no sé si es posible. No me mires así —le reclamó incómodo—. Te conté lo que pensaba de Abba y en cuanto Alaric se metió por medio me dejaste solo. Eso me hizo plantearme cómo sería nuestra vida cuando seamos padres y el poder que tu hermano tendría sobre ellos.

Julian tragó saliva al ver su mirada vacía.

—Atik... —Su estómago se encogió de nerviosismo al ver cómo se acercaba a él—. Me da miedo que usen a los niños.

—¿Crees que yo dejaría que eso pasara? —le preguntó Atik con un tono de voz engañosamente suave.

—No sé si tendrías opción. Eres fiel a tus hermanos y yo también. Sé que Alaric es el alfa y confío en él cuando se trata de mí, pero no sobre mis bebés. No sé qué significa en tu familia su nacimiento y no puedo arriesgarme a que se los quede.

—Es su tío. Nunca les haría daño —le reclamó Atik con enfado.

—Tú estás seguro de eso. Yo no. Lo siento, sé que suena desagradecido con todo lo que habéis hecho por mí, pero yo no tengo ninguna intención con los bebés, su nacimiento es un momento especial para mí, soy el único que los ve como lo que son. Bebés. Ni una nueva generación de nada, ni una amenaza. Solo son mis hijos y tengo que protegerlos de todo y de todos.

Atik se alejó de él hasta la ventana como si no soportara seguir tan cerca.

—Y eso me incluye a mí —supuso lleno de rabia—. He tratado de que me conozcas, de incluirte en mi vida y la de mi familia...

—Lo siento. Te juro que si solo fuera mi vida confiaría en ti. Sé que los quieres, pero ¿qué pasará si el niño es humano? ¿Qué hará tu hermano con él?

—Será un lobo —le aseguró Atik con fiereza.

Julian suspiró tocándose el pecho que le había empezado a doler.

—Tu lealtad está con tu hermano, con tu familia. Lo entiendo, yo no tengo a nadie más. Y ellos tampoco lo tendrán, por eso debo pensar en todo. Si muero, los bebés vivirán en Aurora, Dragos es un alfa poderoso y con una manada enorme. Estarán a salvo y podrás quedarte con ellos. Dragos accedió a acogeros a los tres, aunque el niño sea humano, incluso si no quieres criarlo. Dragos y Tyler serán los padrinos.

Los ojos azules de Atik pasaron al negro mientras lo miraba con tanto dolor que Julian se quedó sin aliento.

—Entregaste a nuestro hijo. ¿Tan cruel me crees como para abandonarlo solo porque nazca humano?

Julian no le respondió, se le quedó mirando, pero Atik supo entenderle de todas maneras.

—Crees que abandonaría al bebé como mi padre hizo conmigo —musitó.

Julian supo que se había equivocado al ver cómo su cara se quedaba pálida de horror, pero no tuvo tiempo a decir nada. Atik empezó a transformarse a pesar de sus esfuerzos por no hacerlo y Julian supo que había perdido el control con su lobo.

—Atik, tranquilo. Lo siento, yo no...

—¡Sal de aquí! —le gritó Alaric abriendo la puerta y abalanzándose sobre Atik tratando de reducirlo.

Adler lo levantó en brazos sin esperar, sacándolo de la habitación y metiéndolo en el coche antes de que tuviera tiempo a respirar.

Mientras Emily lo alejaba de la casa, vio a los tres hermanos peleando en el porche. El corazón se le encogió al ver cómo Atik intentaba ir detrás de él mientras Alaric y Adler lo sujetaban para dejarle marchar. Sus aullidos se quedaron con él incluso horas después, escuchando el lamento y sufrimiento que había en ellos.

«¿Me quieres?», se estremeció al escuchar el susurro de Atik en el viento. ¿A quién le habría dicho esas palabras?

—¿Se sabe algo? —preguntó sentándose con dificultad en la cocina de Ruby.

Ella negó con la cabeza mientras le preparaba un plato para desayunar.

—Han pasado dos días —se lamentó tocándose el vientre. Recibió una fuerte patada en respuesta. Sonrió un poco mientras acariciaba a sus pequeños.

—Lo sé, cielo. Emily vino antes a dejarte ropa.

—A lo mejor no quieren que vuelva a la casa —dijo en voz baja. Se sentía horrible por pensar mal de Atik. Le traicionó al hablar con Tyler y Dragos sin consultarlo con él, al pensar aunque fuera por un segundo, que realmente podía menospreciar a sus hijos. Atik ya le había demostrado mil veces cuánto le importaban los niños, era cruel dudar de su sinceridad ahora.

—No digas eso. Las discusiones son normales en un matrimonio.

—No estamos casados —le recordó.

Ruby suspiró poniéndole delante unas tostadas y un vaso grande de zumo. Se sentó enfrente a él con una taza de café lanzándole esa mirada maternal que tanto decía, aunque no pronunciara una palabra.

—La fastidie, ya lo sé —dijo en voz baja.

Le había confesado todo a la mujer en cuanto Emily lo dejó allí antes de volver a la casa, excepto la parte que atañía el pasado de Atik. Nunca se lo contaría a nadie.

—No fue tu mejor decisión —admitió ella con suavidad—. Entiendo lo que hiciste y en parte puede que estés en lo correcto. Pero al menos tendrías que haberlo hablado antes con Atik para tratar de saber hasta dónde llega su compromiso.

—¿Y si me miente? No puedo correr el riesgo, si muero... —Tragó saliva notando cómo las lágrimas le nublaban la visión—. Tengo que estar seguro de que ellos estarán bien.

Ruby le acarició el brazo con cariño.

—Escucha su corazón y sabrás si es sincero. Es una situación difícil —le concedió—. Pero déjame que te diga una cosa. Cuando Alaric vino a buscarme, Adler y Atik vinieron con él. El alfa me pidió que fuera hasta Greenville y tratara de tranquilizarte para poder hablar contigo. ¿Sabes lo que único que me dijo Atik?

Julian negó con la cabeza, intentando calmar su ansiedad.

—"Dile que no se deshaga del bebé. Lo quiero, cuidaré de él" —le repitió Ruby—. No mentía. No creo que lo haga ahora.

—Sé que los quiere —aseguró Julian—. Por supuesto que lo hace, se ha volcado con nosotros, ha dejado todo a un lado para ayudarme a que los bebés estuvieran bien. Pero su vida parece un juego de estrategia, como el ajedrez. Creía que encajaba entre ellos, empecé a... —Volvió a tragar saliva incapaz de continuar, había cosas en las que era mejor ni pensar.

Ruby lo miraba con calma, esperando y dándole tiempo a ordenar sus ideas.

—Me pregunto si todos estaban fingiendo para poder tenerme contento y vigilado y así conseguir a los bebés.

Ruby chasqueó la lengua, negando con la cabeza.

—No digas tonterías. Os vi cuando vinisteis todos juntos. Erais felices, son sinceros contigo. Solo tienes que mirar por la ventana, mi casa está rodeada de lobos que te están cuidado.

—Hay muchas cosas de ellos que no entiendo.

—Por supuesto que no lo comprendes, acabas de llegar a su familia. Pregunta, habla, explícales lo complicado que es para ti pensar en cómo criarán a los niños si no sobrevives. Esta no es la manera, Julian. No podrás tener una buena relación con la familia de los niños en estas circunstancias. La sinceridad es la base de todo, te lo dice una mujer que pasó media vida casada. Los problemas llegarán, con la familia, amigos...

siempre hay desacuerdos. Hay que poner de las dos partes para encontrarse a la mitad de camino.

—Lo intentaré —dijo en voz baja—. Creo que Atik no vendrá a la ecografía. No se perdió ninguna desde que volví a Salem.

Ruby le sonrió con calma.

—Seguro que viene. No pierdas la esperanza —le aconsejó.

No lo hizo, Atik ni nadie de la familia aparecieron durante una semana. Era como si se los hubiera tragado la tierra y cuanto más tiempo transcurría, más crecía ese dolor en su pecho, preguntándose qué estaba pasando.

Al principio creyó que lo ignoraban, pero Ruby le dijo que nadie había visto al alfa en días, que las órdenes las recibían por teléfono de Adler. Empezaba a estar muy preocupado, llamó a los cuatro sin que ninguno le respondiera.

Antes de dormirse esa noche miró la ecografía, veintiséis semanas de embarazo. Solo quedaban catorce. Un embarazo normal, duraba cuarenta semanas, uno masculino solía provocarse a la semana veinticinco.

La niña pesaba lo suficiente como para que el gen lobo la hiciera sobrevivir, pero su pequeño... todavía no estaba listo. Cada semana después de la veintiséis era un peligro para el gestante, a pesar de ello estaba dispuesto a asumir el riesgo. El niño necesitaba más tiempo, le daría todo el que pudiera al precio que fuera.

Debía encontrarles un nombre ya, Dragos le dijo que en su manada ponían nombre a los bebés para darles fuerza y visualizarlos sanos y salvos. Se le hacía raro llamarlos niño y niña cuando ya eran el centro de su mundo.

Se encogió sintiéndose frío por dentro y por fuera. Miró por la ventana una vez más mientras la cerraba.

—Ojalá estuvieras aquí para ayudarme a elegir un nombre.

Capítulo 22

«¿Me quieres?»

Julian se despertó sobresaltado. Miró alrededor sin entender qué estaba pasando. Una patada en su vientre le hizo saber que no era el único despierto.

«¿Me quieres?»

Fue hasta la ventana, sus guardianes estaban en sus posiciones rodeando la casa, pero no quedaba ni rastro del otro padre de sus hijos.

Frunció el ceño mirando la luna llena, había estado incómodo los últimos días por su influjo. Se acarició la barriga tratando de calmar a los bebés que pateaban de vez en cuando.

«¿Me quieres?»

El vacío llenó su cabeza y le quitó el aliento. Hacía mucho frío, pero su interior ardía. Sentía todo y nada a la vez, estaba furioso y triste. Quería desgarrar, herir, matar...

Abrió los ojos tomando aire con dificultad.

—¿Julian? —le preguntó Ruby sacudiéndolo.

La miró mientras hacía un esfuerzo por respirar.

—¿Estás bien?

—Necesito ver a Atik —dijo tratando de calmar la oleada de pánico que lo inundó.

—¿Qué? —le preguntó ella desconcertada.

—Llama a Kayleen y dile que venga. No me dejarán irme solo, apresúrate.

Ruby no se paró a preguntar e hizo lo que le pidió mientras él se vestía todo lo rápido que le dejaba su estado.

Kayleen lo ayudó a meterse en el coche sin decir nada hasta que estuvieron lejos de sus escoltas.

—Viste algo —adivinó.

—Sí —dijo nervioso—. Necesito que me lleves al bosque que rodea la casa Madsen.

Confió en ella mientras cerraba los ojos y notaba ese hilo tirar de él, guiándolo. Estaba seguro de que Atik le necesitaba y su intuición estaba llevándolo hasta él.

—Algo va mal —murmuró haciendo que ella saliera de la carretera principal y fuera por un camino de tierra.

—¿Llamo a tu escolta? —preguntó Kayleen preocupada.

—No, no es un ataque. Atik no está bien.

—¿Crees que está herido?

—No lo sé —susurró—. Para —le ordenó. Miró alrededor mientras su latido se hacía más fuerte. Salió del coche y percibió que era el lugar correcto.

—¿Julian?

—Vuelve a tu casa —dijo mientras empezaba a alejarse.

—No puedo dejarte solo aquí —le respondió ella siguiéndolo.

—No soy yo quien tiene problemas. No va a pasarme nada. La casa está cerca, ve y cuéntaselo a Alaric. Si no lo encuentras, ve al pueblo. Confía en mí, estaré bien. —No se quedó a tratar de convencerla.

Siguió metiéndose en lo profundo del bosque, sabiendo que era el lugar en el que debía estar.

No tardó mucho en escuchar los primeros sonidos de pelea. Los rugidos resonaban entre los árboles amplificándolos, pero no los necesitaba para encontrar su camino.

—¡Cuidado Adler! —escuchó gritar a Emily.

Apresuró sus pasos, metiéndose entre una fila de árboles. Tuvo que parpadear varias veces para entender lo que sucedía delante de él.

Emily estaba tirada en el suelo al lado de Adler que parecía inconsciente, Alaric luchaba con ferocidad contra Atik que estaba rodeado de cadenas ancladas al suelo.

—¡Julian! —le gritó Emily en pánico al verlo—. ¡Sal de aquí!

Su aviso hizo que el alfa se despistara lo suficiente para que Atik arrojara a su hermano por los aires, lanzándolo contra un árbol que crujió bajo su peso.

Atik rugió fuera de control, corriendo hacia él. Las cadenas que aún lo sostenían mordieron su pelaje que empezó a teñirse de rojo.

—No hagas eso —dijo asustado.

—¡Vete! No puede reconocerte —le advirtió Emily.

—Sí que puede —murmuró mirándolo a los ojos. Las patadas de los bebés se hicieron más fuertes, así que se llevó la mano al vientre—. Puede oler a los niños, nunca nos haría daño.

—No sabes lo que dices. No es él, tienes que marcharte. Pon a los bebés a salvo.

Julian no estaba de acuerdo con ella, pero no iba a discutir. Avanzó hasta estar a pocos metros de él.

Eso pareció enfurecer a Atik que tiró de sus cadenas con más fuerza.

La voz de Atik susurró de nuevo en su oído.

«¿Me quieres?»

Atik dejó de moverse, sus ojos de lobo, mirándolo como si fuera una presa. Julian tomó una respiración profunda sin dejar de tocarse la barriga.

—Te perdiste la ecografía —dijo con suavidad—. Los bebés están bien, la pequeña está sana y el pequeñín sigue luchando.

Atik no dio señales de entender, pero seguía quieto.

—Les estoy buscando nombre. Tengo algunos muy buenos, hice una lista y todo —siguió hablando en voz baja—. Quería ponerles nombre porque Dragos dijo que les da fuerza y poder. Además, ya son dos personitas reales, quiero que tengan uno. No elegí ninguno, tú no estabas y quería que lo eligiéramos juntos.

Atik retrocedió varios pasos, alejándose de él como si hubiera perdido el interés. Julian entendió el gesto sin usar su intuición.

—Siento haberte hecho daño —se disculpó avanzando—. Confío en ti, de verdad que lo hago. Es que estoy muy asustado, creo que no voy a sobrevivir y necesito estar tranquilo. Yo perdí a mis padres dos veces, es desgarrador. Acabas pensando que hay algo en ti que hace que los pierdas a todos. Tengo miedo a que mueran o a morir y no verlos crecer. Para poder centrarme en ellos necesito saber que les procuro la mejor vida posible.

Atik volvió a mirarlo, pero no dijo nada. Soltó un aullido lastimero antes de tumbarse en el suelo.

—Sé que fue un golpe bajo nombrar a tu padre. No lo hice a propósito, pero ahora conozco partes de tu vida que no quieres explicar y está bien —aseguró—. Nadie debería conocer esas cosas si no es tu elección contarlas. Pensaba en Cormac como un buen alfa, es sorprenderte saber que no fue el buen hombre y padre que siempre creí que era.

Atik levantó la cabeza y distinguió el desconcierto en su mirada a pesar de su forma.

—Sí, entiendo que te llevó con él cuando supo que eras un lobo —dijo con suavidad, poniéndose frente a él—. Pero también sé que te abandonó porque creyó que eras humano. Eso me hizo pensar en que quizá tu familia no quiera al niño si es humano o si nace con algún problema o debilidad.

Atik lo miró de esa manera penetrante que también tenía en su forma humana.

—Comprendo que no quieres hablar de tu madre y después de lo que veo en mis sueños no te lo reprocho, quizá debería haber pensado en cómo lo verías tú. No soy como ella, nunca haría daño a los bebés.

Atik soltó un quejido muy bajo que le erizó la piel y no se pudo resistir. Se abrazó a su cuello y hundió la cabeza en su pelaje.

—Siento mucho todo lo que pasaste entonces, ningún niño debería de vivir así. Perdóname si mi actitud te hizo creer que iba a repetirse esa horrible historia. Tenemos un problema serio de comunicación. — Se separó de él para mirarle a los ojos—. Debemos mejorar porque estos bebés saldrán pronto y no damos ni una. Soy una persona muy complicada —se lamentó.

Atik soltó un resoplido que interpretó de incredulidad.

—Tú qué sabrás —respondió apartando su cabeza—. Y más te vale que te transformes, tenemos muchos nombres que revisar. —Se sentó en el suelo, dejando que Atik se tumbara a su alrededor, haciendo tintinear las cadenas. Le acarició la cabeza lentamente, percibiendo su olor para asegurarse de que estaba tranquilo.

—No puede —le dijo la voz de Alaric con suavidad.

Julian miró al alfa sorprendido, había olvidado que no estaban solos. Adler y Emily también se encontraban a unos pocos pasos de distancia. Todos con una expresión asombrada que no se molestaron en disimular.

Atik gruñó sin moverse.

—¿Por qué no? —quiso saber.

—Si se enfurece pierde el contacto con su parte humana —le explicó Adler.

—Como si fuera... —No se atrevió a seguir.

—Un omega —terminó Alaric.

—¿Y cuánto tiempo puede estar así? —lo interrogó.

—Nunca había pasado tantos días en su forma de lobo —admitió Adler con voz débil y cansada—. Hoy dejó de reconocernos, creíamos que le habíamos perdido.

Julian miró a los tres, notando sus aspectos demacrados.

—Lo siento, solo quiero que mis bebés estén a salvo —les dijo con sinceridad.

Alaric asintió con la cabeza, apoyándose en el árbol que estaba a su lado.

—Creo que todos tenemos que mejorar en materia de sinceridad. Dije que eras familia y lo decía en serio, pero no te trato como si fueras uno de nosotros. Hablaremos cuando todos hayamos descansado —decidió el alfa.

—Volved a la casa, yo me quedo con él. Estaremos bien, lo prometo.

—Hace mucho frío para que estés aquí fuera. ¿Crees que te seguiría hasta la casa?

Julian miró a Atik que continuaba tumbado, demasiado perdido en las caricias de su cabeza para prestarle atención a los demás.

—Creo que sí. Adelantaros, estará más tranquilo si somos solo nosotros.

Emily se acercó cojeando con la llave de las cadenas.

—Gracias por venir.

Julian la miró a los ojos y le dedicó un asentimiento. Esperó a que todos se fueran para soltar uno a uno los cierres que lo mantenían atado. Atik ni siquiera dio síntomas de querer moverse.

Metió la mano entre su pelaje y un torrente de tranquilidad le llegó directamente de él.

—Vamos a tener dos hijos en pocas semanas, ¿cómo es que todavía no sabemos nada el uno del otro? —murmuró mirándole con curiosidad—. Supongo que podemos aprender si nos esforzamos. Volvamos a casa —le ordenó empujándolo con suavidad.

Atik se puso en pie a la primera, flexionando su cuerpo para estirarse. Julian esperó un poco antes de moverse, dándoles tiempo para adelantarse.

Fue una caminata larga hasta la casa, cuando llegaron Alaric, Emily y Adler habían improvisado un refugio en el porche trasero. Pusieron varias mantas cubriendo el suelo. Los tres estaban comiendo sentados en el suelo, se habían duchado, pero parecían extenuados.

Alaric le pasó una manta gruesa en cuanto estuvo sentado con comodidad en el suelo, Atik apenas le dio tiempo a acomodarse antes de volver a su posición original poniéndose alrededor. Nadie comentó nada, continuaron en silencio mirando a Atik descansar.

—Nuestro padre no era malo —le dijo Alaric mucho tiempo después, cuando Emily se quedó dormida al lado de Adler—. Creyó que hacía lo mejor para Atik. Esa horrible mujer era humana, sabía que él tenía dinero y se aseguró de esperar a que el niño naciera para venir a pedirle una parte. Papá quería quedárselo, pero ella le juró que era humano. Olía como uno cuando nació y papá pensó que sería desgraciado en nuestra manada.

—Por ser el cuarto —adivinó.

Adler suspiró mientras apoyaba la espalda en la pared y acariciaba con cuidado el pelo de su mujer.

—Por todo, ningún alfa tuvo más de tres hijos. Y no había humanos en nuestra manada, no lo aceptarían. Por eso no lo trajo. Quería, pero no lo hizo pensando en el bienestar del niño. Aun así, iba a verlo cada semana y se aseguraba de pagarle una buena casa, darle todo lo que necesitara. O eso creía él... —le dijo Alaric con un gesto de rabia.

—Atik se crió con un monstruo. ¿Quién pegaría a su propio hijo? ¿Cómo es posible ser violento con un niño? Le daba esa poción para beber cada sábado y el lobo de Atik creció encerrado, consumido por el dolor y la rabia. Para cuando papá se enteró, era demasiado tarde —le explicó Adler.

—Esa mujer le había lavado el cerebro, lo envenenó contra nuestro padre. Le hizo creer que era malo para que no le contara nada —le dijo Alaric con rabia—. Cuando papá lo trajo y dejó de darle la poción, su lobo se desarrolló antes de tiempo. Solemos empezar a transformarnos en la adolescencia, pero con diez años Atik ya lo hacía. Papá decía que era por esa poción con la que su madre contenía a su lobo.

Alaric hizo una pausa, tratando de calmarse, se notaba que era todavía un tema doloroso.

—Papá intentó ayudarle a controlarse, pero como nada funcionaba tuvo que enseñarle a contenerse. Estaba demasiado lleno de miedo y rabia, necesitó tiempo para ayudarle a tranquilizarse, moldeó su carácter y lo obligó a mantener una contención extrema. Creyó que su vida sería más fácil si las cosas se sentían más lejanas. Lo apartó de la manada todo lo que pudo y lo dejó moverse en el mundo humano con la esperanza de que eso le hiciera más fácil las cosas.

Julian lo miró entendiendo mucho más sobre la personalidad de Atik que antes.

—Tu padre se equivocaba. Atik no está cómodo con la manada porque no encuentra su sitio, lo obligaron a ser un Madsen, pero lo mantuvieron tras un muro de cristal. Siempre viendo todo en primera línea, pero separado de vosotros. Eso es cruel —dijo recordando las palabras de Ruby.

Alaric lo miró sin responder.

—Papá quería a Atik, igual que nosotros. Trató de quererlo el doble por lo que le pasó, puede que su sobreprotección acabara aislándolo de todos, incluyéndole a él mismo —dijo hablando despacio, como si le costara reconocerlo.

Julian asintió sin querer hurgar en la herida.

—Abba tiene una deuda de sangre conmigo, confío en ella. Hizo un juramento, no lo romperá. Por eso estoy seguro de que no me traicionará, lo juró con magia. Moriría si lo hiciera —le explicó el alfa.

No trató de esconder su sorpresa mientras lo miraba.

—Nadie fuera de la familia lo sabe —le dijo Adler.

—Porque no os sigue de forma voluntaria, está obligada —murmuró sorprendido.

—No exactamente, ella y yo... somos buenos amigos, hizo el juramento porque quiso. No la obligué, pero sí, eso es en esencia lo que pasa —respondió Alaric con gesto cansado—. Quiero que sepas que da igual lo que sea el bebé o lo que le suceda, los querré a los dos. No dejaré que nadie los use, ni los haga sentirse discriminados. Lo juro, pelearé por ellos como si fueran míos.

—¿Crees que el bebé está enfermo porque no es hijo del alfa de la familia? —se atrevió a preguntarle.

Tanto Adler como Alaric lo miraron con sorpresa porque conociera ese detalle.

—Podría ser —concedió Alaric con suavidad—. Papá decía que nuestra línea de sangre se aseguraba de que siempre hubiera tres y que no quedaba energía para otros Madsen, por eso mueren los hijos de los segundos y los terceros en la línea de sucesión.

Julian no pudo evitar mirar con lástima a Adler, que hizo una mueca.

—Todos sacrificamos mucho para mantener Salem a salvo —le dijo Adler con calma.

Julian levantó la cabeza mirando la luna llena.

—Puede que vuestro padre esté equivocado, igual que con Atik.

Ninguno dijo nada más, se quedaron en silencio escuchando el corazón de sus seres queridos mientras el sueño les iba venciendo.

Capítulo 23

Se apretó contra la fuente de calor que lo envolvía. Parpadeó despacio dejando salir un gemido de gusto.

Lo primero que vio fueron los ojos de Atik observándolo.

—Es de mala educación mirar a la gente dormir —murmuró tratando de desenredarse de él.

Atik apretó los brazos a su alrededor evitando que se moviera.

—No eres gente —le dijo con voz ronca, no parecía llevar mucho tiempo despierto.

—¿Qué hora es? —preguntó al darse cuenta de que había demasiada luz.

—Son más de las dos.

—¿Y cómo llegué aquí? Nos dormimos todos juntos fuera.

—Conseguí volver a transformarme después del amanecer, te traje a la cama. Acampar en el porche no es un buen lugar para un embarazado.

—Ya, bueno... Espera ¿Y mi ropa? —quiso saber al darse cuenta de que su piel estaba en contacto con la de Atik.

—Te la quité para que estuvieras cómodo —le respondió Atik como si nada.

Julian parpadeó varias veces incapaz de dejar de mirarlo.

—No se le quita la ropa a la gente —Atik alzó una ceja esbozando un gesto burlón—. Ya, no soy gente —se contestó como si fuera Atik.

—Gracias por venir a buscarme anoche.

—Era lo menos que podía hacer, fue mi culpa —dijo con sinceridad.

—No lo fue. En todo caso fue de los dos —lo contradijo Atik—. Tenía que haberte hablado sobre el juramento entre Alaric y Abba. Supongo que no es de lo único que deberemos tratar, pero no se me da muy bien esa parte y creía que no hacía falta. Entre nosotros hay...

El corazón de Julian pareció saltarse un latido.

—¿Hay? —repitió intentando animarle a hablar.

Sus ojos azules lo escudriñaron tratando de decidir cómo debía continuar.

—Tú me entiendes, comprendes lo que quiero decir incluso en mi forma de lobo —dijo Atik bajando la voz—. Durante estos meses nos acostumbramos el uno al otro y pensaba que había una cierta conexión entre nosotros. Algo especial.

Julian asintió con la cabeza.

—La hay —aseguró con rapidez—. Pero no quiero confundir las cosas. Vamos a tener los bebés y ya es complicado sin añadirle nada más. Creo que es mejor que seamos...

Atik le sujetó la barbilla para levantar su cabeza, su pulgar le acarició la línea de su mandíbula y su labio inferior.

—Sigue hablando —le pidió Atik en voz baja.

Su piel se erizó ante su tono. Era un hombre impresionante.

—Amigos. Para no confundirnos y que todo esté claro —dijo con dificultad.

Atik asintió despacio inclinándose sobre él, lamió con suavidad su labio inferior y se coló en su boca. Sus músculos se volvieron blandos mientras se dejaba besar sin oponer resistencia. Julian gimió derritiéndose contra su cuerpo, se sentía delicado entre sus fuertes músculos.

—Si nos confundimos... —protestó cuando dejó de besarlo—. Podría ser un problema en nuestra relación.

Atik le dedicó un gesto condescendiente, antes de tomar de nuevo su boca. Se recreó en el beso, dándose su tiempo en conocer su interior de nuevo. No fue apresurado, era un estudio concienzudo y lento, memorizando el momento.

Las grandes manos de Atik se adueñaron de su cintura sin apretar, tratándolo como si fuera algo delicado mientras lo hacía tumbarse bocarriba.

—Yo no estoy confundido —le dijo Atik hundiendo la cabeza en su cuello—. Sé lo que quiero.

—Pero... pero... —Su lengua cálida le recorrió la piel sensible, acariciándole la zona. Julian se estremeció poniendo la mano en su pecho para intentar alejarlo sin tener verdadera intención de hacerlo.

—Dime —le pidió Atik en voz baja.

Julian dejó de respirar cuando Atik se movió con rapidez, colándose entre sus piernas abiertas, sosteniendo el peso de su cuerpo con los brazos.

—Cuéntame más sobre malas ideas —demandó mordiendo su labio inferior, apresándolo entre sus dientes.

Se sujetó a sus brazos, confundido por el deseo que se acumulaba a en su cuerpo. Julian trató de respirar con normalidad sin mucho éxito.

—Explícame mejor esos problemas —le volvió a pedir Atik acariciando sus muslos desnudos. Bajó por su cuerpo, trazando un camino de besos por su cuello y su pecho. Se demoró en su vientre, besando toda su piel, sin dejar de acariciar la zona con suavidad.

Julian acarició su pelo mientras lo veía posar los labios sobre su ombligo, casi con reverencia.

—Atik... —Quería que fuera una protesta, pero sonó tan necesitado como él se sentía—. No podemos...

—Shhh —murmuró Atik contra su piel mientras bajaba un poco su ropa interior y tomaba su erección en la mano—. Hablamos demasiado.

Julian gimió incapaz de contenerse. Durante esos meses el sexo ni siquiera se le había pasado por la cabeza. El miedo, los nervios y todo lo que sucedía ocupaba la poca energía que le quedaba.

—Deja que cuide de ti —le pidió besando el hueso de su cadera, encerrándole en un agarre apretado.

Julian se aferró a las sábanas con las dos manos, ya al límite, a pesar de que apenas le había tocado.

Atik le lanzó una ardiente mirada. Sin decir nada, pero sin interrumpir la conexión de sus ojos, bajó la cabeza hasta sus testículos, lamiéndolos antes de empezar a chuparlos.

Julian jadeó excitado, agarrándole de la nuca para apretarle más contra él. Entendiendo el mensaje a la perfección, Atik pasó la lengua entre ellos haciendo una presión enloquecedora con ella, antes de subirla al punto que los unía con el tronco donde succionó con fuerza.

—No voy a durar —le advirtió conteniéndose para no mover las caderas, tratando de tranquilizarse.

En vez de responder, Atik recogió la humedad que bajaba por su erección con la lengua, hasta llegar a la punta, donde succionó con intensidad.

Julian gimió retorciéndose en la cama, incapaz de quedarse quieto.

Atik se retiró despacio, acariciando sus muslos con delicadeza que contrastaban con la fuerza con la que le estaba tomando en su boca.

—No, no, no... —murmuró Julian.

Atik se rio, ahogando una sonrisa contra la piel de su cadera, mordiéndole con suavidad. Arrastró los dientes sobre el hueso hacia el interior dirigiéndose por fin a su miembro. Besó la punta y dejó que sus labios se entreabrieran alrededor de ella.

—¿No? ¿Seguro? —le preguntó con malicia.

Julian gimió sin control, poniendo una mano sobre sus hombros y otra en su nuca, empujándose en su ardiente boca.

Atik no se retiró, dejó que él controlara la intensidad y lo tomó por entero. Notó su interior contrayéndose, anunciando el final y lo soltó en un intento de que durara más.

Él adivinó sus intenciones, sujetó sus caderas con fuerza y chupó sin parar, jugando con su lengua sobre su glande.

—Atik...

Atik desoyó su advertencia y tragó alrededor de él, estrangulándolo de una forma imposible entre sus labios, catapultándolo en un orgasmo que lo dejó temblando.

Medio inconsciente, Julian tiró del brazo para alcanzarlo. Atik subió por su cuerpo sin esfuerzo, besándole la frente mientras lo ayudaba a acomodarse en su costado.

Levantó la cabeza pidiendo un beso medio dormido, que Atik le regaló como si hubiera expresado el pensamiento en voz alta. Lo rodeó con sus fuertes brazos, manteniéndolo a salvo y Julian volvió a caer en un sueño profundo.

Cuando se despertó de nuevo, Atik seguía en la cama con él, aunque estaba tumbado a los pies con un papel en la mano.

—¿Estás viendo la lista de nombres para los bebés? —preguntó con voz ronca por el sueño.

Atik asintió, pero no apartó la mirada.

—¿Te digo cuáles son mis preferidos? —ofreció.

Él giró la cabeza, observándole de una forma que lo despertó por completo.

—¿Qué? —quiso saber.

—Todos los nombres empiezan por la misma letra —le dijo Atik mostrándole la lista.

—Bueno... sé que cada generación de tu familia usa una letra nueva para los nombres de los niños. Quería... ¿seguir la tradición? —explicó bajando cada vez más la voz.

Atik se le quedó mirando en silencio.

—Adler me dijo que tu padre eligió tu nombre, él pensaba que eras humano y aun así te puso un nombre con la letra A, como a los demás. —La falta de respuesta por parte de Atik le estaba poniendo nervioso—. ¿Debería haberte consultado antes? Puedo encontrar nombres que empiecen con la A. O que no sean iguales, volveré a buscar y... —ofreció con nerviosismo quitándole el papel.

Atik se acercó a él, echándose encima, todavía guardando silencio.

—Es de mala educación no hablar cuando estás teniendo una conversación con alguien —murmuró abochornado, creyendo que lo había enfadado.

Atik negó con un gesto, sin apartar sus ojos de los suyos.

—Eres tan... —le dijo en voz baja.

—Exasperante, raro, dramático... En mi defensa diré que las dos primeras son verdad, pero el drama y las hormonas son culpa de los dos.

—Único —le aclaró Atik—. Haces que parezca todo tan fácil que me exasperas. Incluso cuando no hay pasos que seguir, encuentras un camino... y si no lo hay, lo creas de la nada.

Julian abrió y cerró la boca varias veces tratando de encontrar algo que responder.

—Se me da bien la improvisación —terminó por decir en voz baja—. No sé nada, me paso asustado todo el tiempo, pero... ya sabes. No puedes esperar a que las cosas se arreglen solas, ni que alguien venga a hacerlo por ti.

La comprensión pasó por los ojos de Atik.

—Llevas demasiado tiempo solo —adivinó.

Julian tomó una respiración trémula que le supo amarga en la lengua. Los ojos se le llenaron de lágrimas sin motivo aparente, aunque los rostros de sus cuatro padres pasaron por la cabeza en un instante.

—Hormonas —se justificó tomando una respiración profunda.

Atik le acarició la mejilla despacio.

—Estuve solo también, recuerdo lo que es.

Julian negó apoyando la cabeza en su hombro.

—No pasa nada, no me molesta, ya ha pasado tiempo. Estoy acostumbrado a estar solo y me gusta. —Sabía que no era del todo cierto y que Atik podría apreciar ese pequeño engaño sin su olfato. No es que lo disfrutara, es que se había acostumbrado y acabó por estar cómodo con ello.

Atik puso la mano con delicadeza sobre su vientre desnudo.

—Ya nunca más volverás a estarlo, ahora les tienes a ellos... y a mí, si quieres.

Julian se mordió los labios con inseguridad.

—Somos muy distintos. ¿Y si todo esto es por mi embarazo? ¿Y si no es real? —Decirlo en voz alta lo hizo más serio y mil veces más aterrador de lo que se sentía hasta el momento.

—No sé qué es —le respondió Atik—. Pero los dos sabemos que lo que pasó esa noche no fue por culpa de tu embarazo, toda esa energía... todo se sentía tan intenso y ampliado...

—Lo sé —le cortó. Cerró los ojos tratando de aclararse, Atik apoyó su frente en la suya y respiraron juntos.

La paz que ese gesto le transmitió, le dijo todo lo que necesitaba. Solo se sentía así de cuidado y protegido con él.

—Seamos sinceros el uno con el otro, la confianza es algo complicado y lento de construir. Lo necesitamos.

—No se me da muy bien confiar —reconoció Atik.

Julian sonrió besándole en los labios sin poder contenerse.

—Ya me di cuenta, yo tampoco soy un experto en esa materia. Solo para que quede claro. No quiero quitarte a los bebés, ni hacerte chantaje. Mi único deseo es que ellos estén bien.

Atik suspiró separándose de él, tumbándose a su lado bocarriba en la cama.

—Perdí el control al pensar que los niños podrían vivir lo mismo que yo pasé. Sé que no eres así, pero... ¿Hay algo más que no me hayas contado? Porque este sería un buen momento para empezar de cero.

Julian suspiró haciendo que Atik se girase a mirarlo.

—Confiesa —le pidió clavando sus ojos azules en él.

—Desde que volví de Greenville he estado hablando con Tyler. Fue a él quien se le ocurrió buscar una opción para los bebés cuando le conté mis miedos.

—Ahora lo entiendo todo. Me preguntaba qué clase de relación tenías con al alfa de Aurora, tiene más sentido que Tyler te lo mandara. No podemos seguir así, usando intermediarios.

—Prometo poner de mi parte —aceptó Julian con alivio porque por fin sentía que iban hacia algún sitio—. Pero tú también tienes que hacerlo. Cuéntame la verdad y si es algo que no puedes contarme por tu familia, dime que no puedes responder. No me apartes sin más, es cruel y hace que me sienta inseguro. Me paso todo el día descansando, tengo mucho tiempo para darle vuelta a las cosas.

—Haré mi mejor esfuerzo, te doy mi palabra —cedió Atik mirándolo a los ojos—. No será fácil —le advirtió en un acto de sinceridad.

Julian sonrió con alivio, sabía que era un paso muy pequeño, pero por lo menos estaban avanzando juntos y conscientes el uno del otro. No era de los que se emocionaban con facilidad, sin embargo, ese revoltijo en el fondo del pecho era sin duda la prueba de la fe que tenía en ellos.

Capítulo 24

Si alguien supo lo que pasó entre ellos en su habitación, nadie comentó nada cuando bajaron a desayunar al día siguiente. Y eso que les dieron munición para hacerlo, el olor en su cuarto, sus esencias mezcladas, que Atik hubiera bajado a por sus medicinas y comida para no salir de la habitación en todo el día.

Adler le saludó igual que cada mañana y Emily le ofreció el zumo indicando que hacía buen tiempo y podrían salir a pasear. Alaric estaba medio dormido, apoyado en la pared con su café a medio beber. La tranquilidad duró diez minutos.

—Tenemos nombres para los bebés —anunció Atik dejando a un lado su taza de café.

Alaric se puso recto enseguida, despertándose por completo en menos de un segundo.

Adler se atragantó con su bebida.

—¿Eso es lo que hicisteis ayer todo el día? —preguntó Emily emocionada.

Julian miró a la mesa, sus mejillas sonrojándose.

—Entre otras cosas —le contestó Adler a su mujer limpiándose con una servilleta—. Antes o después. No creo que en medio.

Alaric se rio palmeando la espalda de su hermano.

—Déjalos hablar —le pidió a Adler—. ¿Cómo se van a llamar los bebés?

Atik le hizo un gesto para cederle la palabra.

Julian sonrió con timidez, pasaron varias horas revisando su lista antes de decidirse por los nombres definitivos.

—No nos vamos a meter con el nombre, estaremos de acuerdo con vuestra elección —le aseguró Adler en un intento de tranquilizarlos.

—Para la niña elegimos Winter —les dijo sonriendo mientras se tocaba la barriga al notar una pequeña patada.

—West para él —terminó Atik mirando a sus hermanos esperando una reacción.

La mesa se quedó en silencio unos segundos. Julian los miró sin entender por qué se había ensombrecido el ambiente. Alaric y Adler examinaban a Atik como si fuera un desconocido. Se giró hacia Emily, que también observaba a Atik con sorpresa.

—¿Vas a seguir la tradición de la familia? —le preguntó Adler en voz baja.

Atik hizo un gesto afirmativo con la cabeza.

—Soy un Madsen. ¿No? Es lo que hacemos.

Adler asintió con fervor, con una sonrisa que no dejaba de crecer mientras veía a su hermano con los ojos brillantes.

—Gracias —los interrumpió Alaric con solemnidad—. Gracias, hermano.

Atik carraspeó incómodo al ver la obvia humedad en los ojos de Alaric. Julian trató de comprender la situación, pero lo olvidó al ver cómo el alfa tragaba con dificultad por la emoción.

—Serán los primeros nombres con la letra W en la historia de nuestra familia. Parece adecuado para unos niños tan especiales —terminó por decir Alaric con la voz ronca.

—Me gustan mucho —dijo Adler, palmeando la espalda de su hermano mayor, tratando de calmarlo.

—Preciosos, me encantan —los felicitó Emily abrazando a Julian y Atik al mismo tiempo—. Me dan muy buenas sensaciones, creo que les traerán suerte.

Puede que Dragos tuviera razón, darles un nombre a los bebés supuso que su presencia fuera aún más real. Creyó que solo era él, pero todos estaban igual de afectados. Usaban los nombres de los bebés, como si fueran algo especial y realmente significara la diferencia en el futuro de los niños. El que más alterado parecía por la nueva presencia de los niños era Atik que no dejaba de pensar en ellos y hacer planes.

—Me gustaría hablar contigo —le dijo Atik un par de días después mientras veía la ecografía que Betsy les hizo el día anterior.

—¿Sobre qué? —preguntó sin mucho interés. Estaba ocupado siguiendo cuidadosamente la receta que Emily escribió para él. No era un buen cocinero, pero podía seguir las instrucciones si no era muy complicado. Todos tenían cosas que hacer esa mañana y los dos se habían quedado solos en la casa.

—Sobre los bebés —le explicó Atik—. Me preguntaba qué pasará cuando los bebés lleguen. ¿Dónde querrás vivir?

Julian lo miró sorprendido.

—¿Tengo elección? Me busca una bruja y los bebés están amenazados. Ni siquiera me lo había planteado, este es el lugar más seguro para nosotros por el momento.

Atik dejó la ecografía sobre la mesa, girándose en la silla para mirarlo mejor.

—En algún momento cogeremos a la bruja y las amenazas... —empezó a decirle.

—Seamos realistas —pidió Julian—. ¿Habrá algún lugar seguro para los niños? No lo creo, al menos no hasta que puedan protegerse por sí mismos.

Atik frunció el ceño mientras lo miraba.

—Siempre hay un porcentaje de peligro. No solo en hombres lobos, también pasa con los humanos. Nada es seguro al cien por cien.

Julian inclinó la cabeza hacia un lado.

—Puede que no, pero como padre no me es posible aceptar eso. Sé que nada es seguro, aun así voy a darles la mayor seguridad que me sea posible. Y si eso significa vivir con tu familia... supongo que encontraré la forma de estar a gusto con ello.

—Yo no vivo con mis hermanos —le recordó Atik—. Mi casa no está muy lejos de aquí, pero no tiene la misma protección que esta.

—Pues me temo que ahora sí vives aquí. No es que no me guste pasar tiempo con ellos, aprecio la soledad y no estoy acostumbrado a estar rodeado de tantas personas todo el rato, tengo bastante de eso en mi trabajo.

—Hablando de eso... —empezó Atik.

—No, de eso nada —lo cortó enseguida—. Voy a trabajar, ya habíamos llegado a un acuerdo.

—Eres un Madsen. No necesitas...

—Mis hijos son Madsen. Yo voy a trabajar como he hecho siempre.

—¿Por qué estás siendo tan terco? Tendremos mellizos, los dos estaremos con las manos llenas durante meses hasta que encontremos un ritmo.

Julian se giró a mirarle, tratando de controlar su mal genio.

—¿Tú vas a dejar de trabajar? —le preguntó de manera agresiva.

—Por supuesto. Son mis hijos, quiero pasar todo el tiempo que pueda con ellos. En los primeros meses hasta que crezcan un poco, luego volveré a mi trabajo o lo haré desde casa como ahora.

Julian lo miró sin disimular su sorpresa.

—Eso es muy bonito... E inesperado —reconoció.

Atik alzó una ceja poniéndole mala cara.

—También son mis hijos, ¿sabes? Quiero ser una presencia constante en sus vidas. No seré un padre ausente, estaré siempre con ellos.

Julian lo miró a los ojos, antes de acercarse a él.

—Lo siento. Juro que no soy tan egocéntrico —se disculpó poniendo la mano sobre su hombro, ocupando el espacio entre sus piernas—. El embarazo está sacando la peor parte de mí, o eso, o siempre he sido así y no me había dado cuenta —reflexionó mordiéndose el labio.

Atik sonrió de medio lado, agarrándole de la cintura para hacerlo sentarse en su muslo.

—Creo que se te permite dadas las circunstancias.

Julian miró al pecho de Atik un poco avergonzado.

—Me parece que me permites demasiado —murmuró incapaz de enfrentarse a él de forma directa—. No he resultado muy buena compañía. Suelo ser tranquilo, pero desde que pasó todo esto, tengo las emociones a flor de piel.

Atik inclinó la cabeza mientras pensaba en lo que acababa de decir.

—Repito, se te permite. No es por consentirte, es que estás embarazado. —Sus ojos azules lo miraron llenos de diversión antes de seguir hablando—. Algunos lo llamarían milagro.

Julian estalló en carcajadas al escucharle decir las mismas palabras que había usado él mismo semanas atrás.

—A mí me gustas —le contestó Atik cuando se tranquilizó un poco.

Julian sonrió sin poder contenerse.

—¿Sí?

En vez de responder, Atik alzó la cabeza para darle un beso en los labios.

—Aunque no creo que mi opinión sirva de mucho. Soy un bicho raro y no me gusta nadie —terminó por reconocer.

Julian se rio sin poder contener la carcajada.

—Soy un hombre embarazado, estoy en lo alto de la lista de los bichos raros.

Atik se rio apoyando la cabeza en su hombro.

—No, lo digo en serio —siguió Julian queriendo verlo reír más—. Estoy en la cima, tan alto que ni te veo, rarito.

Atik levantó la cabeza y lo miró a los ojos, todavía con una sonrisa adornando sus labios. Sus miradas se quedaron enganchadas por un buen rato, disfrutando del momento.

—Además, no puedes ser tan malo vivir aquí, te llevas bien con tus hermanos y tu cuñada.

Atik asintió con la cabeza.

—Cuando llegué aquí les puse las cosas muy difíciles, era una bola de rabia y enfado. Nunca me dieron por perdido, ni se cansaron de mi actitud. Es un poco difícil darles de lado, pueden ser realmente insistentes.

—Me he dado cuenta —le aseguró apoyándose en su pecho.

—Son exasperantes, entrometidos, tercos y sobreprotectores, pero son todo lo que necesito en el mundo —dijo Atik muy serio.

—No pensaba que estabais tan unidos —le confesó.

—Nadie necesita saberlo. Es privado, algo solo para nosotros —le contestó malhumorado, como si fuera ofensivo que alguien supiera cuánto quería a sus hermanos.

—Bueno... —empezó a decir cuando el olor a quemado le llegó—. No, no, no —se lamentó apagando el fuego y abriendo la tapa de la olla—. No es posible...

—Puedo acercarme a buscar algo de comer al pueblo —ofreció Atik con un tono divertido.

—Emily dejó todo listo —se quejó—. Solo tenía que hacer la salsa y calentar la pasta, soy un desastre.

—A nadie le importará —le dijo Atik cogiendo la olla y apartándola al fregadero—. No te lo tendrán en cuenta.

—A mí sí, ¿cómo conseguiré cuidar de nuestros hijos si no puedo hacer ni un plato sencillo?

Atik suspiró abrazándole por la espalda.

—Míralo de esta manera. Tomarán biberón durante muchos meses, tenemos tiempo de aprender hasta entonces. Si no sabes cocinar, ¿cómo has sobrevivido todos estos años?

Julian se rio apoyando la cabeza en su hombro.

—Suelo comer en el trabajo o fuera. A veces, si no tengo ganas de salir, tomo un bocadillo o una ensalada.

—Eso ni siquiera es comida —opinó Atik.

Julian se encogió de hombros.

—Me las apañé bien durante estos años. Además, Ruby nunca dejaría que me muriera de hambre. Tiene una llave de mi casa, a veces abro la nevera y me encuentro comida lista que nunca había visto.

Atik suspiró dándose por vencido.

—Emily y Adler también hacen eso por mí. Más nos vale solucionarlo, o acabaremos peleándonos con los bebés por el biberón.

Capítulo 25

—Ha llegado el momento —les dijo Betsy observándolos de uno en uno—. Hay que sacar a los bebés, podríamos programar una cesárea para la semana que viene.

Sintió las miradas de todos los Madsen sobre él, pero siguió con la atención puesta en la médica.

—Sé que no quieres, es normal tener miedo —le aseguró clavando sus ojos en él—. Sé lo que hago y creo firmemente que el niño tiene más posibilidades de sobrevivir si lo sacamos ahora.

—West —pronunció en voz alta.

—¿Perdona? —le inquirió Betsy desconcertada.

—No es un niño cualquiera, es mi hijo y se llama West —indicó.

Ella parpadeó, tratando de entender lo que pasaba.

—No quiero hacerlo, soy su padre y sé lo que es mejor para él. No vamos a sacarlos todavía.

Betsy lo observó en silencio antes de quitar una pequeña carpeta del cajón superior de su escritorio para pasárselo a Alaric.

—¿Qué es esto? —quiso saber el alfa antes de abrirlo.

—Las últimas pruebas que hemos hecho. El niño... West —se corrigió al ver cómo endurecían todos el gesto—. Está estancado, apenas ha ganado cincuenta gramos en las últimas dos semanas, no es una buena señal. La niña...

—Winter —dijeron todos a la vez.

—Winter —se volvió a corregir ella con paciencia—. Crece por encima de la media, el espacio para un bebé en un embarazo masculino es limitado, ya es difícil para un solo feto, es insostenible para dos.

Julian tomó una respiración y buscó la mano de Atik que enseguida encontró la suya.

—West no tiene espacio, Winter es tan grande que él está encajado y demanda tantos nutrientes y alimentos que no deja mucho para el pequeño.

—Trato de comer, pero... —intentó explicar Julian.

Betsy levantó la mano para pedirle silencio.

—No es culpa tuya. Es un embarazo masculino, hay demasiadas limitaciones. Has hecho todo lo posible para ayudarlos, no se puede hacer más.

—No es seguro sacarlos. —No lo preguntó porque sabía la respuesta.

—Llevas siete meses de embarazo. Winter está un poco por encima de su peso y talla, sobrevivirá seguro.

—Pero West no —resumió en voz baja.

—Hay buenas perspectivas para él —argumentó Betsy con rapidez—. Tendremos una incubadora lista y las mejores ayudas hospitalarias que el dinero pueda pagar.

Julian tragó saliva y miró a Atik. Encontró sus ojos llenos de preocupación, pero también de una calma que absorbió con la misma necesidad que si fuera aire.

—Te escucho Betsy y valoro tu opinión, a pesar de ello quiero que el embarazo siga su curso.

Ella negó con la cabeza, endureciendo el gesto.

—No lo entiendes, no es solo por ellos. Tu cuerpo está sufriendo, tienes un nivel de exigencia que no es sostenible y te estás debilitando.

—Me encuentro bien —protestó Julian.

Betsy miró a Alaric ignorándole.

—Podría morir, sus analíticas son débiles como las de un humano. Cada día que los niños están dentro de Julian su energía de lobo disminuye. Si sigue así, cuando saquemos a los bebés podría morir desangrado, por la conmoción o porque su corazón falle. Necesita recuperar sus habilidades o no podremos contar con la capacidad de curación de los lobos y los perderemos a los dos. Elegid, o arriesgamos a West o los dos.

La mano de Atik estranguló la suya.

Julian abrió la boca para decir que su niño era la prioridad, pero Atik levantó la mano y le pidió silencio.

—Nos gustaría hablarlo en familia. Te diremos algo pronto, Betsy. Gracias —se despidió el alfa antes de hacerlos salir a todos.

Julian lo miró sintiéndose traicionado, de nuevo le daba la espalda.

El viaje en coche fue desagradable y tenso, todos parecían sumidos en sus pensamientos, salvo Adler que no dejaba de mirar su teléfono móvil para evadirse del ambiente.

Subió directo a su habitación, con Atik detrás de él.

—Dijiste que tendrías en cuenta lo que yo quería —le reclamó en cuanto cerraron la puerta, confiando en que los demás le dieran intimidad.

Atik lo miró sin responder.

—No quiero sacar a los bebés, te lo dije.

Atik avanzó un par de pasos.

—Lo sé, pero no parece que haya otra opción.

—¿Y por qué no me apoyas si sabes lo que yo quiero?

En vez de responder, Atik guardó silencio sin retirar la mirada.

—Dijiste que los bebés eran lo más importante para ti.

—Y lo son —contestó él con seriedad.

—¿Por qué no quieres salvar a nuestros hijos? —preguntó cada vez más enfadado.

—Porque si lo hago te pongo en riesgo a ti y a West. A los dos.

Julian lo miró momentáneamente desconcertado.

—Será más seguro para West que aguante todo lo que pueda el embarazo —insistió.

—¿Y qué hay de ti? ¿Qué es lo más seguro para ti?

—Los bebés son lo único que importa. Conocía los riesgos de seguir adelante y asumiré las consecuencias.

Atik negó con la cabeza, lo que solo lo hizo enfadarse más.

—Quiero asegurar su supervivencia, es lo que hace un padre. Es lo que tú deberías querer también —le reclamó, notando sus ojos llenarse de lágrimas de impotencia.

Atik tragó saliva mirándolo.

—No puedo, lo siento. —Se dio media vuelta y salió de la habitación sin dejarle decir ni una palabra más.

—¡Esta conversación no ha terminado! —gritó abriendo la puerta para que le escuchara y cerrando de un portazo para expresar su malestar.

Se dejó caer en la cama, sintiéndose solo. Dos patraditas en su barriga le recordaron que no lo estaba. Se acarició la zona, mientras trataba de calmarse. Ellos eran lo más importante, ¿por qué no lo entendían?

Alguien llamó con suavidad a la puerta de su habitación, interrumpiendo sus pensamientos.

—No quiero ver a nadie —dijo en voz alta.

—¡Niño! —le reprendió Ruby abriendo la puerta—. Sé perfectamente que tus madres te educaron mejor que eso.

—Ruby, ¿qué haces aquí?

—Alaric, llamó y me lo contó todo —le dijo ella sentándose a su lado—. Pensó que te vendría bien tenerme cerca.

—Dime que al menos tú estás de mi parte —pidió desesperado por recibir el apoyo de alguno de ellos.

Ruby le sonrió con gesto triste.

—Cielo… —empezó a hablarle cogiéndole la mano—, no puedo hacer eso.

—Primero Alaric y después tú. ¿Es que nadie va a apoyarme? Necesito que me entendáis.

Ruby le dedicó una mirada de lástima.

—Es una situación complicada —le concedió—. Sé que solo estás tratando de proteger a los pequeños, lo entiendo. Todos lo hacemos.

Julian asintió, aliviado de escucharla decir eso. No era un capricho, era por necesidad.

—Pero todos los que estamos en esta casa te queremos y nos preocupamos por ti, por eso nos cuesta apoyar una decisión donde corremos el riesgo de perderte —le dijo con delicadeza.

Los ojos se le llenaron de lágrimas.

—Si me pongo como prioridad estaría renunciando a mi niño, no puedo abandonar a West. No sin pelear —dijo en voz baja—. Betsy pensó que moriría y él sigue aquí, lo siento. No voy a dejarlo ir.

Ruby le pasó el brazo por los hombros atrayéndolos hacia ella.

—¿Qué habrías hecho si esto te hubiera ocurrido en uno de tus embarazos?

—No puedo responder a eso, porque si lo hago estaría mintiendo. Nunca sabré lo que estás sintiendo. Es una decisión que nadie puede tomar por ti, pero no nos pidas que miremos a otra parte. Tenemos que decir que no, porque sabemos que tu instinto será luchar por ello. ¿Cómo no iba a serlo? Todos los padres hacen lo necesario para proteger a sus hijos, lo que sea. Por eso nosotros tenemos que protegerte a ti. Alguien tiene que pensar en lo que pasará contigo.

Julian se limpió las lágrimas, cansando como si llevara todo el día corriendo.

—¿Puedes decirle a Atik que venga?

—Claro, cielo —le murmuró ella dándole un abrazo apretado antes de besarle en la frente—. Estaremos abajo cuando estés listo.

Sabía que lo estaban haciendo por su bien y que todos deseaban cuidarlos a los tres, pero solo Atik podía entender el miedo que sentía.

Como un condenado a muerte, Atik fue avanzando despacio por la habitación hasta ponerse delante de él.

Los dos se miraron a los ojos, encontrando las mismas emociones en sus reflejos.

—No me pidas que lo haga, no me obligues a decir en voz alta mi elección —murmuró Atik en voz baja—. Sé que es cobarde, pero...

Negó con la cabeza, acariciándole la mano con suavidad.

Atik se arrodilló enfrentando su mirada. Julian le acarició las mejillas, tirando de él para darle un beso en los labios. Sus ojos azules siempre eran fríos, pero en todos esos meses había aprendido a ver entre sus muros y veía cómo de asustado estaba. Apoyó la frente en la suya, acariciando sus hombros.

—No te culpo por no poder hacerlo. Tengo mucho en que pensar antes de tomar una decisión —dijo en voz baja.

—¿Puedo quedarme contigo? —le preguntó Atik—. No quiero irme, ni estar lejos de vosotros.

Julian sonrió agradecido de que Atik se lo hubiera ofrecido, no quería quedarse a solas con sus pensamientos, aunque sabía que no podía huir de ellos.

—Claro —aceptó con facilidad—. Eso me gustaría mucho.

No hablaron más del tema durante el resto del día, se quedaron en su habitación tumbados en la cama, con sus manos entrelazadas sobre su vientre, absorbiendo cada segundo en que sus hijos todavía estaban vivos y a salvo con ellos.

Se dijeron en completo silencio todo lo que necesitaba escuchar del otro, lloraron sin lágrimas por lo que podría ser, se consolaron mutuamente tratando de paliar su miedo y se quedaron dormidos intentando retrasar la necesidad de tomar una decisión.

—¿A dónde vas? —le preguntó Atik cuando se despertó para ir al baño en medio de la noche.

—Ahora vuelvo —susurró saliendo de sus brazos que lo mantenían a salvo.

Se miró en el espejo mientras se lavaba las manos. Su vientre abultado presionaba contra el pijama, que ya era dos tallas más grandes de la que usaba de forma habitual. No solo era el miedo a que nacieran antes de tiempo, no se sentía preparado para ser padre. ¿Qué tipo de padre sería?

No había clases para hacerlo de la forma correcta, ni manera de aprender sin la práctica. Cuando cometía un error en su vida podía rectificar casi siempre, pero Winter y West serían personas de verdad, sin capacidad de decisión, a merced de lo que ambos eligieran por ellos.

—¿Julian? —le preguntó Atik desde la habitación—. ¿Estás bien?

Abrió la puerta para encontrarlo allí, esperándole con gesto preocupado.

—Ya sé lo que quiero hacer —dijo con más seguridad de la que podría tener en ese tema.

Atik pareció paralizarse unos segundos.

—¿Estás seguro? Podemos esperar un poco más —le ofreció.

—No me hace falta.

Atik asintió despacio.

—¿Cuál es tu decisión?

—Dejaré que Betsy me provoque el parto —dijo conteniendo el aliento.

Atik trató de disimular, aunque vio el alivio en cada uno de sus gestos.

—Pero solo cuando lo tengamos todo listo. Su habitación, sus cosas, quiero imaginarlos sanos y a salvo con nosotros. Quiero que los dos sepan que teníamos fe en ellos desde el principio, que nunca nos rendimos.

Atik lo agarró de la cintura apretándolo contra su cuerpo, percibió la desesperación bajo su toque, el olor del miedo ácido en su aroma y el latido asustado de su corazón contra el suyo. Julian apoyó la cabeza en su hombro, tomando una respiración profunda, lo rodeó con sus brazos y acarició su espalda para tratar de tranquilizarlo. El aroma de Atik se calmó.

Supo que había tomado la decisión correcta, pero desconocía cuál sería el resultado de esta. Solo le quedaba confiar en que su instinto no estuviera fallando.

Capítulo 26

Emily le tendió la mano para ayudarlo a salir del coche con dificultad.

En los últimos días moverse era todo un desafío. Atik estuvo a su lado enseguida, sujetándolo de la cintura y rodeándolo con su fuerte brazo.

—Gracias —dijo con voz cansada. Había pasado mala noche, los bebés no dejaron de moverse y no pudo descansar como era debido.

—¿Estás seguro de que quieres hacer esto? —le preguntó Atik con preocupación—. Podemos venir mañana u otro día.

Julian sonrió ante su ofrecimiento, no le había gustado la idea desde que la tuvo.

—Siento decirte esto, no creo que vaya a ir a mejor. Me canso más cada día, a pesar de que duermo más horas. Tenemos que preparar todo para los bebés.

Atik soltó un bufido inconforme, sin molestarse en disimular.

—Podrías elegir las cosas y vendríamos a comprarlas por ti.

Julian le sonrió con diversión.

—Quiero hacer esto, es importante para mí —le recordó.

Atik lo miró a los ojos dispuesto a discutir, pero acabó por rendirse.

—Está bien. ¿Por lo menos podemos hacerlo rápido para que no te canses?

Julian le dedicó una sonrisa radiante.

—Podemos —admitió sin protestar.

Atik le ofreció el brazo para ayudarlo a andar y lo tomó sin dudar, sonriendo a Emily que los seguía de cerca.

—Todo será fácil si nos ceñimos a la lista que Ruby nos ayudó a elaborar —les aseguró ella abriendo la puerta del local.

La cara de las dependientas al verlos fue todo un poema. Las dos pertenecían a la manada y aunque había otras tiendas de bebés en el pueblo, Julian eligió esa para conseguir todo lo que necesitaran.

No se lo dijo a nadie, pero no fue una elección sin más. Había escuchado resquicios de conversaciones entre Adler y Alaric donde apreció su preocupación por los rumores locos que seguían corriendo por la manada. Quería que la gente viera al Atik que conocía y esta era una buena manera de hacerlo.

La dueña de la tienda se acercó a atenderlos enseguida, llevaba muchos años trabajando en el sector y la lista fue completada con rapidez ajustándose a sus gustos y los de Atik. Al principio parecía reacia, pero fue relajándose según iba pasando el rato.

—¿Podemos pensar un momento a solas? —preguntó delante de los diferentes modelos de cunas.

—Por supuesto —les dijo la mujer dando un paso atrás.

—Mientras yo podría encargarme de elegir un día para que nos lo entreguen todo —les ofreció Emily guiñándole un ojo.

Julian asintió con agradecimiento, observando como seguía a la mujer.

—¿Qué pasa? —quiso saber Atik en voz baja en cuanto se quedaron solos.

Se giró a mirarlo, mordiéndose el labio.

—¿Deberíamos comprar dos? —preguntó señalando las cunas. Seguían manteniendo oculto que eran mellizos y quería que siguiera así hasta el final.

La cara de Atik cambió por completo al entender su duda.

—Tenemos dos hijos, necesitamos dos cunas —le contestó con seguridad.

Julian sonrió con agradecimiento porque tuviera tan clara la respuesta. Se apoyó en el costado de Atik, dejando que lo envolviera con su brazo.

—Aunque preferiría una cuna grande, para que duerman juntos. No creo que les guste estar separados.

Atik pareció pensarlo antes de responder.

—Probablemente no, Winter siempre nos da la espalda para estar con West.

Julian sonrió descansando la cabeza en su hombro con fatiga mientras se tocaba la barriga.

—¿Estás cansado? —murmuró Atik en su frente, dejando un beso allí.

—Mucho, pero casi está. Dormiré la siesta hasta mañana.

La risa de Atik lo hizo sonreír, frotó la mejilla con cansancio contra su cuello, tratando de ponerse más cómodo, abrazándose a su cintura.

—Está bien, me aseguraré de despertarte para comer —cedió sin inmutarse—. ¿Qué te parece esa idea? —le preguntó llamando su atención.

Julian salió de su improvisado escondite mirando una cuna de grandes dimensiones de color blanco.

—Es preciosa —murmuró separándose de él para examinarla mejor. Tenía estrellitas y una luna en la cabecera, con unas adorables sábanas con un conejito abrazando a una zanahoria.

—Cabrían tres bebés sin problemas —opinó Atik.

—Sí, ¿verdad? —respondió distraído, separándose de él para acariciar las telas. Una oleada de anhelo lo barrió por completo, casi podía imaginar a sus niños ahí, acurrucados juntos y a salvo. Atik lo abrazó por la espalda para hablarle al oído.

—Ya falta poco.

Julian sonrió apoyándose en su pecho, tocándose la barriga con las dos manos.

—Esta será perfecta —admitió.

—¿Tenemos cuna? —los interrogó Emily acercándose.

Julian asintió mientras la señalaba.

—Perfecto, ¿por qué no volvéis a casa? Me ocuparé de todo el papeleo, pareces agotado.

No protestó, le apretó el brazo mientras Atik se lo llevaba de vuelta al coche tras despedirse de las dos mujeres.

—Duerme si quieres —le ofreció Atik, ayudándolo a sentarse. Julian no le respondió, no habría podido mantenerse despierto, aunque su vida dependiera de ello.

Estaba tan cansado que apenas fue consciente de cuando Atik lo sacó del coche en brazos. Se dejó hacer mientras lo desnudaba y lo metía en la cama. Antes de que lo tapara con sus mantas ya dormía profundamente.

Se despertó a la mañana siguiente, tal y como le había dicho a Atik. Llevaba semanas en las que estaba más tiempo dormido que despierto.

—¿Ya estás despierto? —preguntó Emily sin abrir la puerta.

—Sí, pasa —la invitó sin moverse de la cama.

—Tienes que venir a ver algo —le anunció Emily emocionada.

—¿Por qué? ¿Qué hay? —preguntó con curiosidad.

Ella sonrió yendo hasta él, ayudándolo a levantarse.

—Atik y los chicos han pasado toda la noche haciéndolo para darte una sorpresa —le confesó.

Julian la miró sorprendido.

—¿Para mí?

—Claro, tonto —le respondió acercándole el albornoz para que se lo pusiera—. Aprovecharon que estabas dormido, querían darte una sorpresa. Fue idea de Atik —le confesó emocionada.

Julian se entusiasmó mientras se levantaba, dejando que lo guiara fuera de la habitación hasta la puerta cerrada de al lado. La que habían elegido para los bebés.

Miró a Emily intentando que le dijera algo más, pero ella negó con la cabeza incapaz de dejar de sonreír.

—¿Dónde está Atik? —preguntó sin entender por qué no estaba allí con él.

—Hubo un problema en la parte norte del bosque y acompañó a los chicos hasta allí. Me dijo que te trajera en cuanto te despertaras. Creo que le daba vergüenza estar presente —opinó.

Julian sonrió mientras abría la puerta, contuvo el aliento al ver cómo transformaron el cuarto que ayer mismo todavía tenía los muebles de una habitación de matrimonio.

Las paredes se pintaron de un suave tono amarillo pastel, dentro solo había un gran armario, dos cajoneras, un cambiador doble y la cuna. Sobre ella, pintadas en la pared, estaban las letras W.M.

Se fijó en que la cuna, que tenían las mismas sábanas de conejito que habían visto en la tienda, pero a los pies del colchón estaban dos colchas estampadas con lobitos y con los nombres bordados.

—Ruby y Fran hicieron las colchas para los bebés. Yo puse los nombres —declaró Emily con orgullo.

Julian se acercó a la pared con el corazón acelerado. Pasó la mano con reverencia por encima de las letras pintadas en color verde oscuro.

—Da un poco de miedo —murmuró con sinceridad—. Con todo lo que ha pasado desde que estoy embarazado, no tuve tiempo a pensar en lo importante que podía ser el apellido de mis niños.

Emily se acercó a él, acariciándole la espalda con suavidad.

—No te preocupes por eso.

—¿Cómo no lo voy a hacer? En esta familia a los primogénitos se les educa para ser el alfa, pero los míos no son hijos de uno. ¿Qué se espera de ellos?

Emily lo atrapó en un tierno abrazo.

—Se espera que crezcan y que sean los niños más consentidos de Salem. No te agobies pensando en eso ahora, los hijos de los segundos y los terceros se educan en las tradiciones de la manada, pero no tienen obligaciones, salvo ser fieles al alfa.

Julian suspiró sonriendo al ver de nuevo la habitación.

—Supongo que iremos descubriéndolo día a día. ¿Qué te parece si me visto y vamos a buscar algún postre para agradecerles a los chicos su trabajo?

—Eso les encantará —le dijo Emily animada—. Vamos, te ayudaré.

Tardaron un poco más de tiempo en irse de casa, pero consiguieron que su visita a Ruby's mereciera la pena cuando salieron dos horas más tarde despidiéndose de Ruby, que le prometió devolverles la visita.

—Es un poco tarde, tendremos que preparar algo rápido para comer —dijo Emily mientras conducía de vuelta a la casa.

—Ya sabes que estarán bien con cualquier cosa. No son muy delicados con la comida.

Emily se rio entre dientes.

—Lo sé, una vez... ¡Por la luna! —gritó dando un volantazo. Mientras frenaba, Emily puso la mano delante de él para evitar que saliera disparado por el parabrisas.

—¡¿Estás bien?! —le preguntó alterada, asegurándose de que no hubiera sufrido ningún daño.

—Sí, sí —dijo agarrándole la mano con la que le tocaba la barriga—. ¿Qué fue eso? —preguntó mirando al asfalto.

—Creo que era un ciervo —le contestó ella abriendo la puerta—. En esta época hay muchos que cruzan la carretera.

Julian la siguió fuera.

—¿Le diste? —preguntó preocupado—. Es difícil ver algo con toda esta niebla.

—Creo que le toqué porque sentí el golpe, pero no hay sangre ni en la carretera, ni en el coche. Menos mal —le dijo Emily con evidente alivio.

—No puede estar lejos —opinó Julian andando unos pasos por la carreta, hasta que vio las marcas del neumático.

—Ponte a cubierto, echaré un vistazo. Hace mucho frío para que estés a la intemperie —le pidió Emily.

—Vale, te espero dentro —aceptó dándose la vuelta para regresar al interior.

Julian miró desconcertado a su alrededor, juraría que el coche estaba a pocos pasos de él, pero anduvo bastante sin encontrar ni rastro de él.

—Emily, ¿dónde está el coche? —preguntó volviéndose hacia ella—. ¿Emily? —insistió al no recibir respuesta ni verla por ningún lado.

Se giró para echar un vistazo a su alrededor, la niebla parecía cada vez más densa.

Rehizo el camino, siguiendo la carretera, para ir hasta el punto en el que derrapó el coche.

—¿Emily? —volvió a llamarla al llegar al borde lateral de la carretera, donde empezaba el bosque—. ¡Emily! —gritó.

Las ramas y hojas crujieron a pocos metros de él, con alivio avanzó algunos pasos para encontrarla.

—¿Emily? —No había nadie, solo árboles secos y desnudos por el invierno—. Mierda, ¿dónde estás? —murmuró desconcertado.

De nuevo escuchó sonidos a su derecha.

—¡Emily! No encuentro el coche —dijo mientras se apresuraba siguiendo sus pasos—. ¡Emily! —llamó con dificultad por el esfuerzo.

Se paró al dejar de percibir los ruidos, no podía verla por ninguna parte, aunque con tanta niebla era difícil ver nada a más de unos pocos metros.

—¿Emily? —Se dio por vencido y despertó su oído de lobo. El bosque pareció resucitar, podía escuchar pequeños roedores en los alrededores, algunos pájaros volando entre las ramas más altas y el ruido de un río resonando en la lejanía.

Escuchó nuevas pisadas y fue todo lo rápido que pudo tras Emily.

—En cuanto nazcáis pienso ponerme a dieta estricta —murmuró bajando con cuidado un pequeño saliente.

Apresuró tanto el paso que se quedó sin aire y tuvo que apoyarse en un árbol para tomar aliento. Cerró los ojos mientras se llevaba la mano al corazón, intentando calmar sus latidos.

Levantó la cabeza, respirando con dificultad. Su mente se quedó en blanco, sintió un tirón al lado izquierdo de su cuerpo y entendió lo que estaba pasando.

Abrió los ojos y corrió en dirección contraria. Era una trampa, ¿cómo pudo ser tan idiota? El suelo pareció moverse bajo sus pies y tuvo que detenerse para agarrarse a un tronco. Al girar la cabeza, sus ojos quedaron atrapados en una extraña formación de ramas.

Se acercó sin comprender a la imagen, hasta que entendió la forma que creaba, una especie de atrapasueños con una pequeña figura humana hecha de maleza.

Su lobo se removió por primera vez en meses, amenazando con salir. Huyó sin pararse a mirar más de cerca. Con su lobo despierto, sintió sin problemas la magia que cubría todo el lugar, hizo un esfuerzo por contenerse para no transformarse.

Abba les había asegurado que ninguna bruja, salvo ella, podría cruzar las fronteras de Salem. Era imposible que hubiera una allí, ¿cómo le había tendido una trampa entonces?

Tropezó con una rama y cayó al suelo con fuerza sobre su vientre. El dolor le sacudió el cuerpo con tanta violencia que se encogió en un intento de mitigarlo. Trató de ponerse de lado para tocarse la barriga, pero un dolor lacerante sobre su ombligo lo hizo gritar y ponerse de rodillas.

Se desplomó de espaldas por el susto al ver una mano esquelética entre la maleza, saliendo directamente desde el suelo como si alguien tratara de salir de él. Parpadeó y en apenas un segundo la mano desapareció en la tierra como si nunca hubiera existido.

Bajó la mirada por su cuerpo, su sudadera estaba rota y cubierta de sangre. De su sangre.

Julian abrió y cerró la boca tratando de encontrar la voz. Sus hijos, sus pequeños.

—¡Atik! —gritó fuera de sí—. ¡Atik! ¡Emily! ¡Alaric! —llamó desesperado—. ¡Adler! ¡Quién sea! ¡Que alguien me ayude!

Su vientre pareció doblarse sobre sí mismo y explotar en apenas un segundo, un dolor cegador recorrió sus terminaciones nerviosas mientras su cuerpo colapsaba sobre la tierra.

«Atik... salva a los bebés».

Capítulo 27

Una luz blanca cegadora atravesó el adormecimiento que lo recubría. Intentó aferrarse a esa luz y calor, pero la oscuridad lo engulló de nuevo.

Volvió a ver la luz más veces, aunque fue igual de esquiva y cada vez brillaba menos, más lejos de él. No trató de luchar, no intentó resistirse, estaba demasiado cansado.

Hasta que el llanto de un bebé interrumpió su sueño. ¿Un bebé? ¿Por qué lloraba un bebé allí? Él no tenía un bebé... él todavía no...

«West, Winter».

Abrió los ojos y la luz del día le quemó como si fuera un ácido.

Varias voces dijeron al mismo tiempo su nombre, pero no identificó ninguna de ellas. Solo el llanto desconsolado que resonaba con fuerza en la habitación.

—Mis bebés... —dijo empujando la voz en su garganta reseca y dolorida.

—Está bien, cielo —le aseguró Ruby apareciendo a su lado—. Solo tiene hambre.

Parpadeó tratando de enfocar su mente adormecida.

—Mi bebé... —repitió intentando levantar una mano sin apenas moverla.

—No hagas esfuerzos. Descansa, todo va bien —le dijo Kayleen poniéndose al lado de Ruby.

Miró a las dos, sus rostros estaban cansados y demacrados, quería preguntar..., pero el bebé no dejaba de llorar.

—Atik... —llamó en un hilo de voz. «¿Por qué permitía que sus hijos sufrieran?»

Adler se acercó a la cama, con el mismo mal aspecto que Emily.

—No está aquí —le informó el segundo con un deje de disculpa.

—Los bebés nos necesitan —murmuró tratando de atravesar el agotamiento que volvía a reclamarlo.

Nadie respondió, pero no hizo falta. Agara se puso delante de su hermano con un bebé en brazos que no dejaba de llorar. La máquina que monitoreaba los latidos de su corazón se disparó cuando su cabeza entendió lo que veía. Agara, el miembro de reserva de la familia Madsen estaba en Salem, con un bebé.

—¿Dónde está? ¿Dónde está mi bebé? —preguntó mientras las maquinas a su alrededor empezaban a pitar y el oxígeno dejaba de llegarle al pecho.

Betsy entró en la habitación corriendo, con una jeringuilla en la mano que le inyectó en un segundo.

—Descansa, tus hijos te necesitan. Tienes que ponerte bien.

Julian no pudo responder, apenas tuvo tiempo a notar las lágrimas bajando por su rostro antes de que el sueño se lo llevara de nuevo.

La siguiente vez que vio la luz se aferró a ella con todas sus fuerzas.

Un llanto cansado resonaba en la penumbra de la habitación.

Julian abrió los ojos con dificultad.

—Winter —murmuró mirando alrededor.

Emily estaba sentada a su lado en una silla, meciendo a la pequeña.

—Está aquí —le dijo ella enseguida poniéndose en pie.

—Deja que la vea —pidió más despierto ante la perspectiva de poder ver su cara—. Ayúdame a incorporarme.

—No sé si es buena idea —opinó Ruby acercándose a la cama desde el sofá en el que estaba sentada.

—Quiero ver a mi hija —exigió con contundencia.

Ruby frunció el ceño, pero obedeció, manipulando el mando de la cama para incorporarlo un poco.

—Deja que la vea, estoy segura de que le dará fuerzas para recuperarse —le apoyó Fran tocándole la pierna cuando se acercó.

—Aquí la tienes —murmuró Emily pasándole a la pequeña, manteniendo las manos cerca por si le fallaban las fuerzas.

Creía que sabía lo que era el amor, pero nada en su vida le había preparado para ese momento. El instante en que su hija le miró con sus ojos verdes llenos de lágrimas y la cara congestionada por el llanto. Los sentimientos lo saturaron con tanta fuerza que le dejaron sin aliento por unos segundos.

—¿Julian? —le preguntó Kayleen preocupada.

—Dale un minuto —le pidió Ruby acariciándole el hombro.

—Es preciosa, nunca había visto nada tan bonito en toda mi vida —murmuró emocionado. Repasó una y otra vez sus rasgos, los ojos redondos iguales que los suyos, pero de un vivo color verde como los de sus tíos. Su nariz y boca, eran la de Atik. Llevaba puesto un pijama enterizo rosa y un gorrito blanco.

—Lo es —concedió Emily sonriendo, con lágrimas llenando sus ojos amables.

—¿Por qué lloras mi vida? —susurró a la pequeña, intentando mecerla a pesar de que sus músculos protestaron—. Necesitas a tu hermano. ¿Dónde está West? ¿Por qué no está en la habitación con nosotros?

Ellas se miraron unas a otras sin responder.

—Betsy dijo que los bebés me necesitaban. Eso significa que sobrevivió. ¿Qué pasó con él? ¿Y por qué no está Atik con nosotros?

—El bebé está enfermo —le contó Ruby con voz triste—. No hay gen lobo y si lo hay, no es lo suficientemente fuerte.

Julian miró a Emily esperando su confirmación. Ella asintió dándole la razón a Ruby.

—¿Cómo de malo es? —quiso saber mientras su cabeza iba a toda velocidad.

—Sus pulmones no están madurados y su peso es muy bajo. Está en una incubadora, no puede respirar por sí mismo. —La voz de Fran era suave, pero la sintió como un golpe físico.

Julian no tuvo que preguntar más, sabía lo que eso significaba. Sus peores temores se habían confirmado.

—Quiero verlo —exigió abriendo los ojos.

—¿Qué? —inquirió Kayleen—. No. Acabas de despertar, llevas dos semanas en coma.

—¿Dos semanas? —repitió.

—Sí, casi mueres. Agotaste tanto tu energía que el lobo no podía recuperarse, hace cinco días que empezaste a curar tus heridas —le explicó Ruby.

—No me importa. Mi hijo está solo, llévame con él —le dijo desoyendo sus palabras.

—Eso no es verdad, Atik y Alaric no lo dejan en ningún momento. Por eso no estaban aquí, Atik no se separó de West desde que nació —se apresuró en aclararle Emily.

Julian asintió, satisfecho de que Atik estuviera cuidado de él.

—Tenéis dos opciones, o buscáis una silla de ruedas y me lleváis con mi hijo... —dijo mirándolas de una en una—, u os apartáis para que me arrastre hasta él. Sea como sea voy a ir, necesita a su padre y no voy a quedarme aquí desperdiciando el tiempo si puedo estar con West.

Las tres se miraron entre ellas.

—Está bien —aceptó Ruby, le hizo un gesto a Kayleen para que saliera mientras ella buscaba una bata que ponerle sobre el camisón.

Betsy entró en la habitación con gesto enfadado.

—No puedes moverte, está empezando tu recuperación y...

—Mírame a la cara y dime que no puedo ver a mi hijo —le contestó con dureza—. Parecía imposible, pero llevé a mis niños dentro todo este tiempo y los mantuve a salvo. No puedes prohibirme que lo vea. Me necesita.

La determinación de Betsy decayó enseguida.

—Te llevaré hasta allí. Por lo menos me aseguraré de que no hagas ninguna locura —decidió cogiendo la silla de ruedas que acababa de traer Kayleen. Lo sentó, manteniendo los goteros con medicación que todavía estaban conectados por la vía que llevaba en la mano.

—Dámela —pidió a Emily tendiéndole los brazos.

—¿Seguro que puedes? —le preguntó preocupada.

—Sí —le aseguró recibiendo a la pequeña que no había dejado de llorar ni un solo instante—. Aguanta un poco, ya vamos con West —la calmó poniendo bien la manta que la envolvía.

Kayleen y Fran abrieron la puerta para dejarlo pasar, Ruby iba a su lado con Betsy empujando la silla. Se sorprendió al ver a los lobos de la primera línea dispersos por el pasillo en su camino hasta el ascensor.

—¿Qué hacen aquí? —quiso saber en cuanto se cerraron las puertas.

—¿No lo recuerdas? Te atacaron, la bruja consiguió llegar hasta ti —le dijo Emily con evidente rabia.

—No creo que pudiera olvidarlo ni en mi lecho de muerte —murmuró al recordar aquella horrible mano saliendo de la maleza del bosque.

—Están protegiendo la clínica. Todo el edificio está rodeado de lobos —le explicó Kayleen—. Se mezclan con los humanos, pero no hay ninguna planta o lugar de todo este sitio que no tenga a uno de los nuestros.

—¿La encontraron? —preguntó apretando a Winter entre sus brazos con aprensión.

—Todavía no, hay gente buscándola, pero la prioridad está en defender el hospital y manteneros a salvo —le respondió Emily.

Julian reconoció a otro lobo al salir del ascensor, él le hizo un asentimiento al pasar.

—Es aquí —le anunció Betsy, girando a la derecha para dar a un corto pasillo. Winter dejó de llorar, como si de alguna manera supiera que estaba cerca de su hermano. Su llanto se quedó reducido a pequeños hipidos de queja.

Adler, Agara, Alaric y Atik estaban fuera mirando a través de una pared de cristal.

Todos se giraron a verle, pero él solo tenía ojos para el padre de sus hijos. Era la primera vez que lo veía con mal aspecto, parecía devastado.

—Julian —murmuró él con la voz ronca por desuso.

Sonrió conteniendo las lágrimas a duras penas, emocionado. No quería ni pensar lo que había sufrido, le pidió que no lo hiciera elegir y al final tuvo que hacerlo de todas formas. A la hora de la verdad eligió a su hijo, y él no podía estar más orgulloso por ello.

—Está bien —dijo con una voz rota que no parecía la suya—. Hiciste lo correcto, yo no habría querido que lo hicieses de otra manera.

Atik se quedó petrificado, con una mirada abierta y rota que le hizo más daño que las heridas que sanaban por todo su cuerpo.

—Está bien, te lo prometo —repitió con más tranquilidad.

Atik avanzó hasta él, dejándose caer de rodillas a su lado.

«¿Me quieres?», el Atik del pasado susurró de nuevo en su cabeza, destrozándole el corazón.

Julian lo miró a los ojos, enrojecidos por la falta de sueño y las lágrimas. Acarició su mandíbula, notando la barba que había crecido tras días sin afeitarse.

—No se cura. Tú tenías razón, es humano —le murmuró Atik con la voz llena de impotencia.

Julian tuvo la necesidad de abrazarle y aliviar todo ese dolor que emanaba de él. Como no podía y aún tenía a su hija en brazos, lo agarró de la barbilla haciéndole alzar la cabeza.

—West es nuestro hijo, tuyo y mío. Los dos hemos pasado por mucho para llegar aquí. Él es como nosotros, un superviviente. Sobrevivió, no va a rendirse sin más —aseguró.

El corazón se le estremeció de ternura al ver la esperanza brillando en los ojos de Atik. Julian le acarició la nuca, hundiendo los dedos entre su pelo, intentando aliviar algo de la tensión que se veía en su cara.

—No nos rendimos, aún está aquí —le recordó usando sus propias palabras.

Atik asintió despacio, sin apartar ni un solo segundo la vista de él. Julian le acercó, apoyando sus frentes juntas. Cerró los ojos y lo besó con suavidad, disfrutando de su olor y presencia para tranquilizarse.

—¿Ya conociste a tu hija? —preguntó mostrándole a la niña.

Atik sonrió, mirando a la pequeña.

—Fui el primero en tomarla en brazos cuando nació. Estaba allí con vosotros —le dijo con voz ronca. Extendió la mano y acarició su pequeña mejilla. Winter giró la cabeza, para frotar su carita contra la piel de su padre.

Julian y Atik se sonrieron mirándola.

—¿Quieres que te lleve con él? —le preguntó en voz baja.

—Sí, por favor. Estoy deseando conocerle.

Betsy se movió cediéndole el sitio a Atik que pasó entre sus hermanos sin detenerse.

West estaba solo en una pequeña habitación dentro de una incubadora. Había cables conectados a todo su cuerpo, pero Julian no reparó en ellos. Estaba demasiado ocupado conociendo a su bebé.

Era tan pequeño que no parecía real, cabría entre sus manos si pudiera sostenerlo. Su piel era traslúcida y sus venas visibles. No se movía, sus bracitos estaban doblados y pegados a su pecho. Ni siquiera estaba vestido, salvo por el pañal y el gorrito de su cabeza. Era etéreo e irreal y tan delicado que parecía capaz de desaparecer por una brisa.

La garganta se le cerró mientras lo observaba. Metió la mano por una de las dos aberturas de la incubadora, necesitado de establecer algún contacto con él. Por un segundo tuvo el loco impulso de devolverlo dentro de su cuerpo, a un lugar donde pudiera seguir a salvo y darle tiempo a que creciera un poco más. Siempre supo que era demasiado pronto, pero no estaba preparado para lo doloroso que sería comprobar que tenía razón.

Su cuerpo se estremeció al tocar su piel templada, como un impulso eléctrico que entró en él y salió de vuelta con West. El bebé pareció volver a la vida y su llanto, similar a un gatito, llenó el silencio pesado en el que estaba sumida la habitación.

Julian apoyó la cabeza en la incubadora, tocando su pequeño hombro desnudo. No renunció a mirarle a pesar de que las lágrimas no dejaban de caer por sus mejillas, no quería ni perderse ni un solo segundo de él.

—¿Quieres que la abra para que puedas tocarlo mejor? —le ofreció Betsy con delicadeza.

Julian asintió incapaz de pronunciar ni una sola palabra. Se apartó lo suficiente para que ella retirara la cubierta.

—Hola, mi amor —murmuró poniendo su cara a la misma altura—. No llores —dijo tocando su frente con un dedo.

Winter empezó a llorar con fuerza, contagiada por el llanto de su hermano.

Julian bajó la cabeza para mirarla.

—¿Puedes ponerla con él? Se necesitan —le dijo a Betsy.

—West está muy delicado, duerme todo el día y lo alimentamos por sonda. Winter tiene más energía, podría hacerle daño o mover algún cable o vía.

—No lo hará —prometió agachándose para besarle la frente a la pequeña—. Están tristes el uno sin el otro.

—Supongo que podemos probar —le contestó no muy convencida Betsy.

La niña no dejó de gritar y llorar al separarle de él, como en sincronía West subió la intensidad de su llanto. Betsy retiró la mantita con la que habían cubierto a Winter para sacarla de la habitación, antes de ponerla dentro de la incubadora con su hermano.

Se reconocieron de inmediato. Los llantos dejaron de sonar y los dos giraron sus cabezas buscándose. Su corazón se estremeció de emoción al ver cómo sus bracitos se tocaban. Respiraron exactamente al mismo tiempo, sus pechos alzándose juntos. Julian sonrió, la misma luz que vio mientras estaba en coma volvió a él y supo sin más lo que iba a pasar.

—Todo irá bien —murmuró girándose a mirar a Atik—. Te lo prometo.

Capítulo 28

—No lo veo claro —le murmuró Atik con inseguridad.

—Estarán bien —aseguró Julian meciendo a Winter entre sus brazos. Ella bostezó, parpadeando al borde del sueño.

—Es muy pequeño, deberíamos esperar.

—Hermano —interrumpió Agara, mirándolo con diversión desde el sillón en el que estaba sentada—. Betsy dio su visto bueno para que West salga del hospital.

—Míralo —le dijo Atik con indignación—. Es muy pequeño. Podría romperse.

Julian estalló en risas al escucharlo.

—No lo hará, ya ha demostrado ser mucho más fuerte de lo que parece. Ha ganado peso y ya puede respirar solo. No hay motivo para quedarnos.

Atik lo miró con consternación por llevarle la contraria.

—Todavía es pronto —alegó con terquedad.

—Han pasado varias semanas. Solo necesita comer y dormir. Lo demás llegará —le aseguró con paciencia. Habían tenido esa discusión una y otra vez desde que les dieron el alta a los tres el día anterior.

En realidad, él ya hacía mucho que se había recuperado y Winter nunca estuvo en riesgo real, pero era importante que todos se mantuvieran juntos por West. Todavía no estaban seguro de si era humano, aunque creían que sí, porque no se había curado a sí mismo. A pesar de ello, decidieron mantener las costumbres de lobos como si fuera uno de ellos, porque independientemente de su raza, el niño era uno más de la manada.

—No estoy de acuerdo —insistió Atik.

—Ya sé que no —dijo Julian con calma, besando la frente dormida de su hija. Se levantó y se la pasó a Atik sin preguntar.

Él se puso tenso durante unos segundos mientras acomodaba a la niña en sus brazos. Atik se ponía muy nervioso cuando los sujetaba así, como si creyera que podía hacerles daño solo por sostenerlos.

—Ahora cuida de nuestra hija mientras recojo las cosas que faltan, y no hagas ruido o la despertarás —advirtió a pesar de que era una mentira descarada, pero sabía que funcionaría por lo cuidadoso que era con los bebés.

Atik asintió y bajó la mirada a Winter con concentración, como si fuera algo digno de estudio. Julian los observó a ambos, ella confiada y relajada entre los brazos de su padre, Atik memorizándola como si fuera todo su mundo, con reverencia y fascinación.

Parecía imposible que ese hombre fuera el mismo al que había conocido. Seguía siendo frío y demasiado calmado la mayor parte del tiempo, pero tras la fachada con la que se protegía había alguien maravilloso, generoso y sentimental.

Después de esas semanas de incertidumbre con West entendía partes de Atik que no había comprendido hasta el momento. Incluido el motivo por el que a veces su lobo parecía perder el control. Atik tenía los sentimientos siempre en la superficie, era duro ante los extraños, pero era muy fácil de herir. El lobo estaba más en contacto con su lado primitivo y real, cuando el humano estaba superado, él tomaba el control.

Pasó la mano con suavidad por su pelo y se agachó para robarle un beso en los labios. Atik sonrió y por un segundo Julian olvidó que no estaban solos en la habitación. Le acarició la mandíbula con el pulgar mientras lo miraba a los ojos. Atik se la sostuvo sin dudar, satisfecho de que lo estuviera tocando.

Julian se preguntó si Atik había cambiado durante su embarazo o si siempre fue así de necesitado y cariñoso. Recordó todas las veces en que estuvo para sostenerlo, la manera gentil de cuidarlo cuando vomitaba o estaba demasiado débil para moverse. Siempre se preocupaba por estar en contacto con él, tratando de cubrir con gestos lo que no era capaz de transmitir con sus palabras.

—¿Tienes ganas de transformarte, Julian? —le preguntó Agara.

Julian parpadeó sorprendido apartando la mirada de Atik con dificultad.

—Muchas, pero Betsy todavía quiere que espere a la luna llena. Faltan unas semanas para eso, pero supongo que podré aguantar.

—Tuvo que ser duro no poder hacerlo durante estos siete meses —le concedió ella con amabilidad.

—No te creas, estaba tan agotado que ni siquiera tenía energía para pensar en ello. Las únicas veces en que quise hacerlo fue cuando me atacaron. El lobo quería defenderse y fue un esfuerzo contenerlo —reconoció metiendo las cosas de los niños que había dejado en último lugar.

—No tienes que preocuparte por eso. Os protegeremos durante el trayecto, escogimos salir de noche para que fuera más seguro —se apresuró a decir Agara.

Julian se quedó con las toallitas en la mano, observándola. Sabía que nadie de la familia le estaba diciendo lo que pasaba allí a propósito. La única vez que intentó preguntar, Alaric le dijo que se preocupara por los niños, que ellos lidiarían con todo lo demás. Que parte de la manada llevara semanas en el hospital con ellos no era una buena señal, que por la ventana de su habitación hubiera visto a más lobos tampoco.

Nadie le preguntó que pasó en el bosque, como si con eso fuera a atraer la mala suerte hacia West y pudieran ponerlo en peligro. Abba había venido a verlo una vez, bajo la intensa vigilancia de Alaric, Atik y Agara. No supo el resultado de su inspección, pero cuando salió de la habitación no parecía contenta. Ningún miembro de la manada, salvo la familia y los más cercanos, podía entrar a verlos. Los mantenían aislados y aunque no le había importado hasta ese momento, empezaba a pensar en que había demasiado de lo que no estaba enterado.

—¿Cómo está todo ahí afuera? —quiso saber.

El cambio en el ambiente tranquilo de la habitación fue perceptible enseguida. Agara miró a Atik y Emily. La cara sombría de ambos fue suficiente para saber que la situación no iba bien. Debería haberlo sospechado por las ausencias continuas de Alaric y Adler, que pasaban gran parte del día fuera, pero siempre venían varias horas para estar con ellos y turnarse en sostener a los pequeños.

—No hables de eso delante de los niños —le pidió Atik con suavidad.

Julian asintió dejándole salirse con la suya. Siguió recogiendo en silencio, se sentía más tranquilo que mientras estuvo embarazado. Su sangre de lobo se había llevado todos los efectos del embarazo, excepto el exceso de peso con el que todavía lidiaba.

—¿Vienen los chicos a recogernos? —preguntó mientras cerraba la mochila con las cosas de los niños.

—Sí —le informó Emily pasándole la otra bolsa.

—¿Estáis listos? —les preguntó Adler abriendo la puerta.

—Solo falta tapar a los niños —contestó girándose.

Adler asintió con gesto serio.

—Todo está preparado. Julian, ¿alguna sensación o indicio del que deba saber algo? —le interrogó Adler con seriedad.

—Nada en absoluto. Pero ya sabes que no es muy fiable —respondió.

Adler asintió conforme con su respuesta.

—Era por asegurarme. Llevad a los niños en brazos, no os paréis hasta entrar en el coche. Alguien se encargará de las mochilas, vosotros solo ocuparos de los bebés —les ordenó.

Julian miró a Atik que se puso de pie con cara seria. Supuso que si pasara algo grave o hubiera un peligro inminente, alguien se lo habría dicho. Envolvió a Winter tratando de no molestarla y la dejó de nuevo cuidado de Atik.

Con delicadeza envolvió a West, que hizo un sonido de inconformidad al ser molestado. Sonrió mientras veía a su pequeño guerrero y lo ponía cómodo en sus brazos.

—¿Listos? —quiso asegurarse Adler.

—Supongo —musitó mirando a Atik que le dedicó un asentimiento con la cabeza.

Agara y Adler salieron primero, apenas se asomaron al pasillo y los mejores luchadores de la manada los rodearon en su camino hasta el ascensor. Incómodo y nervioso se removió mientras las puertas se cerraban delante de ellos.

—Dragos —murmuró al abrirse el ascensor y encontrar al alfa junto a Alaric.

—¿Cómo van mis ahijados? —le preguntó con tranquilidad el lobo.

Julian se sintió mejor, Dragos parecía el mismo de siempre, calmado y relajado.

—Están deseando conocerte —dijo sonriendo al reconocer a los segundos del alfa de Aurora.

—Pues vámonos para que pueda sostenerlos —decidió de buen humor Dragos. Hizo un gesto a los lobos que los esperaban y se movieron creando una barrera entre la gente y ellos.

Julian ni siquiera tuvo tiempo a procesar lo que pasaba mientras salían del edificio y se metían en el coche de Alaric, quien arrancó a toda velocidad de camino a la casa familiar.

Miró por la ventana como los lobos corrían a ambos lados de la carretera usando el límite del bosque para no ser vistos, siguiendo los coches que también los rodeaban.

—Creo que hay mucho que tenéis que contarme —dijo impresionado al ver a Dragos en su forma de lobo, corriendo junto a sus segundos—. ¿Quién está cuidando de Aurora si ellos tres están aquí?

—Su pareja, Luc está a cargo en su ausencia —le dijo Adler sentado en el asiento del copiloto.

Miró de reojo a Atik, que no dejaba de comprobar el exterior.

—¿Cuándo vino Dragos? —quiso saber movido por la curiosidad de que nadie le hubiera informado de su llegada.

—El mismo día en que te atacaron. Lo llamé mientras te preparaban en quirófano, era lo que tú querías —le respondió Atik.

Julian lo observó con sorpresa.

—¿Tú hiciste que viniera aquí?

Atik lo miró esbozando un gesto de desconcierto.

—Es el padrino de los bebés y dijiste que necesitabas saber que los niños estarían bien. Creía que era lo que querías.

—Lo era. Lo es —se corrigió—. Gracias, significa mucho para mí.

Atik se encogió de hombros como si no tuviera importancia, pero los dos sabían que sí la tenía. Que con esa acción le demostraba que confiaba en su criterio y que no se iría con los bebés.

Julian se inclinó para besarlo de nuevo.

—Gracias —repitió contra su boca.

Atik lo miró antes de dedicarle una pequeña sonrisa.

—Confío en ti —le dijo Julian en voz baja.

—Lo sé —aceptó buscando su mano para entrelazar los dedos con los suyos—. Y yo en ti.

La puerta del coche al abrirse, los sobresaltó.

Emily les hizo un gesto para que salieran. Julian se apresuró en seguirla mientras Atik hacía lo mismo por el otro lado.

Volvieron a estar rodeados de gente en cuanto pusieron un pie en el exterior.

—Eso fue fácil —murmuró aliviado al cerrarse la puerta. Habían montado una minicuna que compraron en la tienda infantil en el salón, así que dejó a West para que pudiera seguir durmiendo.

Atik le pasó a Winter para que la pusiera con él. No habían vuelto a estar separados desde que él despertó.

—Demasiado —le contestó Agara mientras miraba por la puerta de entrada esperando a que Alaric y Dragos entraran.

El alfa de Aurora entró poniéndose una camiseta para terminar de cubrir su desnudez.

—A ver esos bebés —le pidió animado.

Julian lo miró con asombro, todos estaban lúgubres y preocupados, pero Dragos no parecía afectado por el ambiente.

—¿Y tú quién eres? —preguntó Dragos acercándose a él—. Winter —adivinó al verla dedicándole una sonrisa. Ella se había despertado al salir del coche, pero parecía entretenida por el movimiento y todavía no había protestado.

—¿Quieres cogerla? —le ofreció desconcertado.

—Claro, pese a lo que pueda parecer, los niños me adoran —le dijo con seguridad el alfa, que se la quitó de los brazos con pericia—. Hola, señorita —la saludó llevándola al sofá en el que se dejó caer como si estuviera en su casa.

Julian miró a Atik y a los demás, todos parecían igual de sorprendidos.

—Tu nombre significa invierno —le estaba diciendo Dragos a la bebé—. Te queda bien, esta manada es como el invierno, dura, fría y resistente.

A Julian se le escapó una risa al escucharlo, se quitó la chaqueta y se acercó a Dragos sentándose a su lado.

—Te pareces a tus dos padres —siguió hablando Dragos a Winter—. Aunque eres mucho más bonita que ellos, si me preguntas.

—Sabes que no puede contestarte, ¿verdad? —le dijo Julian con diversión.

—Eso te parece a ti. Mírala, le gusto —le aseguró el alfa sin dudar.

Julian observó fascinado como la bebé extendía las manos hacia la cara de Dragos. A pesar de que Winter apenas tenía algo más de un mes de vida, sus sentidos estaban más desarrollados que los de un bebé normal, ya podía ver con nitidez.

—Creo que son por tus ojos, brillan —comentó Julian.

—No lo creo. Es por mi personalidad.

Julian lo miró a los ojos y Dragos le devolvió la mirada con chulería, desafiándole a decir otra cosa. Estalló en risas incapaz de contenerse.

Dragos le guiñó un ojo sonriendo mientras levantaba a Winter en brazos, moviéndola con confianza.

—Su energía de lobo es notable incluso ahora, será una loba fuerte —los informó sonriendo a la pequeña antes de devolvérsela a Julian.

Julian sostuvo su mirada.

—¿Puedes saber eso solo con tocarla? —lo interrogó.

Dragos sonrió dedicándole un asentimiento.

—Mi lobo está en la superficie siempre, reconoce a criaturas y a otros lobos. ¿Puedo tener a mi ahijado ahora?

—Es humano —dijo enseguida.

La sonrisa de Dragos solo se hizo más amplia.

—Te dije que me haría cargo, fuera humano o no. Es mi ahijado, sea lo que sea —aseguró con calma.

Julian buscó a Atik con la mirada para saber si le parecía bien. Él se adelantó a coger a Winter antes de aceptar con un gesto.

Julian levantó a West con cuidado y se lo pasó a Dragos.

—Es pequeñito —murmuró el lobo encantado. Sus brazos eran tan grandes, que si no fuera por la manta West ni se vería.

Julian sonrió volviendo a su lado.

—Ya ha cogido peso, ahora es más grande —dijo con orgullo.

—Y seguirá creciendo más y más —le concedió Dragos, haciendo un sonido distraído con la lengua, mientras pasaba el pulgar sobre la frente de West.

—¿Qué ves? —le preguntó con miedo.

Dragos le sonrió levantando la cabeza un poco.

—A un niño precioso —le contestó con suavidad.

Julian sonrió conforme con el resultado.

—No sé si podemos decir que es humano al cien por cien —decidió Dragos frotando su dedo índice contra la mejilla del pequeño que movió la cabeza y abrió la boca creyendo que era la hora del biberón. Dragos se rio meciéndolo para calmarlo cuando empezó a llorar al no encontrar nada—. Noto energía de lobo en él, pero no como la nuestra.

—¿Y eso qué significa? —preguntó intercambiando una mirada con Atik.

—No lo sé. Podría significar muchas cosas, o nada. Todavía hay parte de vuestra energía en él, es confuso. Creo que no tuvo tiempo a tomar todo lo que necesitaba de vosotros —opinó el alfa acercando su cara a la de West.

—Ya, nació a los siete meses —le recordó Julian.

—No me refiero a eso. Los embarazos masculinos no duran tanto, pero cuando lo huelo tengo la sensación de que necesita algo más.

—¿Cómo qué? —preguntó enseguida.

Dragos se encogió de hombros, sonriéndole al niño y dejando un beso en su frente antes de acunarlo contra su pecho.

—No lo sé. Solo sé lo que siento, si fuera mi hijo lo mantendría cerca de mí tanto tiempo como pudiera. Que siguiera en contacto con mi esencia y mi energía.

—Podemos hacer eso —murmuró.

—Es lo que yo haría —le animó Dragos.

—Te llamas West —empezó a decirle Dragos al bebé—. Significa Oeste, también te queda muy bien porque tuviste una llegada al mundo un poco torcida. No te preocupes, ahijado. Habrá un montón de gente para asegurarse de que no os pase nada malo.

Julian se apoyó en el respaldo del sofá y cerró los ojos con cansancio, notando la sonrisa abriéndose paso en sus facciones.

Atik se sentó a su lado, rodeándole con un brazo mientras con el otro sostenía a Winter.

—¿Estás cansado? —le preguntó al oído.

—Un poco, solo quiero un minuto para disfrutar de esto —le dijo apoyando la cabeza en su hombro, frotando la nariz contra su cuello.

—¿De qué? —le preguntó Atik con curiosidad.

Julian no respondió, dejó un beso sobre su piel y se acurrucó en su costado mientras veía a Winter, y la voz de Dragos lo adormecía en su charla sin descanso con West. Pensó que no estaría mal si dormía una pequeña siesta y recuperaba fuerzas. Tenía la sensación de que pronto las necesitaría.

Capítulo 29

—Lo último que recuerdo es esa mano, manchada de mi propia sangre desapareciendo en el suelo —terminó de contarles unas cuantas horas después, mientras Atik le daba de comer a Winter en la habitación y West dormía apaciblemente en su cama. Se había mostrado inflexible en alejar a los niños de esa conversación.

—Nosotros también la vimos —le dijo Alaric sentado en el sofá.

—Te desmayaste cuando casi estábamos sobre ti —le explicó Adler.

—¿Qué fue lo que pasó? Emily estaba allí y un segundo después ya no podía verla, ni escucharla. Creía que el sonido que seguía era ella, pero está claro que no.

Emily negó con la cabeza.

—Me pasó lo mismo, te vi alejarte y desaparecer entre la niebla. Corrí hasta ti y no te vi por ningún lado, fue como si hubieras desaparecido. Aullé y los lobos que estaban de vigilancia llegaron primero. Peinamos la zona mientras se nos unían muchos más. Nadie fue capaz de encontrar tu rastro.

—¿Y cómo me encontrasteis entonces? —preguntó mirándolos uno a uno.

Dragos seguía sentado a su lado atento a la explicación, escuchando en silencio.

—Abba —le contestó Alaric—. La trajimos enseguida. Ella rompió la niebla y pudimos seguir tu esencia. Estabas inconsciente, así que te llevamos al hospital. Betsy dijo que los bebés se estaban debilitando y que había que sacarlos.

—Todo fue bien durante la intervención —le dijo Emily enseguida.

—Hasta que no lo fue —adivinó.

Ella hizo una mueca sin atreverse a continuar, miró a Adler esperando que continuara desde allí.

—Tuviste varias hemorragias y no sanabas, intentamos todos los remedios que se usan con lobos y no funcionaban. Betsy nos dijo que West no sobreviviría... —La voz de Adler se apagó al ver que cerraba los ojos.

No quería imaginar un mundo en el que su pequeño no existiera. Solo de pensarlo, sentía que se le helaba la sangre.

—Creo que está claro lo que pasó —intercedió Dragos cuando todos se quedaron en silencio.

Julian abrió los ojos, agradecido por su intervención.

—La bruja usó el reflejo del agua para abrir un portal y atrajo con magia a Julian fuera de la casa. Así fue como se enteró de quién era el hombre embarazado. Esperó con paciencia a que la naturaleza siguiera su curso y cuando tuvo la oportunidad marcó a Julian para que el bebé no pudiera escapar.

La sala se había sumido en silencio, todos atentos a la explicación de Dragos, haciendo sus propias cábalas de lo que podía estar pasando.

—Si una bruja prueba la sangre de alguien puede localizarle esté donde esté, por eso no te hizo daño a ti, directamente atacó a los bebés. Si probó vuestra sangre ahora sabrá que son dos —siguió diciendo el lobo.

Julian solo tuvo que pensarlo unos segundos para darse cuenta de que Dragos tenía razón.

—Abba opina lo mismo —reconoció Alaric.

—¿Eso significa que la bruja puede encontrar a los bebés en todo momento? —preguntó Emily sin color en la cara.

Adler asintió con la cabeza sin querer decirlo en voz alta.

—Por eso estaba tan protegido el hospital —murmuró Julian al entender por qué estaban siendo tan protectores.

—No comprendes lo que supone que la bruja atravesara nuestras barreras —le dijo Alaric—. Se supone que ninguna mujer con sangre manchada por la magia puede cruzar nuestra protección y ella llegó hasta ti sin ni siquiera estar presente.

—¿Qué quieres decir? Vi su mano, me clavó las uñas —le recordó.

—No estaba en nuestras tierras, había varios restos de hogueras de brujería por el bosque, usó sus marionetas para hacerlas. Así te tendió la trampa, trazó una especie de jaula en el bosque, tú solo tenías que entrar para que te dejara encerrado.

Julian se abrazó a sí mismo, tratando de encontrar el calor que había desaparecido de su cuerpo.

—Nosotros hicimos un recuento después de que nos atacaran, comparamos con el número de lobos que había desaparecido y eliminamos a casi todos. Pueden quedar algunos, pero no son más de diez. Seguro —trató de tranquilizarle Dragos.

—¿Cómo de difíciles son de matar? —preguntó Alaric.

—¿Te miento o te digo la verdad?

—La verdad —decidió Alaric con rapidez.

—Si hubieran asaltado a cualquier otra manada estarían muertos. Se necesita una fuerza bruta desmesurada para eliminarlos y una sincronización perfecta a la hora de atacar. Sus principales poderes son su dureza física y lo difíciles que son de rastrear, sin un olor característicos es casi imposible saber dónde están o hacia dónde se mueven. Atacad directos a la yugular, no dudéis porque en menos de un segundo estaréis muertos.

Julian miró a los demás, encontrando caras de impresión y cautela en ellos.

—No se pueden predecir sus acciones, ni obedecen a normas. Solo obedecen a quien los dirige, no dejan de atacar incluso si les herís de gravedad. Cuando os enfrentéis a ellos es un todo o nada. No pararán hasta que los matéis o vosotros estéis muertos —siguió explicando Dragos.

—Entonces no hay otra opción —decidió Julian haciendo que todos se volvieran a mirarle—. Hay que liquidar a la titiritera —dijo con seriedad.

Dragos le dio la razón con un asentimiento.

—Parece obvio, cortar la cabeza y terminar con la amenaza, pero no será una tarea sencilla. Nosotros matamos al hermano de la bruja, o quién ella decía que lo era. No se parecían en nada, puede que fueran miembros de un mismo aquelarre o que solo estuvieran ellos dos —le explicó Dragos mirándole.

Julian lo observó con atención.

—Tyler cree que solo eran ellos dos, un aquelarre que ataca directamente a las manadas no pasaría desapercibido. No nos gustan los brujos, pero hay un entendimiento mutuo. Nos evitan y nosotros a ellos. Si un aquelarre se hubiera desviado tanto, se habrían encargado de ello sin hacer ruido para evitar represalias.

—Tiene sentido que sean solo dos, se mueven con facilidad —opinó Adler—. Pero solo dos personas no pudieron hacer todo esto.

—Pensaba lo mismo —reconoció Dragos.

—¿Y ya no lo haces? —interrogó Julian.

—No lo sé. Creo que está pasando algo que se nos escapa. Tyler está tratando de averiguar más sobre ella. No tenemos mucho, me temo. Su descripción física, un broche antiguo que llevaba en su ropa y su acento del sur.

—No parece gran cosa —murmuró Julian.

—Porque no lo es. A pesar de ello, Tyler espera recibir información pronto —intentó tranquilizarlo Dragos.

—Estamos preparados. Sabemos qué esperar. Hemos conseguido grandes cantidades de muérdago. Lo usaremos contra esas cosas si se acercan —le dijo Adler.

—¿Cuál es el plan? —quiso saber Julian.

—El mismo de antes —le contestó Alaric—. Tú y Atik os encargáis de los bebés, de que estén sanos y salvos. Todo lo demás es cosa nuestra, confía en nosotros para manteneros a salvo.

Julian asintió con la cabeza en otra parte. Se despidió de los demás, mientras ellos le enseñaban a Dragos la habitación donde dormiría durante su visita.

Subió hasta su habitación, los dos bebés estaban dormidos juntos en la cama. West tenía su pequeña manita agarrada al pijama de Winter y su cabeza apoyada en el hombro de su hermana.

Atik estaba tumbado bocabajo a su lado, con la cabeza cerca de ellos.

—¿Estabas escuchando?

Atik asintió sin apartar la mirada de sus hijos.

Julian sabía que no quería hablar del tema cerca de los bebés, así que lo dejó estar, satisfecho de saber que los dos estaban al tanto de lo que pasaba. No sabía qué era peor, si conocer lo que sucedía, o estar en blanco. Todavía sentía el miedo en el cuerpo y no quería acercarse a los niños así.

—Voy a ducharme —dijo en voz baja.

Atik aceptó, así que eligió algo para ponerse y entró a su baño. El agua de la ducha lo hizo sentirse un poco mejor, las palabras de Dragos iban y volvían en su cabeza.

El aire frío lo hizo estremecerse cuando Atik abrió la puerta de la ducha. Julian no se movió, siguió aclarándose el champú, apoyándose en su cuerpo cuando se pegó a su espalda tan desnudo como él.

Los dos se quedaron en silencio bajo el agua caliente.

—¿Y si nos vamos? —le preguntó Atik al oído en voz baja.

—¿A Aurora?

—La manada de Dragos está más cerca de las de Greenville. Estaríamos más a salvo.

Julian lo consideró unos segundos antes de desestimar la idea.

—Royal también estaba cerca de ellos y no les sirvió de nada. —Acarició sus brazos con las manos, disfrutando de la forma en que lo rodeaba—. Además, ella podría encontrarnos.

—Pues iremos más lejos. Podemos ir a Canadá, o a Europa. Podríamos movernos de forma constante para impedir que nos alcance —sugirió.

—Esa no es forma de vivir. West necesita tranquilidad y un entorno estable. Está fuera de peligro, pero todavía es débil.

Atik besó su hombro, apretando su agarre.

—Me siento inútil de nuevo —le confesó al oído—. Solo quiero protegerlos, es lo que más deseo. Sin embargo, lo único que puedo hacer es quedarme quieto y esperar el golpe.

Julian se dio la vuelta para mirarle a los ojos.

—Eso no es lo que va a pasar —dijo con rapidez acariciando los laterales de su cuello con los pulgares—. Nos defenderemos, vamos a presentar batalla, pero aún no es el momento. No podemos ser impulsivos, ya no estamos solos.

—Lo sé —le murmuró Atik—. Creía que estaba preparado para ser padre. He tenido meses para mentalizarme, pero no sabía que sería así.

Julian comprendió lo que quería decir.

—No imaginaba... Escuché miles de veces que no hay nada más grande que el amor a un hijo. Creía que no sería así para mí, pero... los veo y... los quiero tanto. Haría lo que fuera por ellos, cualquier cosa.

Julian lo besó porque no podía hacer otra cosa. Porque las palabras que Atik acababa de decirle podría haberlas pronunciado él mismo.

—He pensado mucho en mi infancia durante estos meses. No entiendo cómo mi madre pudo ser tan cruel con su propio hijo, pero tampoco cómo mi padre pudo abandonarme. West es humano y yo jamás lo dejaría.

Julian le acarició la cara con ternura.

—Tu madre bebía, el alcohol...

—No era por eso —le cortó Atik—. Me odiaba. Desde que puedo recordar siempre fue así. Yo era algo necesario para que mi padre le diera dinero y poder vivir la vida que ella quería. Me ponía en su contra, me decía que él no me quería, que lo avergonzaba porque ya tenía una familia. Luego me obligaba a verlo, aunque por supuesto yo estaba lleno de rabia contra él.

—Tu padre se preocupaba por ti —aseguró al notar como su aroma natural se empañaba por la tristeza.

—Se encargó de que no me faltara nada y se sentía lo suficiente culpable como para venir a verme cada semana —le respondió Atik con amargura—. Nunca intentó averiguar por qué le evitaba, o por qué mi olor era tan extraño. Pudo evitar que siguiera tomando ese veneno que ella me daba, si lo hubiera hecho, mi lobo no sería tan salvaje.

Julian besó su hombro con suavidad, alcanzando la esponja. Puso jabón y empezó a lavarlo sin que opusiera resistencia.

—Pero las cosas mejoraron cuando viniste a vivir aquí. ¿No?

—Sí. Mis hermanos lo cambiaron todo, no era como ellos, pero nunca me trataron como si fuera diferente.

—¿Te habría gustado que las cosas fueran distintas? ¿Tener un puesto en la manada?

Atik negó con la cabeza con rapidez, moviéndose para dejar que siguiera enjabonándolo.

—No. Nunca podría ser como ellos, lidiar con tanta gente, encargarme de todos. No es lo mío. Puede que si las cosas fueran diferentes, yo sería una persona distinta y podría soportar esa carga.

Julian asintió comprendiendo a qué se refería.

—No tiene sentido pensar en eso. La vida es una, preguntarse qué hubiera pasado es una pérdida de tiempo. Soy fiel a mi familia, a todos ellos. No importa el puesto que ocupo o la posición.

Julian dejó un beso sobre su nunca mientras frotaba su pelo con champú.

—También te soy fiel a ti y a nuestros hijos —le aseguró Atik girándose para poder verle la cara—. Os protegeré pase lo que pase.

—Lo sé —dijo obligándole a inclinar la cabeza para retirar el champú. Lo miró a los ojos mientras el agua caía sobre ellos.

—Te quiero, Julian. A los tres. No sabes lo asustado que estuve cuando creía que te perdería.

Su corazón dio un vuelco al ver una lágrima deslizándose por la mejilla de Atik.

—Y yo a ti. Yo también te quiero —susurró con sus labios rozando los suyos y sus alientos entremezclándose.

Se besaron con suavidad haciéndose una promesa mutua mientras lo convertían en un beso de verdad.

Atik lo hizo retroceder hasta la pared, apoyándolo en ella. Enterró los dedos entre su pelo mojado, saqueando su boca con hambre. Rompieron el beso por la falta de aire.

—Te necesito —murmuró acariciando su abdomen y costados.

—¿Podemos hacer esto? —le preguntó Atik dejando una lluvia de besos por su oreja y su cuello, aplastando su cuerpo con el suyo.

—Sí, Betsy dijo que estoy recuperado. Sangre de lobo. ¿Recuerdas?

Atik hizo un ruido estrangulado con la garganta, marcando la piel de su cuello con los dientes. Julian jadeó clavando sus dedos sobre su piel, necesitaban sentirse el uno al otro, afianzarse juntos en medio del caos que los rodeaba.

Atik se apoderó de su boca con pasión, deslizando una mano hasta su nuca y la otra a su trasero, apretándolo con fuerza. Sus erecciones se rozaron resbalando entre sus cuerpos.

Se apretó contra él tirando un poco de su pelo, haciendo que Atik gruñera desde lo profundo de su pecho volviendo a saquear su boca.

Jadeó en busca de aire mientras Atik mordía su labio inferior y su mandíbula con más fuerza. Movió las caderas contra las de él en busca de alivio.

—Te quiero —repitió Atik en un susurro sin aire, intercambiando pequeños besos con suaves mordiscos.

Julian chupó y mordió con fuerza su cuello mientras Atik se empujaba contra él, jadeando de placer.

En un movimiento que lo dejó mareado Atik le dio la vuelta, pegándose a su cuerpo mientras sus manos vagaban por su erección y sus pezones.

Atik sujetó su cadera empujándose contra él, rodeó su erección con la mano jadeando en su oído, enardecido por la deliciosa fricción. Julian gimió echando la cabeza hacía atrás, apoyándola en su hombro. Atik aprovechó para degustar su boca de nuevo, tirando de su labio inferior con un mordisco.

Atik le sujetó de las muñecas, guiando sus manos hasta la pared. Julian se dejó hacer, inclinándose hacia delante, gimiendo desesperado cuando Atik deslizó dos dedos en su estrecho canal mordiendo su cuello y su nuca.

Su cuerpo se relajó con las ganas de tenerlo. Movió las caderas disfrutando de su intrusión, anticipándose a cómo sería volver a tenerlo dentro.

La excitación y la relajación hicieron el trabajo fácil.

—Para. No quiero esperar más —protestó girándose de nuevo para reclamarle un beso.

—Todavía no estás listo —jadeó Atik que le robó el aire en un devastador beso mientras deslizaba las manos por todas partes, adorando su cuerpo.

Julian le echó los brazos a su cuello y Atik lo levantó en peso. Rodeó sus caderas con sus piernas alzándose sobre él, sujetándose a sus hombros.

La erección de Atik rozó su entrada e incapaz de resistirse, movió las caderas para presionarse contra él. Jadeó desesperado al sentir la humedad de su glande mojando su abertura.

Atik se deslizó en su interior despacio, tomándose su tiempo por la falta de lubricante. Julian cubrió sus hombros y su cuello de besos, disfrutando de él.

—Estás tan apretado —murmuró Atik apoyando la cabeza en su hombro cuando por fin consiguió entrar por completo. Su mandíbula se tensó por el esfuerzo para no empujar.

Julian gimió con suavidad, moviendo las caderas en círculos. Lo agarró del pelo, mirándolo a los ojos. Presionó su lengua entre sus labios, besándolo de nuevo, sintiendo esa hambre en las entrañas que parecía no poder saciar.

Atik lo aplastó contra la pared, empujándose por completo dentro de su cuerpo. Sus paredes le apretaron con fuerza, pero su cuerpo le dio la bienvenida.

Julian echó la cabeza atrás gimiendo, clavándole las uñas en los hombros mientras movía las caderas a su ritmo, ayudándole a empujarse más profundamente en su interior.

Atik le embistió de forma implacable, haciéndole gemir sin control. Su cuerpo se estremecía cada vez que golpeaba su próstata dentro de él.

—Eres mío —declaró Atik con dureza, clavándole contra la pared, embistiendo con fuerza dentro de su cuerpo, arrancándoles la poca cordura que les quedaba.

Julian no pudo resistirse ni un segundo más, mordió la base de su cuello con fuerza. Marcándole y aceptando su reclamo de pareja.

Atik jadeó tirando de su pelo mientras lo embestía de forma implacable. Le hizo exponer su cuello para hacerle su propia marca.

El orgasmo lo golpeó en cuanto notó sus dientes sobre su piel sensible. Gimió sujetándose a él, tratando de aferrarse a algo mientras todo se deshacía a su alrededor.

Atik recrudeció las embestidas, invadiendo su cuerpo sin darle un segundo de descanso, hasta que se corrió en su interior.

Julian se hundió entres sus brazos, apoyando la cabeza en su hombro, intentando recuperar el aliento.

Atik lo besó una última vez, antes de bajarlo con cuidado al suelo. Julian sonrió cansado, apoyándose en él.

—¿Puedes sostenerte solo? —le preguntó Atik con diversión.

—No creo —murmuró frotando la cara contra su hombro.

Atik se rio entre dientes, ayudándolo con la ducha, secándolo y poniéndole la ropa interior y el albornoz.

—Podía solo —protestó a pesar de la sonrisa que ocupaba su cara.

—Quería hacerlo yo —le aseguró Atik secándose el pelo apenas cubierto con su ropa interior.

Julian sonrió al abrir la puerta del baño y comprobar que los bebés estaban en su cuna. Habían montado la habitación para ellos, pero mientras durara la amenaza dormirían en el mismo cuarto.

—¿Siguen dormidos? —le preguntó Atik bajando la voz.

—Sí, tenía miedo de haberlos despertado.

—Hicimos ruido, pero no tanto. Tampoco se despiertan con facilidad —le recordó Atik.

Sonrió al notar cómo le rodeaba de la cintura.

—Vamos a la cama, pareces cansado.

—Lo estoy, no he dormido bien desde que estamos fuera de casa.

—Sé a qué te refieres —le dijo Atik mientras andaban juntos—. Les di el biberón antes, creo que podremos dormir un par de horas.

Se acercaron a la cuna, West estaba en su posición favorita, acurrucado en la barriga de Winter. Los dos chupaban de sus chupetes con un sonido suave y tranquilizador.

—Lo que fuera —le murmuró Atik en el cuello.

Julian se relajó entre sus brazos. En eso estaban los dos de acuerdo, harían cualquier cosa por proteger a sus hijos.

Capítulo 30

Hombres lobos o humanos, todos los bebés eran iguales. Se despertaban cada pocas horas a comer y pasaban gran parte del día durmiendo. La diferencia era que ellos disponían de una gran familia que siempre estaba lista para llevarlos en brazos, tanto era así que solo usaban la cuna durante la noche.

Atik dejó el biberón de Winter sobre la mesa del despacho mientras Julian acababa de leer el informe que Tyler había mandado a todos los alfas el día en que desapareció Royal.

—Te dije que no encontrarías nada nuevo. Lo que te conté es la información que hay —le dijo Alaric, meciendo a West entre sus brazos con mucho cuidado porque acababa de darle de comer.

—Lo imaginaba, pero quería leerlo por mí mismo —contestó todavía distraído, examinando el mapa donde estaban marcados los lugares de manadas o lobos desaparecidos.

—Dame a West. Tú ya le diste de comer —protestó Agara mirando de manera amenazante a su hermano mayor.

—No, durmió la siesta en tus brazos, ahora es mi turno —se defendió Alaric—. Además, solo tengo unos minutos más, luego puedes recuperarlo.

Agara lo fulminó con la mirada, cruzándose de brazos a modo de protesta.

—Entiendo que desaparecieran manadas pequeñas, pero Royal era una manada muy numerosa, es imposible que no hubiera supervivientes —dijo mirando a Adler que examinaba con él los informes.

—No los hay —le aseguró Dragos, comiendo del otro lado de la mesa—. El único que queda de Royal es el lobo que tenía que haberse convertido en alfa. Renunció un año antes y se fue a vivir a Greenville. Ya llevaba meses allí cuando pasó todo, su marido era el antiguo segundo de Royal, renunció al puesto para irse con él. Yo mismo los ayudé a escapar.

—¿De qué huían? —preguntó con curiosidad.

Dragos le dio un sorbo a su bebida antes de seguir hablando.

—De un matrimonio concertado. El heredero natural de la manada era Rhys, pero él nunca quiso ser alfa, así que cuando su abuelo murió renunció a favor de su mejor amigo, quien le prometió que podría llevar la vida que quisiera.

—Le mintió —supuso.

Dragos le dedicó un asentimiento perezoso.

—Trataba de obligarle a casarse con una mujer que no pudiera darle descendencia para acabar con su estirpe. Se enamoró del segundo y decidieron marcharse juntos. Intervenimos cuando Tyler comprendió que no los dejarían irse, el alfa estaba abusando de su poder. Los teníamos bajo vigilancia, por eso nos enteramos de lo acontecido.

Julian asintió para demostrar que lo había escuchado, pero continuó leyendo los informes.

—¿Qué sabemos del hechizo?

Dragos lo miró con desconcierto.

—Me refiero a si conocemos cómo funciona.

—¿Para qué querríamos saber eso? —le preguntó Dragos.

—Lo importante es qué nos convierten en esas cosas —le dijo Alaric.

—Si vais a seguir hablando de este tema me llevo a los bebés —le advirtió Atik que ya había llegado a su límite.

Julian le frunció el ceño.

—Esto no es Hogwarts y aunque lo fuera, Voldemort ya está muerto, deja de exagerar.

Atik lo miró exasperado.

—Escondernos y apartar el tema no hará que los niños estén a salvo. Solo estamos hablando.

Los dos iniciaron un duelo de miradas.

—Cinco minutos y me los llevo —decidió Atik.

Julian sonrió de medio lado, negando con la cabeza.

—Como iba diciendo, a mí sí me parece importante conocer mejor ese hechizo.

—¿Por qué? —lo interrogó Alaric extrañado.

—Porque los hechizos precisan ingredientes para llevarlos a cabo, a veces hasta una hora o día en concreto. Creo que si supiéramos lo que se necesita podríamos seguir pistas sobre los ingredientes.

—No parece mala idea —le concedió Agara.

Julian jugó con el bolígrafo que sujetaba en la mano.

—¿Qué? —le interrogó Atik.

—Estaba pensando... —murmuró Julian—. La bruja debió tener un cómplice en Royal.

—¿Cómo? —le preguntó Dragos dejando la botella de la que estaba bebiendo.

Todos en la sala se le quedaron mirando, esperando a que les diera una explicación.

—Pensadlo bien. Esos brujos encontraron la forma de convertir lobos en marionetas, pero no os parece raro que empezaran por una manada tan numerosa. Lo normal habría sido que comenzaran por una mucho más pequeña, pero no. Eligieron a una de las más grandes y poderosas.

—Continua —le ordenó Dragos.

—No sabemos si los transforma usando un hechizo o una poción. Las dos usan objetos y cosas para realizarse y ninguna es inmediata.

El informe dice que las casas estaban ordenadas. La expresión que escribieron fue, "congeladas en el tiempo". Todavía había comida sobre la mesa y las televisiones encendidas. Si fuera una poción sería como un veneno, irían cayendo, habría cosas tiradas o rotas. Signos de que sucedió algo.

Alaric se inclinó hacia delante, asintiendo lentamente.

—Entonces es un hechizo.

—Es posible. Pero también lo sería que fuera una poción y hubieran recibido ayuda del interior. Que alguien los separara para irlos envenenando. ¿Alguno de vosotros examinó a esas cosas? ¿Sabemos si estaban muertos antes de que usaran magia en ellos?

—Nosotros reconocimos algunos cadáveres —le dijo Dragos—. No parecía haber señales de heridas antiguas, aunque puede que las hubiera, su piel estaba muy quemada.

Julian lo apuntó en la hoja dónde había escrito cosas que llamaron su atención.

—Sí, también leí eso. ¿Por qué están sus cuerpos quemados? ¿Es parte del proceso para transformarlos?

Dragos se encogió de hombros.

—Dices que vigilabais al alfa porque abusaba de su poder. ¿Y si se volvió en contra de su manada?

—¿Crees que el alfa les hizo eso? —le preguntó Agara horrorizada—. Ningún alfa haría eso. ¿Qué sentido tendría? Un alfa es tan fuerte como lo es su manada. ¿Quién se debilitaría a sí mismo? Es absurdo.

Julian alzó la cabeza, su mente pareció apagarse y encenderse como un interruptor.

—De todas formas, los problemas con el alfa de Royal vienen de que su manera de actuar, demasiado autoritario y narcisista. Créeme, Jeff nunca se habría aliado con una bruja, era de los de pensamiento antiguo, habría matado a cualquiera de ellas sin dudar.

De nuevo la luz pareció encenderse y apagarse dentro de él mientras un hilo tiraba de él.

—¿Juls? —le llamó Atik preocupado.

—¿Conocías bien al alfa de Royal? —le preguntó Julian despacio, tratando de unir los puntos. Sabía que tenía que haber alguna explicación, podía sentirla, pero se le escapaban entre los dedos.

—No, aunque si quieres saber cosas de él, podrías llamar a Tyler, te pondrá en contacto con Deklan y Rhys. Ellos podrán responder a todo lo que quieras.

—Lo que dice Agara tiene sentido —murmuró de repente—. El alfa se debilitaría si convierte a la manada en esas cosas. Las marionetas solo obedecen a la bruja, hubiera perdido su poder —dijo bajando la voz.

—Es obvio —opinó Adler—. Jeff era querido por su manada, tenía la devoción de los suyos.

—Para que alguien gane, debe haber un perdedor. ¿Crees que Rhys pudo querer vengarse de su antigua manada? —preguntó a Dragos quien negó enseguida.

—Para nada, Rhys es de fiar. No tiene ansia por hacerle daño a nadie, lo único que quería era ser libre. Podría ser una manada rival, Nikolai dejó muchos enemigos en herencia... —Los ojos de Dragos brillaron con la comprensión—. A no ser...

Todos volvieron la atención al alfa.

—Mierda, ¿cómo no lo pensamos antes?

—¿El qué? —preguntó Julian.

—Roger. Fue muy cercano al alfa anterior, llegó a enfrentarse a Jeff para ser el segundo de Nikolai. Cuando él murió, se presentó como segundo para el puesto, pero Jeff hizo traer a Deklan desde otra manada y lo volvió su mano derecha —les contó Dragos—. Joder, claro que fue él. Rhys siempre dijo que no podíamos fiarnos de él, que era peligroso. Tengo que llamar a Tyler, tenemos que averiguar si ese cabrón aún está vivo.

—Iremos a encontrarnos con Abba —decidió Alaric, pasándole el niño con cuidado a Agara—. Quizá pueda saber si lo que usan es un hechizo o una poción.

Adler le siguió para acompañarlo.

—Mira los informes que envió Tyler sobre los ataques a Aurora, quizá encuentres algo más —le sugirió Alaric mientras salían.

—Emily, Agara. Llevad a los bebés arriba, ayudaré a Julian a revisar todo eso —les pidió Atik.

Ellas desaparecieron con los niños mientras él se acercaba.

Julian lo observó con cansancio.

—Puede que esté equivocado —murmuró—, y no sea nada.

—O no. Es lo mejor que tenemos hasta ahora —le dijo Atik acercando la silla para sentarse a su lado—. Bien hecho —lo felicitó besándole.

Julian volvió a los papeles, ojalá estuviera en lo cierto. Sería más fácil pelear si sabían contra quién luchaban.

Pasaron todo el día revisando papeles, para cuando subió a dormir su cabeza estaba llena de datos y suposiciones. Los demás se quedaron abajo, pero Atik y él habían subido para bañar a los niños y darles el biberón antes de acostarlos.

Para bañar a los mellizos se necesitaba hacer trabajo en equipo, o quizá era porque ellos no tenían práctica.

A Winter no le gustaba mucho bañarse y se retorcía todo el tiempo, pero disfrutaba de jugar mientras la vestían. West parecía disfrutarlo, jugaba con sus dedos en el agua, y pateaba con sus piernas.

Los dos se recreaban viéndolos pasárselo bien, así que se guardaban siempre ese momento para ellos solos. Después del baño, los bebés se quedaban cansados, así que aprovechaban para darles la cena antes de dormir unas pocas horas.

Él había vuelto a bajar, pero Atik prefirió quedarse arriba. Maniobró con el plato de comida que le subió, tratando de abrir la puerta con cuidado para no despertar a los niños.

No solo los bebés estaban dormidos. Sonrió como un idiota al ver a Atik tumbado en la cama, solo llevaba puesto un pantalón, sobre su pecho desnudo estaban los niños. Se acercó dejando el plato con cuidado en la mesilla, recuperó el móvil de sus vaqueros y les hizo unas cuantas fotos, incapaz de resistirse a la escena.

Su corazón se colmó de amor al percibir sus esencias juntas, las de los niños mantenían una parte de cada uno de ellos mezclados con la suya. Sonrió al notar su propio olor impregnando el de Atik.

Se agachó para besar la frente de los bebés y no se pudo resistir a dejar uno sobre los labios de Atik.

—¿Qué hora es? —le preguntó sin abrir los ojos.

Julian le pasó la mano por el pelo, sonriendo. Aunque tenían mucha ayuda, cuidar de dos bebés era agotador.

—No muy tarde. Te subí comida, deberías tomarla.

—Estamos cómodos, no quiero moverlos —le dijo Atik abriendo los ojos por fin.

Le acarició la mejilla con suavidad y se agachó de nuevo para darle un beso. Atik le agarró le mano, entrelazando sus dedos con él.

—Ven a la cama con nosotros —le pidió.

Julian sonrió, llevándose sus manos unidas a los labios para besarle el dorso. Atik le acarició la cara con ternura.

—Iba a ducharme —dijo en voz baja—. Vuelvo enseguida.

—Quédate.

Esas palabras le hicieron estremecerse por dentro y le recordaron algo que llevaba tiempo queriendo preguntarle.

—¿Puedo preguntarte algo muy privado?

Atik alzó una ceja con gesto extrañado.

—Claro, lo que quieras.

Julian se mordió el labio inseguro. Rodeó la cama y se tumbó a su lado, para estar más cerca de él.

—Cuando me quedé embarazado empecé a ver cosas sobre ti.

—Lo sé, es parte de la conexión que hay entre nosotros.

—Sé que no te gusta hablar de tu pasado y lo entiendo, pero se supone que esas visiones se atenúan cuando el embarazo va desarrollándose.

—¿Y no es tu caso? —quiso saber Atik entrecerrando los ojos.

—En parte sí, dejé de ver tu pasado, pero desde el primer día te escucho preguntarle algo a alguien y no desaparece. Cuando perdiste el control sobre tu lobo me desperté escuchándolo, creo que es algo importante.

—¿Y qué digo?

—No es una conversación. Solo te oigo decir. "¿Me quieres?".

La cara de Atik cambió en un segundo del desconcierto a la tristeza absoluta. Comprendió que fuera lo que fuera, no era un buen recuerdo.

—Lo siento, no tienes que contármelo. Es que no dejo de escucharlo y solo me preguntaba...

—Es lo último que le pregunté a mi padre —le contestó Atik bajando la cabeza para ver a los bebés.

Julian lo miró desconcertado.

—Mi padre murió defendiendo estás tierras, igual que todos los alfas anteriores. Las heridas de alfas tardan mucho en curarse y él fue herido de muerte. Tuvimos tiempo a despedirnos, cuando me llegó el momento, lo único que tenía en la cabeza era esa pregunta. ¿Me quieres? ¿Alguna vez me quisiste? —repitió tocando con el dedo la mejilla de West—. Fue egoísta, se supone que tenía que decirle que lo quería y que podía irse tranquilo, pero necesitaba tan desesperadamente escuchar la respuesta...

—¿Y qué te dijo él?

Atik alzó la vista para mirarlo, con sus ojos llenos de esa soledad que siempre había distinguido en él.

—Nada, murió tratando de responder.

Julian lo observó sin saber qué decir, su olor era tan fuerte que resultaba asfixiante, estaba claro que era un recuerdo muy doloroso.

—No dejaré que eso me pase con mis hijos. Si mi padre me lo hubiera dicho, no habría tenido que preguntar. Ya no podré saber la respuesta real. Les demostraré a los niños que los amo, cada día, a cada instante, para que nunca tengan que pensar si lo hago. No me importa cómo llegaron, ni en qué circunstancias, los amo desde el momento en que supe que existían.

Lo miró con el corazón apretado, parecía cruel que después de todo lo que había pasado, no pudiera estar seguro de los sentimientos de Cormac hacia él.

—Te quería. Puede que no lo expresara o no supiera demostrártelo, pero estoy seguro de que lo hacía. Para un Madsen no hay nada más importante que proteger Salem y la manada. Cormac puso todo en peligro para tenerte con él.

Atik no dijo nada, pero su olor cambió a uno más suave.

—Yo te quiero —aseguró en voz alta porque ahora parecía más importante que nunca que supiera lo valioso que era para él.

Esa frase hizo que la cara de Atik se iluminara.

—Lo sé. Y yo a ti, no lo olvides.

Capítulo 31

"Estoy seguro de que fue él", le dijo la voz de Rhys a través del teléfono. "Desde que Jeff consiguió el puesto del alfa, estuvo buscando la forma de quitárselo. Nunca hizo nada de manera abierta, pero sé que muchos de la manada lo habrían apoyado de haber querido desafiarlo. Algunos de ellos creían que Jeff era muy blando, Roger se parecía más a mi abuelo. Aprendió todo lo que sabía de él".

—¿Y por qué no lo hizo? —preguntó Alaric.

"Porque no le habría ganado. Ya desafió a Jeff para ser el segundo de mi abuelo, casi muere por las heridas. Con los años Jeff se hizo aún más fuerte, no tenía forma de ganar en una lucha justa".

—Me consta lo que tu abuelo opinaba de la brujería. ¿Crees que Roger habría pactado con brujos?

"Roger siempre tuvo la esperanza de conseguir el apoyo de la manada, pero cuando Jeff empezó a volverse más estricto perdió el favor de algunos. Supongo que eso lo hizo sentirse desesperado y no lo sé... quizá sí. Puede que hiciera un pacto con ellos."

—¿Nikolai lo habría hecho? —le preguntó Dragos.

"Nunca. Mi abuelo destrozó a cualquier brujo que pasara cerca de Royal. Era fuerte, no necesitaba a nadie más que él mismo".

—No tiene sentido —opinó Adler—. Entendería que Roger hiciera un pacto con un aquelarre para ser un alfa, pero todos acabaron muertos. No puede haber un alfa sin manada.

—Los brujos le engañarían —supuso Agara—. No habría hecho el pacto si supiera que no sacaría nada. Seguro que el primero al que mataron fue a él.

Se hizo el silencio en la habitación mientras todos asumían lo que significaba su descubrimiento.

"Tuvo que cooperar para acceder a ellos", les dijo Rhys. "Sin él es imposible que los hubieran matado a todos".

"Ayudaría saber cómo los transforman", les aseguró Tyler. "Pero por mucho que hemos investigado no encontramos nada que se parezca a lo que les hacen a esos lobos. Ni hechizos, ni pociones. Nada. ¿Qué dice Abba?"

—Lo mismo de antes. Se puede quitar la voluntad a un humano, pero que el gen lobo no se dobla sin más. Está preguntando a otros aquelarres de forma discreta, no quiere dar ideas a nadie y que los brujos reciban ayuda —respondió Alaric.

"Estamos esperando a recibir cierta información de África, allí hay algunos hechizos realmente espeluznantes. Magia que nadie se atreve a hacer fuera del continente, puede que sepamos algo más después", les informó Tom.

—¿Otra de tus amistades Ty? —preguntó Dragos.

"Ya me conoces, tengo amigos por todas partes", le contestó Tyler.

Las voces de los demás disminuyeron, mientras su mente se vaciaba. Julian miró alrededor, la familia Madsen estaba al completo en la oficina, salvo por Emily que se había quedado con los niños arriba.

Se levantó del sofá mientras los demás seguían hablando. Subió las escaleras de manera sigilosa hasta su habitación, West estaba dormido en la cuna. Podía escuchar la voz de Emily en el cuarto de al lado, cambiándole el pañal a Winter. Se acercó a West y lo cogió en brazos, él se removió llorando un poco.

—Shhh. No pasa nada —lo tranquilizó meciéndolo despacio, yendo con Emily. Ella ya tenía a Winter.

—¿Julian? —le preguntó desconcertada—. ¿Va todo bien?

—No lo sé —contestó con sinceridad.

Era raro, su instinto decía que había algo fuera de lugar.

Emily le miró expectante, confiando en su palabra.

—No separes a los niños de mí. Quedémonos juntos —le pidió inquieto.

Cogieron algunas cosas de la habitación y bajaron al salón mientras los demás seguían hablando con la manada de Greenville norte. Ni siquiera usó su oído de lobo para escucharlos, estaba demasiado concentrado en entender qué pasaba.

Pusieron a los bebés en la cuna portátil y se acercó a las ventanas. Había docenas de lobos rodeando a casa, entre ellos uno de los segundos de Dragos. Eran los lobos más fuertes, los que más luchas habían ganado, estaban bien protegidos. Sus instintos, sin embargo, continuaban a flor de piel, como si estuviera solo en medio de la nada.

—¿Llamamos a los demás? —preguntó Emily en voz baja.

—No... puede que no sea importante —dijo inseguro.

Escucharon a alguien acercándose por el pasillo.

—¿Julian? ¿Emily?

Julian sonrió para tranquilizar a Atik al percibir su tono de voz preocupado. Él miró del uno al otro, intentando saber qué estaba ocurriendo.

—No es nada. Solo un pálpito —explicó.

Atik frunció el ceño mirando a los bebés que habían vuelto a dormirse. No quiso saber nada más, se acercó a las ventanas y comprobó que todos los guardianes seguían en pie antes de sentarse en el suelo al lado de la cuna.

Emily y él intercambiaron una mirada, quedándose cerca de ellos en el sofá. Iba a ser un día muy largo.

La noche llegó sin incidentes, pero para cuando la luna brilló en lo alto, el corazón de Julian latía con tanta fuerza que parecía que estaba corriendo, aunque estaba sentado. No hizo falta contarle a los demás lo que pasaba. Su olor y su latido eran más que suficiente para alertarlos a todos.

Tanto Dragos como Alaric pasaron la noche fuera, vigilando que nadie se acercara a la casa. A pesar de que Adler y Atik se quedaron con ellos dentro, no conseguía calmarse.

Respiró mejor cuando salió el sol y la casa volvió a estar llena, solo entonces se permitió caer en un sueño inquieto donde la bruja entraba y salía de su mente.

No se sentía muy descansado cuando bajó de nuevo a la sala.

—¿Has podido dormir algo? —le preguntó Atik meciendo a West.

—Un poco, no te preocupes. —Tomó a Winter que estaba descansando entre los brazos de Dragos—. ¿Por qué tienes tan buen aspecto? ¿Cuánto has dormido?

—Un par de horas, pero estoy acostumbrado a funcionar con poco —le contestó Atik, burlón.

Julian lo miró con rencor, estaba agotado como si le hubiera pasado por encima un camión.

—Tyler recibió la información que esperaba anoche. Deberíamos tener una llamada suya en cualquier momento. Alaric se fue al pueblo para hablar con Abba —le informó el alfa, sonriendo agradecido a Agara que le pasó una taza de café.

Un móvil sonó en el piso de arriba.

—Es el mío —dejó que Agara sostuviera a Winter y corrió por las escaleras para responder la llamada.

—¿Sí? —contestó sin mirar.

—Por fin, estaba preocupada por ti —escuchó decir a Kayleen con alivio—. No devuelves mis mensajes.

—Lo sé, lo siento. Las cosas han sido una locura en estos últimos días.

—Ya lo sé. Instauraron el toque de queda en todo Salem. —Aprovechó que había subido para coger un par de baberos, los bebés pronto tomarían otro biberón. Fue hasta la habitación de los niños mientras Kayleen seguía hablando y volvió al pasillo para regresar con los demás.

Su mente se desconectó por completo, y ese hilo que atravesaba su cuerpo se puso tan tenso que le dolió todo de la cabeza a los pies.

Cortó la llamada y esperó sin moverse, tratando de respirar y centrarse en lo que sentía. Avanzó hasta el marco de la puerta de la habitación sin entrar en ella. Enfrente a su cama estaba la puerta del baño, en el espejo podía ver la cuna de los bebés y también la ventana.

Al aire se le atascó en la garganta tratando de aclarar lo que estaba viendo. Las persianas de la habitación seguían bajadas y en el cristal de la ventana podía verse el reflejo de una mujer. Reconoció a la bruja enseguida, con el corazón en la garganta, vio como ella pronunciaba palabras en un idioma que no entendió.

El pánico se expandió al comprender lo que estaba pasando, usaba los reflejos como portales para acercarse a los bebés, igual que había hecho en el agua.

Su estómago se le subió a la garganta al ver cómo unas largas tiras de espino negro abrazaban la cuna donde apenas horas antes habían estado sus hijos.

Se tapó la boca con la mano mientras las ramas llenaban la cuna hasta cubrirla del todo. Reconoció el mismo patrón en la forma que adquirieron, que el día que le tendió la trampa en el bosque.

No podía tocarlos, pero sí utilizar su magia contra ellos. ¿Cómo era posible? Se suponía que Abba había protegido Salem.

A través del pánico intentó fijarse en algo que les ayudara. Su cara, su ropa, el camafeo que llevaba al cuello, la mancha sobre su pecho... apenas podía distinguir nada entre las quemaduras de fuego en su piel.

No, no era fuego. Era piel derretida, como si algún ácido la hubiera quemado. Uno de los hilos de su cabeza tiró hacia un lado. Fue un segundo, pero lo suficiente para saber a qué debía prestar atención.

Escuchó pasos apresurados subiendo la escalera y sin más la bruja desapareció. Esperó sin atreverse a mover ni un músculo. Contó hasta diez mientras dejaba que Atik lo alcanzara.

—¿Julian? ¿Qué pasa? —le preguntó agarrándolo del brazo.

Julian se sujetó a él cuando las piernas le fallaron.

—Estuvo aquí. La bruja —explicó al ver el gesto desconcertado de Atik—. Le hizo algo a la cuna.

Atik lo soltó entrando a la habitación como una exhalación.

—No hay nada —le anunció volviendo a por él.

Julian lo siguió dentro. Parpadeó con confusión al comprobar que no quedaba ni rastro de las ramas o espinas.

—Usa los reflejos para llegar a nosotros —dijo tapando las ventanas con las pesadas cortinas oscuras. Cerró la puerta del baño para asegurarse que no hubiera reflejos y quitó las sábanas de la cuna sin encontrar nada, pero sabía que no podía ser.

—¿Qué pasa? —les preguntó Dragos siguiéndolos.

—Julian acababa de ver a la bruja haciéndole algo a la cuna —lo puso al día Atik.

El alfa no dudó un segundo en acercarse a ellos y retirar los colchones de la cuna. Los tres miraron el armazón del mueble sin encontrar nada extraño.

Atik la empujó a un lado y levantó la alfombra. En el suelo había una marca grabada en la madera. Era el mismo círculo con espinas del bosque, el que acababa de ver en la habitación.

Los tres se miraron entre sí y volvieron a examinar la marca. La señal inequívoca de que habían conseguido traspasar las protecciones de Salem, de la casa y lo más importante, la confirmación de que los bebés no estaban a salvo.

Taparon todas las ventanas con cortinas y cubrieron cada espejo que había en la casa mientras llamaban a Alaric para hacerle saber lo que acababa de pasar. El alfa tomó la decisión de traer a Abba ante todos.

No le gustaba que Abba estuviera cerca de los bebés, pero después de comprobar por sí mismo el alcance de la bruja, no iba a arriesgarse a separarse de ellos.

Atik se quedó con West en los brazos y él con Winter, ocuparon los asientos más lejos de la mesa del alfa, con Agara, Adler y Emily cerca de ellos. Mientras Dragos y Alaric se sentaban en el escritorio con Abba enfrente. Mike y Kal estaban a cada lado de la puerta, miraban a Abba con desconfianza.

Julian trató de mostrarse tranquilo, pero no pudo evitar apretar el bebé entre sus brazos y cubrir un poco más la carita de Winter para alejarla de su mirada.

—Creía que venía a responder preguntas. No sabía que viviría un juicio —dijo Abba con calma, fijándose únicamente a Alaric.

—Y es así —le contestó él—. Me dijiste que habías colocado una barrera alrededor del pueblo, pero la bruja consiguió llegar de nuevo hasta los bebés.

Abba parpadeó con confusión.

—Eso no puede ser —afirmó—. Yo diseñé una serie de protecciones. No son hechizos que se aprendan, son de mi colección privada.

Julian miró con atención a la bruja, su mente vibrando con cada frase.

—Y yo no estoy dudando de tu palabra. Te pido una explicación, porque es la segunda vez que me aseguras de que ninguna bruja podría entrar y de nuevo sucedió —la presionó Alaric.

—No creo que sea posible —le rebatió Abba.

—¿Estás acusando a Julian de mentir? —inquirió Alaric de manera tranquila.

Abba miró en su dirección, fijándose en él de forma directa.

—No, solo digo que puede que su mente le jugara una mala pasada. Está sometido a mucha presión, él y su hijo estuvieron a punto de morir. Ahora están amenazados, opino que no es un testigo fiable.

Dragos y Alaric intercambiaron una mirada sin decir nada.

—Bien, ¿entonces puedes explicar esto? —la interrogó Dragos pasándole el móvil de Emily para que viera la foto del suelo.

Julian vio el momento en el que Abba se convenció de que su historia era real.

—No puede ser —dijo ella en voz baja.

—Julian dice que vio ese mismo símbolo formado con ramas sobre la cuna de los niños, también lo vio el día en que lo atacaron en el bosque —añadió Alaric.

—¿Sabes qué es? —le preguntó Dragos.

—Es como un tatuaje —contestó Abba—. Es la marca de la bruja, de su aquelarre. Funciona igual que un señuelo.

—¿Y qué marca? —quiso saber Atik.

—Es como un anclaje. Sirve para facilitar el flujo de magia, se usa para ampliar el territorio de influencia de un brujo. Está preparando otra trampa.

Julian contuvo el aliento, conteniendo a duras penas el impulso de coger a los niños y salir corriendo, sabía que no podía escapar a la bruja, pero su naturaleza trataba de imponerse.

—Lo que significa que tu protección no sirve —resumió Dragos.

Abba le dedicó un gesto contrariado.

—Es imposible —insistió.

—Y a pesar de ello está sucediendo —la cortó Dragos—. Has puesto en peligro dos veces a Julian y los niños, no podemos fiarnos de ti.

Abba dirigió su mirada a Alaric.

—Te soy fiel, tú sabes que no te traicionaré.

Alaric asintió despacio.

—Eso quiero creer —su afirmación hizo que Abba se relajara—. Pero mi familia no está dispuesta a darte más oportunidades, ni yo a arriesgar de nuevo a mis sobrinos.

—Estoy segura de que se trata de un error, si pudiera acercarme a los niños un momento...

Atik hizo un gruñido desde el fondo de su garganta, una amenaza de lo que le pasaría si trataba de hacer acercarse.

—No lo harás —la cortó Alaric con dureza—. Te dejé quedarte en Salem porque me dijiste que podías ayudarme a protegerla. En estos momentos necesito confiar en los que me rodean.

—Soy de confianza, te lo he demostrado muchas veces —protestó ella.

—Demuéstralo —le exigió Alaric.

Abba bajó la cabeza al suelo.

—Si de verdad quieres que confíe en ti y tener un futuro en Salem, tienes que ayudarme a proteger a mi familia. ¿Qué es lo que no me estás contando?

Por unos segundos creyó que Abba se levantaría y se iría, pero se quedó sentada en la silla con las manos apretadas contra sus rodillas.

—Sería una traición para los míos. No podría volver a acercarme a ningún aquelarre.

—Tú decides, mi manada te ha acogido durante muchos años, he tratado de demostrar que la colaboración entre razas era posible.

Abba contuvo el aliento con una expresión dolida.

Julian observó la escena intentando disimular la sorpresa, Abba siempre había sido distante con todos. Era extraño comprobar que sí le importaba quedarse en la manada.

—¿Podemos hablar a solas? —le preguntó Abba mirando a Alaric de manera insistente.

—No —le interrumpió Dragos—. Hablarás en presencia de todos.

—Es a mí alfa a quien le estoy preguntando —le contestó Abba perdiendo la compostura por primera vez.

—No es tu alfa —respondió con brusquedad Adler—. No eres uno de los nuestros. Si lo fueras, harías lo que estuviera en tu mano para ayudarle. La lealtad no puede dirigirse a Alaric, si lo eliges a él tienes que estar con todos.

Julian notó dos cosas a la vez, la apariencia de tranquilidad calculada de Alaric y que Abba no era tan fría como siempre había pensado.

—No sabes de lo que hablas —le recriminó Abba—. No entiendes lo que implica ser una bruja y elegir vivir entre gente que te desprecia.

—Mi hermano confió en ti y nosotros también, aunque él nunca quiso explicar por qué hicisteis un pacto. Siempre te hemos protegido y defendido, incluso cuando nos trajo problemas con otras manadas. ¿Y cómo nos lo devuelves? —le preguntó con rabia Adler—. Abandonándonos a nuestra suerte cuando es nuestra familia la que está en peligro.

Abba se miró las manos que estaban convertidas en puños.

—Así que solo tengo dos opciones, ¿no? O con vosotros o en vuestra contra.

—Sí —le respondió Dragos—. Por eso no me gustan los brujos. No sois fieles a nadie, ni conocéis la sinceridad. Siempre hacéis lo que os conviene, no sabéis ir en equipo y mucho menos preocuparos por alguien que no seáis vosotros mismos. Te advertí que te traicionaría —le dijo a Alaric moviendo la cabeza de un lado a otro.

—Solo hablaré con Alaric, no me importa lo que penséis de mí. Si no puedo hablar con él... me iré.

Alaric apoyó las manos en la mesa, entrelazando los dedos con un gesto de estudiada calma.

—Si nos abandonas ahora, no te lo perdonaré jamás. Márchate antes de las doce de la noche —le ordenó Alaric con frialdad—. A partir de ese momento, cualquier brujo que entre en mis tierras será eliminado, sin preguntas ni excepciones.

Alaric se levantó de la mesa y abandonó la habitación sin mirar a nadie, ni esperar.

Abba se quedó congelada en la silla, observando sin expresión el lugar que había ocupado el alfa antes de levantarse e irse.

Julian siguió a los demás fuera, en silencio, reflexionando sobre el pedazo de la historia de esa familia que acababa de descubrir sin querer.

Capítulo 32

—No llores mi vida —murmuró calmando a West mientras bajaba las escaleras para prepararle un biberón.

—¿Está bien el pequeño? —le preguntó Alaric cuando pasó por el salón.

Julian se fijó en la botella de whisky que había medio vacía sobre la mesa al lado del sillón en el que estaba sentado.

—Sí, Winter tomó dos biberones esta noche, así que agotamos los que preparamos para la noche.

—¿Te lo cojo mientras se lo preparas? —le ofreció Alaric.

Se lo dejó en los brazos y fue a la cocina, volviendo en apenas unos minutos.

—Eres el más fuerte de todos nosotros —murmuraba Alaric acariciando la cara del bebé—. Tienes que seguir creciendo, haré las cosas diferentes para ti y Winter. Trataré de ser un alfa mejor para vosotros. Vuestra felicidad será lo más importante para mí, te lo prometo. Siempre estaré de vuestra parte.

Julian sonrió enternecido, sabía que eran palabras sinceras, pero parecían demasiado serias para un niño tan pequeño. El olor del amor de Alaric por su hijo le calmó como por arte de magia.

—¿Estás bien? —preguntó con suavidad acercándose a ellos.

—Sí. Solo estaba teniendo unas palabras con mi sobrino —le dijo Alaric pasándole a West.

—Ya veo —murmuró sentándose en el sofá para darle de comer.

Acercó el biberón a la boca de West, quien lo chupó con un sonido ansioso que los hizo reír a los dos.

—¿No puedes dormir? —inquirió señalando la botella de Whisky con un gesto de cabeza.

Alaric se encogió de hombros, recuperó el vaso y le dio un largo sorbo.

Julian lo observó en silencio.

—¿Ya se fue Abba? —se atrevió a preguntar.

Alaric se quedó quieto un instante antes de responder.

—No lo sé, falta media hora para las doce. Dragos está haciendo la primera guardia, avisará cuando se vaya.

El tono frío de Alaric le dijo que su intuición estaba en lo cierto una vez más.

—¿Estarás bien?

—Ya pensaré en algo para decirle a la manada.

—No me refería a la manada, estoy hablando de ti —dijo con suavidad.

Alarmado por verse descubierto, Alaric le miró con temor.

—¿Desde cuándo lo sabes? —preguntó después de unos segundos.

—Desde hace unas horas, nunca lo habría imaginado.

Alaric asintió y se bebió el resto del contenido del vaso de un solo trago.

—¿Se lo dijiste a los demás? —lo interrogó el alfa con evidente reticencia.

—Nunca lo haría, es parte de tu intimidad. No se lo diré a nadie, puedes confiar en mí —aseguró.

Los dos se miraron a los ojos, midiéndose.

—Te estaría agradecido si me guardaras el secreto.

—Pues no hay más que hablar —trató de calmarle para hacerle entender que cumpliría su palabra.

El silencio cayó entre ambos, solo interrumpido por los ruidos de West al comer.

—No es lo que piensas.

Julian lo miró con sorpresa porque siguiera la conversación.

—No pienso nada. Solo creo que podrías necesitar hablar con alguien y quería que supieras que puedes hacerlo conmigo. No voy a juzgarte —prometió.

Alaric rellenó su vaso mientras parecía pensar en sus palabras.

—No tiene sentido hablar de ello. La naturaleza sigue sus propias normas, es un imposible.

Julian se rio con suavidad, negando.

—Cierto y tus sobrinos son la prueba viviente de que la naturaleza y las reglas pueden irse a la mierda de vez en cuando.

Alaric se rio con cansancio, mirando a West de forma cariñosa.

—Mi vida está patas arriba ahora mismo. La manada está en contra de Atik, tienen miedo a que me tienda una trampa. Por si fuera poco, nos persigue una bruja capaz de atravesar todas las protecciones que conocemos y la única persona que sabe algo decide abandonarnos. Mi familia es lo más importante que tengo, la manada me necesita, no hay espacio para nada más. No me queda energía —le confesó el alfa.

—¿Hablaste con ella después de la reunión? —quiso saber.

Alaric negó apoyando la cabeza en el sillón sin dejar de mirar a su sobrino que por fin acabó su biberón. Julian lo puso en su hombro dándole pequeños golpecitos en la espalda.

—Ya dije todo lo que tenía que decir. —Extendió los brazos pidiéndole que le entregara al pequeño.

Julian se lo cedió sonriendo al ver el cuidado con el que lo acomodaba.

—Ellos son lo importante, son nuestro futuro. El de la manada y la familia. No soy de intuiciones o sexto sentido como tú —le dijo acariciando la nariz de West—. Pero sé que son especiales, diferentes. Creo que está llegando una época de cambio para la manada.

—Solo los hijos del alfa heredan su puesto. Tú eres joven, tienes tiempo a tener los tres hijos que manda la tradición de la familia.

—No lo creo. Sé lo que se espera de mí, mi padre me lo enseñó todo. El sacrificio que supone unir tu vida a la protección de la manada, él decía que era como un hilo que te unía para siempre a esta tierra. Y creí entenderlo cuando me lo dijo, pensaba que lo sentiría al convertirme en alfa..., pero no es verdad —murmuró con pena—. Estoy dispuesto a grandes sacrificios por la manada, por mi hogar..., pero mi familia es el motor que mueve mi vida. Podría marcharme mañana mismo si este lugar se quedara a salvo y todos vosotros vinierais conmigo. ¿En qué me convierte eso?

—En humano —le contestó sin dudar—. No eres un mal alfa por tener prioridades o querer cosas para ti mismo.

Alaric negó con tristeza.

—No hay espacio para eso cuando eres alfa. Tener tres hijos y educar a la siguiente generación, esa es mi obligación y mi legado. Me gusta cuidar de los demás, disfruto de mi puesto, pero en ocasiones es complicado... incluso con mis hermanos cerca de mí, mi lugar es solitario. Vi lo destrozado que se quedó mi padre cuando mi madre falleció. Sé que estuvo triste durante mucho tiempo porque la quería, a veces me pareció que estaba aliviado y lo entiendo.

Julian no supo qué decir, pero nunca lo había oído tan triste. Alaric frotó la mejilla contra la de West para marcarlo con su olor.

—Siempre me pregunté por qué las cosas no funcionaban entre Kayleen y tú, todo tiene más sentido ahora.

—Creo que siempre sospechó, por eso nunca pasamos a más. Creía que ya lo había superado, pero cuando dejé de verla me di cuenta de que no la extrañaba, ni siquiera pensaba en ella —admitió Alaric—. Ella sería perfecta y sería entretenido pasar mi vida a su lado.

—Pero tú estás enamorado de Abba —resumió.

Alaric cerró los ojos como si le hubiera herido antes de asentir, admitiendo la culpa.

—¿Abba lo sabe? Vosotros dos...

—Nunca hemos hecho nada al respecto, si lo hiciera mi olor nos habría delatado, la mezcla de esencias. Era demasiado arriesgado y ninguno de los dos tuvo el valor de ir tan lejos.

Julian lo observó mientras pensaba en cómo consolarlo.

—No te estoy acusando. Dices que notas que estamos ante un cambio para la manada. Quizá sea el momento de asumir riesgos.

Alaric lo miró asustado.

—No de ese tipo. Brujas y lobos nos odiamos. Nadie lo aceptaría —afirmó con seguridad—. Ni siquiera Adler, Agara y Atik lo comprenderían.

—Tus hermanos te aman. Lo entenderán si se lo explicas, se pondrán de tu parte. La manada sufrirá y habrá problemas, pero son fieles a la familia Madsen. Podemos hacerlo, estoy seguro. Siempre hay una forma, encontraremos un camino si de verdad es lo que quieres.

Alaric negaba con la cabeza, pero Julian se dio cuenta de que quería creer.

—Tú mismo me lo acabas de decir, esta vida es muy sacrificada... ¿Por qué estaría mal conseguir algo que ilumine la oscuridad que nos rodea?

Julian lo miró extrañado al verlo sonreír.

—Entiendo que Atik esté loco por ti. Eres obstinado e inteligente, pero la mejor parte de ti es tu corazón. Puro, limpio y generoso. Nosotros no tenemos ese tipo de luz y tú eres como un faro, cuñado.

Julian dejó salir una risita por la sorpresa.

—No trates de distraerme. Ve a hablar con ella, todavía estás a tiempo —le ordenó.

—Abba ya hizo su elección cuando no quiso ayudarnos, debo respetar eso —se negó el alfa de forma obstinada.

Julian suspiró poniéndose en pie, quitándole a West de los brazos.

—No fue lo que vi hoy, todos los aquelarres la desprecian por vivir entre lobos. Si nos ayuda no tendrá a dónde volver, ni tampoco un futuro contigo. Debe cuidar de sí misma, estaba acorralada. Dile que estás dispuesto a luchar por ella y escucha la respuesta. Veamos qué elige cuando tenga una elección real —le aconsejó.

—Deberías estar en su contra.

Julian besó la frente de West acurrucándolo en su pecho para que pudiera descansar.

—Hace mucho que sentía algo raro cuando veía a Abba, después de lo de hoy, creo que era un grito de socorro o una señal de que ella podría ser alguien importante para el futuro de nuestra familia —le aseguró convencido—. Habla con ella o te arrepentirás. Mi intuición nunca falla.

Alaric seguía pareciendo indeciso.

—Hermano.

Los dos miraron a Atik que estaba de pie, observándolos.

—Ve con ella —le sugirió—. Si te quiere de verdad, conseguiréis que funcione. Igual que nosotros. —Atravesó el salón, sentándose en el sofá, atrayéndole a su regazo.

Julian sonrió besándole en los labios, apoyándose en su pecho mientras veía dormir a su hijo.

—Sé que da miedo, pero merece la pena —le prometió a su hermano.

Alaric los miró una última vez antes de marcharse a toda prisa.

Atik besó su cuello, aspirando su aroma.

—Te quiero —murmuró sobre su piel, dejando un reguero de besos que se sentían como pura felicidad.

Julian giró la cabeza, buscando sus labios.

—¿Cuánto escuchaste? —lo interrogó en voz baja.

—Lo suficiente para saber algo de mi hermano que nunca hubiera imaginado —reconoció tocando el pecho de West haciéndole sonreír incluso dormido.

—¿Y qué te parece? —quiso saber.

Atik suspiró besando su sien, rodeándole la cintura con los brazos.

—No lo sé. Es mi hermano y lo seguiré a dónde vaya, pero es un camino peligroso. Más vale que esté preparado, porque habrá consecuencias. Y no me gustaría ser él cuando se lo cuente a Adler. Aunque ahora entiendo por qué me salvó la vida, misterio resuelto.

Julian asintió viendo a su hijo pacíficamente dormido, Atik puso la cabeza en su hombro para hacer lo mismo.

Estuvieron tanto tiempo en silencio que se sorprendió al escuchar de nuevo la voz de Atik.

—Pero lo afrontaremos, como una familia.

—Alaric cree que nuestros hijos son el símbolo de que la manada debe cambiar —confesó en voz baja.

—Puede que tenga razón.

—Yo creo que está equivocado —dijo sonriendo al ver como West estiraba la mano buscando a su hermana—. Tu padre empezó ese cambio cuando decidió quedarse contigo y traerte aquí.

Atik suspiró poniendo la mano en la barriga de West, que se calmó al instante al sentir su toque.

—No sé por qué lo hizo ni lo que significa, pero me alegro. Vivir aquí me dio lo más grande que tengo. Siempre le estaré agradecido por ello —le dijo besándole el hombro.

Julian sonrió satisfecho, sabía que para Atik la figura de su padre era un tema difícil, quizá ahora que también lo era él, pudiera reconciliarse con alguna parte de su pasado.

Capítulo 33

—Lo que os voy a contar, no lo puede saber nadie fuera de esta habitación —les rogó Abba, retorciéndose las manos con nerviosismo.

Dado que fue él mismo quien le aconsejó a Alaric ir a por Abba, no debería haberse sorprendido tanto de que apareciera unas horas después con ella de la mano, decididos a enfrentarse a las consecuencias que su unión podía traer.

Alaric no tuvo tiempo a preparar a Adler y Emily de la noticia, pero no hizo falta. El olor de los dos no dejaba lugar a dudas. Sus esencias estaban mezcladas, quedaba muy claro lo que sucedió entre ellos.

Adler se había sentado con todos los demás por respeto, pero su postura rígida y gesto contrariado decía que en breve le dejaría claro a su hermano su opinión sobre el tema. Emily observaba a ambos con incredulidad y cierto temor.

Dragos fue mucho menos correcto, taladró a Alaric con una mirada que lo hizo encogerse por la vergüenza, pero ocupó su lugar sin comentar nada al respecto.

—No puedo prometerte eso —la interrumpió Dragos con dureza.

—Tienes que hacerlo, forma parte de los secretos de los brujos. Todas las razas tienen sus propios secretos, este es uno de los nuestros.

Dragos no dijo nada porque sabía que era verdad.

—Hay un tipo de magia que está vetada, sabemos que existen, pero todos los aquelarres prohíben su uso porque va contra principios que debemos respetar.

—¿Qué tipo de principios? —la interrogó Atik.

—Atentar contra un bebé al margen de su raza. Los brujos también respetamos y guardamos a nuestros niños, está prohibido usar niños para hechizos —le explicó Abba de manera apresurada—. Tengo sospechas de que la transformación de las manadas desaparecidas en marionetas es bajo el uso de una magia que utiliza la sangre de bebé.

Julian tragó saliva con dificultad, mirando la cuna a su lado, donde sus hijos dormían abrazados.

—Yo reconocí a tu pareja, a Luc —le recordó ella a Dragos—. Él fue el único en su ciudad en no caer bajo el hechizo. Empecé a sospechar cuando me enteré de que Luc no podía transformarse a voluntad, que su gen lupino no funcionaba como los demás. Su parte lobo se vio afectada, pero al tener más de humano no cayó en su influencia, probablemente porque todo pasó la noche en que lo mordieron y la mordedura ya estaba corrupta.

—¿Entonces sabes de qué se trata? —le preguntó Adler de forma seca.

—No puedo estar segura. Es una violación a nuestras normas y nadie se atrevería.

—Ya lo entendimos, dinos lo que piensas que está pasando.

Abba los observó a todos con temor, dejando a Alaric para el final. Julian se sintió un intruso al presenciar la mirada que intercambiaron.

—Creo que usan un hechizo cuyo elemento principal es la sangre de bebé. Tiene que ser un niño de vuestra raza, corrompen vuestra naturaleza utilizándola en su estado más puro, cuando tenéis el gen lobo sin desarrollarse porque todavía no podéis transformaros.

Todos guardaron silencio asimilando sus palabras.

—Un hijo nacido de un hombre es extremadamente poderoso y fuerte. El hecho de que sean mellizos solo los hace más extraordinarios. Por eso está tan obsesionada con ellos, vuestros hijos harían su hechizo más poderoso y letal. Y al ser dos tendría mucha más sangre para crear más marionetas. —La mirada de Abba nunca dejó sus manos, pero su voz temblaba por momentos. Estaba traicionando a los suyos al contarlo—. Manadas grandes como Aurora o Greenville caerían en unas horas, no hay antídoto ni solución. Es una magia irreversible que consume al que la práctica, por eso ella tiene la piel quemada, igual que los lobos a los que hechiza.

—¿Qué sabes de la bruja? —le preguntó Dragos.

—Nada, no sé quién es. Pero estoy segura de que no puede pertenecer a un aquelarre. Ninguno se expondría a atacaros de forma tan directa.

—Puede que sí —la contradijo Dragos—. Si Luc no hubiera sobrevivido, nunca habríamos descubierto a esas cosas y seguirían infectándonos de forma silenciosa.

—Hay algo que no entiendo —dijo Julian sin poder contenerse—. Comprendo por qué quiere a mis hijos, pero consiguió su propio ejército antes de que ellos nacieran y no sabemos de la desaparición de ningún niño. ¿Cómo hizo los primeros?

—No lo sé, pero estoy segura de que no puede corromperos sin la sangre de uno.

—Yo sé cómo lo hizo —contestó Dragos—. La mujer del alfa, Debbie estaba embarazada. Supongo que esa es la parte donde necesitó la ayuda de Roger.

Su nariz picó con el olor de la furia de todos en la habitación, era inconcebible que un lobo hubiera entregado a uno de los suyos para algo tan despreciable. Los niños eran intocables, fuera cual fuera su manada.

Julian puso la mano sobre la cuna, necesitando tocar a los niños para asegurarse de que estaban bien. No era capaz de imaginar cómo alguien dañaría a un bebé inocente de esa manera.

—Está muy claro lo que hay que hacer. No podemos esperar a que ella venga y se haga con los bebés, hay que ir en su busca. Hablaremos con las manadas y prepararemos batidas —declaró Dragos.

—Creo que yo podría ayudaros con eso —se ofreció Abba—. Si la bruja se arriesgó a aparecerse para señalar la cuna, es porque va a hacer algo. Podría seguir su magia, si el símbolo todavía es visible.

—Es visible. Nos mudamos de habitación para alejarnos de ella. Intentamos taparlo, pero la marca reaparece —la informó Atik.

—Está bien, saldré a llamar a Tyler, necesitamos que las manadas más cercanas sepan lo que pasa y decidamos juntos cómo proceder. No te preocupes, no le hablaremos a nadie sobre esto —le aseguró Dragos a Abba antes de marcharse.

Alaric miró a Abba.

—Gracias. Sé lo que supone para ti hacer esta confesión. Gracias por ayudarme a salvar a mi familia y a los míos.

Abba inclinó la cabeza, dedicándole una sonrisa un poco asustada.

—A tu manada de ahora en adelante. Si tú quieres —le ofreció él.

Julian trató de ocultar la sonrisa. El tono de Alaric era dudoso e inseguro, era la primera vez que notaba dudar al alfa.

—No es momento para esas cosas —sancionó Adler a su hermano mayor.

—Déjalo estar —le interrumpió Atik—. Si no es ahora, ¿cuándo? Es bueno que en medio de tanta incertidumbre todavía haya espacio para el amor.

Adler se atragantó y empezó a toser, necesitando que Emily le diera un par de golpes en la espalda, tratando de ayudarle a respirar.

—¿Tú acabas de decir eso? —preguntó con incredulidad Adler—. Hermano... enamorarte te volvió poeta. ¿Quieres que te compre una pluma para que puedas escribirle sonetos a Julian?

Todos se rieron relajando la tensión. Agarró la mano de Atik entrelazando sus dedos y dedicándole una sonrisa sin prestar atención a las burlas de los otros.

Atik tenía razón. Siempre había tiempo para el amor.

—No deberías venir —insistió Adler.

—Ya hablamos de esto —le dijo Atik con paciencia a su hermano.

—Y sigo sin estar de acuerdo. Eres padre, tienes que cuidar de tus hijos —le recordó Adler con tozudez.

Hacía dos días que determinaron un posible lugar en donde la bruja podría esconderse, gracias a la manada de Aurora que había dispersado a los lobos por todo el estado buscando según las indicaciones de Abba. Tuvieron que esperar cuarenta y ocho horas a que todos volvieran para poder ir juntos a por la bruja.

Iría la manada casi al completo, acompañados por lobos de Greenville y Aurora. Algunos se quedarían defendiendo los territorios de los alfas y unos cuantos estaban destinados a proteger Salem por si intentaban alguna maniobra contra los bebés.

—Julian está de acuerdo con que vaya —le dijo Atik.

—Pues Julian es tan insensato como tú —rezongó Adler de mal humor. Sus ojos se abrieron al ver quién salía de la casa lista para la pelea—. Oh, no. Tú no. Vuelve dentro, ahora mismo.

Agara lo miró sin alterarse.

—No.

—¡Alaric! Dile que tiene que quedarse. Es lo que dice la tradición, si algo nos pasa tú tomarás el mando de la manada.

Ella alzó el mentón con orgullo.

—No —repitió de manera tranquila—. Nos educaron en unas normas que tenían sentido en aquel momento, pero ya no. Esta lucha es de todos nosotros, de los cuatro. Están amenazando a nuestra familia.

—¿Qué pasará si morimos?

—Julian y los niños heredarán la manada. —Alzó la mano al ver que iba a responder—. Esos bebés son hijos de uno de nosotros, las leyes que hicieron nuestros antepasados tenían buenas intenciones, pero es una carga muy grande. La sangre Madsen tiene que cuidar de esta tierra, ellos lo son. Si todo falla, seguimos teniendo familia para cumplir nuestra obligación. Nuestros antepasados creían que eran más fuertes separados, nosotros somos mucho más poderosos cuando estamos los cuatro juntos.

Agara observó a sus tres hermanos, pero su mirada se detuvo en el mayor. Alaric siempre tenía la última palabra, como alfa y cabeza de familia.

Él puso la mano sobre el hombro de su hermana.

—Agara tiene razón. Han amenazado a nuestra familia, ellos son el futuro. Cuando firmaron Las obligaciones del rey había tres hijos como descendencia, fue un momento trascendental que marcó años de repetir lo mismo creyendo que eso les garantizaba el bienestar de la manada, pero nos hemos debilitado. El nacimiento de Atik fue la primera vez que hubo cuatro hijos y él acaba de regalarnos una nueva generación, engendrada por un hombre. Su nacimiento nos ha valido alianzas con las manadas de Greenville y Aurora, al hacerlos padrinos de los bebés. No puede ser coincidencia, los niños son un buen augurio para nuestra gente.

Julian se dio cuenta de cómo los lobos que había alrededor de ellos prestaban atención a las palabras del alfa.

—Tienes razón —admitió Adler—. Pero es difícil dejar ir las antiguas costumbres.

—Ya lo sé, hermano —le concedió Alaric—. Aun así, debemos hacer el esfuerzo, porque solo así la manada sobrevive. Evolucionando y volviéndonos más fuertes. Unidos.

Los cuatro hermanos se acercaron, se agarraron en un abrazo grupal con las cabezas juntas.

—Por la manada y por nuestra familia —dijeron los cuatro a la vez.

Julian movió en sus brazos a Winter, tragando saliva con dificultad. Ruby salió de la casa sujetando a West.

Emily lo abrazó antes de bajar a reunirse con ellos, chocó su mano con Atik que venía hacia él.

—Llegó la hora.

Julian asintió sin saber qué hacer, tenía mil cosas que le gustaría decirle, pero ni una sola palabra salió de su boca.

Atik lo observó, recorriendo su cara con la mirada.

—Te quiero —le dijo sujetándolo de la cintura—. Os quiero muchísimo a los tres.

Julian, apoyó la cabeza en su hombro.

—Prométeme que vas a volver sano y salvo con nosotros —pidió apretando la cara contra su cuello.

—Te lo juro —le prometió con solemnidad—. Sois el centro de mi mundo, haré lo que sea para volver con vosotros.

Julian se alejó mirándolo a los ojos, le acarició la mejilla y lo besó en los labios.

—Te quiero. Cuídate mucho, por favor.

Los dos compartieron una mirada antes de que Atik se despidiera de los niños.

—Julian —le llamó Alaric acercándose—. Te quedas como mi representante y el de nuestra familia. La manada es tuya.

Julian podía decir que no estaba preparado, que no sabía nada sobre dirigir la manada, pero en su lugar le dedicó un asentimiento y le devolvió el abrazo.

—Trataré de hacerlo lo mejor que pueda —dijo tragándose el miedo.

—Muéstrate tranquilo y sereno, te seguirán —le indicó Alaric al oído.

Julian se despidió de los demás y se quedó en los escalones del porche mientras los veía alejarse con el corazón encogido.

La vida le había regalado otra familia y acababa de ver marchar a gran parte de ella.

—¿Julian? —le llamó uno de los lobos.

Carraspeó volviendo al presente. Todo iría bien, no había tenido intuición de que fuera a pasar algo malo. Eso debería tranquilizarlo, ¿verdad?

—Nos vamos a la casa blanca. Niños, ancianos y mujeres embarazadas nos aislaremos allí —anunció con más contundencia de la que sentía.

Alaric le dijo que podía quedarse en la casa, pero sabía que solo intentaba que se sintiera cómodo con los niños. Pero no era lo que se hacía en estos casos, así que Atik y él decidieron que en esta ocasión optarían por abordarlo de la manera tradicional.

Los lobos asintieron y esperaron a que Fran saliera de la casa con las bolsas que dejó preparadas. Emily, Abba y Kayleen se fueron a luchar con los demás, pero Fran no dudó en quedarse con él y su madre como protección.

Se aseguró que su móvil estaba en el bolsillo para poder seguir en comunicación con Tyler y las demás manadas. Ahora solo quedaba esperar y contener el aliento hasta que su familia volviera, y le devolvieran la parte de su corazón que se llevaron con ellos.

Capítulo 34

—Ya cariño, ya —murmuró Tyler moviendo a su ahijada—. ¿Por qué no dejas de llorar? Con lo que yo te quiero —le dijo con dulzura.

Julian sonrió resignado mientras mecía a West quién también lloraba agotado.

—Extrañan a su padre —resolvió Ruby pasándole el chupete a Julian que le sonrió agradecido.

Se lo puso en la boca al bebé y se movió para tratar de calmarlo.

—Los bebés necesitan a sus padres, especialmente los primeros meses de vida. Echan en falta la esencia de su padre —le explicó Ruby.

—Solo hay que aguantar un poco más. Tu papá ya está de camino —le cantó Tyler a Winter.

—Parece un milagro que hayan tardado cuatro días en dar con la bruja —dijo Fran.

—Si hubiera sido un milagro habrían necesitado un día y no cuatro. Juro que cada minuto que Andrew ha estado lejos de mí, perdí un día entero de vida —le dijo Tyler mirando a la puerta como si con eso su marido llegara antes—. Este asunto con la bruja nos ha tenido a todos desquiciados. Rhys parece un fantasma desde que nos enteramos.

—No me imagino cómo debe sentirse sabiendo que alguien de su manada los traicionó a todos —contestó con pesar. Puso la mano sobre la barriga de West como Atik solía hacer en un intento de calmarlo.

Su pequeño ceño se frunció mientras sus ojos azules lo miraron fijamente buscando a su otro padre. Julian sonrió con ternura, haciéndole cosquillas. Consiguió que esbozara una sonrisa y se acurrucara buscando su calor todavía entre hipidos.

—Yo también le extraño —susurró en su oído. De sus dos hijos, West era el que más se parecía a Atik. Tenían los mismos ojos azules y sus rasgos.

—Es una pena que no puedan someter a la bruja también a juicio —opinó Fran obligándole a volver a prestar atención a la conversación.

—¿Bromeas? No la querría tan cerca de los niños —contestó Tyler horrorizado—. Andrew me dijo que fueron Atik y Dragos quienes se encargaron de ella. A Roger tuvieron que reducirlo, pero necesitan explicaciones antes de acabar con él.

—Lo que pasó es que es un traidor y un asesino —dijo Fran con asco.

Tyler acudió a Salem para el juicio. Los demás continuaron defendiendo sus posiciones y guardando los terrenos de sus propias manadas.

Levantó la cabeza al escuchar ruido en la planta de arriba de la casa.

—Creo que Rhys acaba de despertarse —advirtió a Tyler.

Él miró al techo preocupado.

—Está exhausto, ni come, ni duerme bien... necesita un cierre a toda su historia. Estaba desesperado por dejar Royal, pero nunca les deseó ningún mal. No era la manada indicada para él, no lo trataron bien y aun así encontró espacio en su corazón para llorar su pérdida.

Julian asintió, comprendiendo la situación.

—Bueno, por lo menos ahora sabrá qué sucedió —trató de animarlo—. Es mejor eso a seguir imaginando.

—Yo pienso lo mismo, por eso dejé que viniera —contestó Tyler.

Los aullidos de la manada rompieron el aire advirtiendo de la llegada de los demás.

El alivio hizo que le fallaran las fuerzas por un segundo.

—Gracias, gracias, gracias —murmuró al aire tratando de contener las lágrimas.

Sabía que todos estaban a salvo porque Atik le llamó en cuanto terminó la lucha. Aun así, el miedo había anidado en su estómago de todas maneras, miles de suposiciones se formaron en su mente, atormentándolo.

Se aferró con fuerza a la promesa de Atik, a que la familia se mantendría unida porque sabía que nadie lo protegería más que sus hermanos. Confió en ellos, igual que ellos lo hicieron dejándole la herencia de su familia a su cargo.

«¿Me quieres?», el susurro de Atik lo envolvió como una manta cálida. Estaba ahí, de verdad. Había vuelto con él.

—Dámelo, cielo —le pidió Ruby, quitándole a West de los brazos—. Ve con él.

Corrió por el pasillo mientras afuera las camionetas iban aparcando delante de la casa. Salió a toda velocidad, bajando las escaleras del porche de un solo salto. Atik estaba abajo para recogerle.

Volvió a respirar en el instante en que los brazos de Atik lo sostuvieron, alzándole en peso. Rodeó sus caderas con las piernas mientras se aferraba con fuerza a su cuerpo, dándose cuenta por primera vez de que contuvo el aliento desde que él se marchó.

—Te quiero tanto —murmuró llenando su cara de besos—. Estaba tan asustado.

Atik lo abrazó con fuerza, respondiendo a cada beso sin dejar de moverse hacia la casa.

—¿Estás bien? ¿Seguro que no estás herido? Dime la verdad —lo interrogó agarrándole de las mejillas para mirarle bien a los ojos.

—Estoy bien. ¿Por qué lloran los niños? —le preguntó sin soltarlo.

—Te echamos de menos —dijo apretando los brazos alrededor de su cuello.

Una sonrisa iluminó la cara de Atik.

—¿Tú también lloraste porque me extrañabas?

Julian sonrió por primera vez en días.

—Todo el tiempo —mintió sin poder parar de sonreír, dándole un beso en los labios—. No volveré a dejar que te separes de mí.

Atik se rio y una sensación de euforia ocupó su mente por tenerlo sano y salvo entre sus brazos.

No lo dejó en el suelo hasta que llegó al salón donde los niños lloraban con más fuerza que antes.

Atik recogió a Winter de los brazos de Tyler y a West de los de Ruby. El silencio llenó la habitación en cuestión de unos pocos segundos.

—Papá ya está aquí —les dijo manejándose sin problemas a pesar de tener a los dos en brazos. Los bebés trataron de alcanzar su cara con sus manitas, haciendo unos sonidos adorables con la garganta—. Ya estamos todos juntos de nuevo.

Julian se agarró a su cintura, inhalando la esencia que los cuatro formaban. Ahora sí, ese era su hogar. Ya no tenía miedo a nada, mientras estuvieran juntos.

◆ ◆ ◆

Los dedos de Atik se clavaron en su cadera al ver como cuatro lobos arrastraban a Roger hasta el centro del claro. Julian se pegó a su costado, reconfortándolo con su presencia.

A su lado se encontraban Adler y Emily, agarrados de la mano. Agara y Alaric estaban en el centro, a la izquierda, Dragos, Tom, Steve, Knox, Tyler, Andrew, Deklan y Rhys.

Nunca olvidaría la cara de odio en los ojos de Roger mientras observaba a Rhys con una mirada de desprecio.

—¿Tienes algo que decir? —le preguntó Alaric.

Roger ni siquiera reconoció al alfa, seguía mirando a Rhys. Deklan pasó una mano por la espalda de su pareja, acercándolo a él.

Rhys ni siquiera parpadeaba, sus ojos estaban clavados en el fugitivo y el gesto de terror en su rostro.

Roger observó con sus ojos inyectados en sangre la cara de Rhys, dibujando una mueca de asco en sus labios antes de escupir en el suelo delante de él.

—Todo esto es culpa tuya. —Su voz sonó tan cascada y llena de odio.

Rhys no dijo nada, pero su cuerpo se tensó y miró a todas partes, buscando la salida más cercana.

—¿Cómo puede ser culpa suya? —le exigió Tyler—. Él ni siquiera estaba ahí.

Roger se rio con fuerza y eso lo hizo toser.

—Sois tan estúpidos y simples —les dijo con desprecio—. ¿Creéis que esto empezó después de que este cobarde escapara? Ellos llevaban mucho tiempo buscando el último ingrediente. Años, perfeccionando ese hechizo. Iban de Salem en Salem tratando de localizar al adecuado.

—¿Quiénes son ellos? —le preguntó Alaric.

—Quione y Drusila.

—Los brujos —adivinó Dragos con desprecio.

—No eran brujos comunes, eran especiales. La madre de Drusila era una vidente. Ella os vio, sabía que algún día, en algún Salem, nacería un niño especial. Más fuerte que el resto, más poderoso. Se lo contó a su hija... supo lo que pasaría y acertó en todo, excepto por una cosa.

Julian se estremeció con violencia, presionándose contra Atik para sentirse más protegido.

—Eran dos. Dos niños, dos bebés... el doble de aniquilación con el mismo esfuerzo.

—No hables de ellos —siseó Atik gruñendo en advertencia.

—¿Qué te prometieron? ¿Por qué aliarte con alguien que mataría a los tuyos? ¿Qué ganabas tú? —demandó Dragos.

Roger sonrió, una sonrisa amplia y demente que hizo que su estómago se contrajera de asco.

—Todo. Lo único que siempre he querido. Mi propia manada.

Julian miró de soslayo a los demás, parecían igual de perdidos que él.

—¿Pretendías usar a esas cosas para obligar a una manada a seguirte? Estás loco. Ninguna manada te seguiría, aunque mataras de forma legítima a su alfa.

Él abrió los brazos en un gesto triunfal.

—No puedo ganar a un alfa. Ni quiero. Aprendí del mejor, durante años Nikolai me educó y vi lo que había que sacrificar para que la gente te respete. Se necesita estar dispuesto a perderlo todo, cada parte de ti mismo y sangrar sobre la tierra que reclames como tuya. Yo decidí que serían los demás los que pagarían en mi nombre.

El olor de Dragos llegó hasta él, fuerte, espeso y corrosivo, se percibía cómo la furia del lobo hacía esfuerzos por salir.

—Con Jeff aprendí que no importa lo que hagas, la manada es igual que un ente vivo. Hoy te idolatran, mañana pueden volverse en tu contra. Nunca serán fieles por completo. Quería ser el alfa, pero necesitaba una manada a mi altura y ninguna cumplía con mis requisitos. Drusila me prometió que me haría una a mi medida, lobos más fuertes, sin voluntad que cambiar, fieles hasta su último segundo.

Julian miró a Rhys palidecer y cómo Deklan tuvo que sujetarlo para mantenerlo erguido.

—La figura de Nikolai era enorme —siguió hablando Roger perdido en su propio desvarío—. Todos le temían, pero terminó por caer, igual que cualquier otro. Nadie es inmortal, por más poderosos que seamos acabaremos sucumbiendo a la muerte. Pero ellos me prometieron que yo sería distinto.

—¿Y tú te lo creíste? —preguntó Tom.

—No sabes cómo eran. El poder que emanaban juntos, las cosas que los vi hacer —contestó Roger con la mirada perdida en sus recuerdos—. Iban a dármelo todo, era un plan perfecto. Solo había algo de lo que teníamos que ocuparnos. Aurora —pronunció con desprecio fijándose en Dragos.

Julian miró al alfa, que se había quedado observándolo con gesto insondable.

—Era la manada más numerosa y poderosa. Los únicos que podía presentar batalla de verdad contra los míos. Para matarlos necesitaba algunos lobos más, pero entonces el hechizo falló sobre ese lobo y os advirtió. Perdimos a casi todos mis lobos y la oportunidad de conseguir bebés para hacer más.

Los huesos de las manos de Dragos crujieron al abrir y cerrar sus puños con furia.

—Si hubiéramos conseguido llegar a uno de vuestros hijos... —les dijo mirándolos con una sonrisa macabra—. Todos formaríais parte de mi manada. Habríamos podido crear a más lobos como nosotros, seríamos imparables, una manada sin rival y con un alfa eterno. Era el plan perfecto, estuve tan cerca de lograrlo.

Dragos sonrió, una sonrisa lobuna y antinatural que hizo brillar sus ojos amarillos.

—Marchaos —les ordenó Dragos con aparente calma—. Salid de aquí. Queríamos entender el motivo, ya lo sabemos. Ahora hay que impartir justicia y eso me corresponde a mí.

A Julian se le puso la piel de gallina y el miedo se extendió por su cuerpo. No, no quería estar presente cuando eso pasara.

—Me quedaré contigo —se ofreció Alaric.

—No —se negó el alfa sin dejar de mirar a Roger—. Quiere ser el alfa, verá lo que pasa cuando te enfrentas a uno legítimo.

—Pero... —trató de insistir Alaric.

Dragos se giró y puso la mano sobre su hombro en un gesto paternal.

—No es necesario. Un alfa debe saber cuándo abandonar la lucha. Has ganado. No tienes por qué pasar por esto, cuida a tu familia. Disfruta de que estén sanos y salvos —le dijo con inusitada suavidad para alguien que parecía capaz de destrozarlo todo en ese momento.

—Hermano —suplicó en voz baja Agara.

Alaric puso la mano sobre la de Dragos antes de asentir.

Julian dejó que Atik lo guiara fuera, mientras solo los lobos de Aurora se quedaban en el claro.

Atik apretó el paso cuando sus aullidos parecieron enfriar aún más la noche. Dragos tenía razón, no quería que nadie de su familia fuera testigo de lo que iba a pasar allí.

Bajó la mano y encontró la de Adler cerca de la suya. La apretó con fuerza mientras andaba, apoyado en Atik. Alaric se agarró de la cintura de Atik, arrastrando a Agara con ellos fuera del bosque lo más rápido que les permitieron sus piernas.

Por fin estaban a salvo, ahora podía centrarse en lo realmente importante. Su familia.

—¿Me quieres? —le preguntó Atik llamando su atención.

Julian sonrió besándole en los labios.

—Siempre, pase lo que pase, siempre serás el rey de mi tablero.

Epílogo

Julian se rio al ver a Alaric gateando por el jardín al lado de Winter que le miraba con atención.

—Vamos Win. Haz lo mismo que yo —intentó persuadirla el alfa.

Ella se rio y su chupete se le cayó de la boca.

—Venga, sé que puedes hacerlo —insistió él.

—Déjala en paz —le riñó Abba sentada cerca de ellos en el suelo—. Ya gateará.

—Pero ya tiene más de un año, debería gatear —protestó Alaric mirando a la niña que arrancó unas cuantas hierbas del suelo y se las tiró a su tío riéndose a carcajadas.

Alaric estalló en risas, abandonando su intención para cogerla en brazos y llenarla de besos.

—Como tú quieras princesa. Andarás cuando lo decidas —le dijo a Winter haciéndole cosquillas.

Julian sonrió, volvió su atención hacia Atik que estaba tumbado en una manta con West. El niño estaba de pie, apoyado en el costado de su padre, para mantener el equilibrio porque todavía no podía andar solo.

Atik le dio la mano para ayudarlo a moverse a su alrededor, había una suave sonrisa en sus labios y una mirada de orgullo mientras veía a su hijo.

Winter apenas gateaba porque prefería estar en brazos que moverse sola, pero West aprendió con rapidez. No le gustaba mucho que lo tocaran, así que prefería ir a su aire y hacía varios meses que gateaba con facilidad. Todavía estaba dando sus primeros pasos con ayuda, aunque pronto no la necesitaría.

West soltó un pequeño chillido dejándose caer sobre el pecho de Atik, frustrado por no poder escalarlo como quería.

Atik se rio, lo tomó en brazos para dejarlo tumbarse encima de él. West se rio todavía con el chupete en la boca, arrastrándose sobre su padre hasta llegar a su cara y poder frotar su nariz contra la de Atik. Se apartó de él riendo y se quitó el chupete para ofrecérselo.

Atik le lanzó un gruñido suave y fingió que lo mordía, consiguiendo que el niño se riera sin control.

—¿Qué te hace papá? —preguntó acercándose más a ellos, también sentado en la manta donde habían estado jugando.

West acarició la mejilla de Atik con un sonido suave. Atik abrió la boca y capturó sus dedos entre sus labios.

Julian se rio divertido al ver cómo los ojos azules de West se abrían por la sorpresa de una manera cómica.

—Tienes unos papás muy malos —dijo Adler levantando a su sobrino en brazos—. ¿Me lo enseñas?

El niño alzó su mano de forma obediente, mostrando sus dedos y balbuceando.

La cara de Adler se iluminó mientras hablaba con el niño en un tono comprensivo yendo hacia Alaric.

Julian rio a carcajadas incapaz de contenerse, al ver cómo los dos niños se abrazaban en cuanto estuvieron cerca.

—¿Qué? —le preguntó con curiosidad Atik.

Se tumbó sobre su pecho, apoyando la cabeza en su corazón. El latido fuerte y claro lo tranquilizó y lo llenó de una emoción que incluso un año después todavía no podía contener.

—Nada —le respondió con sinceridad—. Solo disfruto de nuestra familia.

Atik sonrió acariciándole la espalda de manera cariñosa.

—Pronto la ampliaremos aún más —le recordó señalando la mesa del porche donde Ágara y Emily hablaban mientras bebían limonada. Emily y Adler les habían dado una sorpresa el día en que los mellizos cumplieron un año, al anunciar su embarazo.

Todo iba bien y si su intuición no le fallaba, su nuevo sobrino vendría al mundo sano y salvo.

—He estado pensando mucho en eso —dijo Julian acariciando su cuello con un dedo.

—Es normal, no hablamos de otra cosa desde que Emily se quedó embarazada —le contestó Atik con su habitual forma directa.

—No me refiero a eso. Más bien pensaba en si querríamos tener más niños.

Los ojos de Atik se abrieron de la misma forma que West apenas unos minutos antes.

—¿Y queremos? —le preguntó Atik con cautela.

Julian trató de disimular su emoción sin mucho éxito. Una lenta sonrisa se extendió por la cara de su lobo.

—¿No deberíamos esperar a que los niños sean más grandes?

Se encogió de hombros quitándole importancia, llevaba tiempo pensando en ello.

—Tenemos una familia grande y dispuesta a ayudarnos. Ruby está encantada de disfrutar de los bebés ahora que Fran y Kayleen dirigen el negocio. Además, no me gustaría que hubiera mucha diferencia de edad entre los niños.

Atik asintió mientras valoraba sus palabras.

—¿No te da miedo? Tuviste un embarazo difícil —le dijo con razón.

—Era la primera vez. No sabía qué esperar y teníamos mucha presión. No fue un buen momento.

—¿Y ahora sí? —inquirió él con suavidad, metiendo la mano bajo su camiseta para acariciar su piel.

Julian asintió con la cabeza con vehemencia.

—Siento que es el momento adecuado, estoy preparado y quiero hacerlo. Si tú lo estás —añadió sonriendo esperanzado.

Atik acarició su espalda, presionando los dedos sobre su cadera.

—¿Estás bebiendo las pociones que te dio Mashie para evitar el embarazo?

—Me toca este medio día —respondió, aunque Atik ya sabía que las tomaba todos los días desde que nacieron los mellizos.

—O no —le sugirió clavando sus ojos azules en los suyos.

Julian sonrió estirándose para besarle en los labios despacio, dejándole con ganas de más.

—O no —coincidió.

—Necesitamos que cuidéis de los niños un rato —dijo Atik en voz alta, empujándolo con suavidad para que se moviera.

Julian obedeció, poniéndose en pie con más rapidez de la que requería la situación.

—Sin problema —aceptó Abba distraída viendo como West robaba el chupete de su hermana para metérselo en la boca y le daba el suyo a ella cuando empezó a llorar.

Julian tiró de Atik dentro de la casa sin preocuparse por nada, sabiendo que ellos podían encargarse sin problema. Desde que Atik y él estuvieron juntos la primera noche nunca más había vuelto a estar solos, su vida ahora era un revoltijo de sonidos, caos, llantos y risas, y nunca había sido tan feliz.

Ni siquiera se atrevió a soñar que algo así era posible, ahora tenía que esforzarse en recordar su vida antes de tenerlos a todos ellos. Costó mucho llegar hasta ahí, pero cada tropiezo y herida mereció la pena.

Atik lo atrapó entre sus brazos dándole un beso incendiario que despertó cada uno de sus sentidos y Julian se perdió en él. Había sido así desde su primer beso tanto tiempo atrás, sería para siempre, como le susurraba su corazón cada vez que lo miraba.

Agradecimientos

Gracias a todos los que pedisteis un *Mpreg*. Me esforcé por hacer un libro único que os emocionara espero que lo disfrutarais hasta el final.

A todo mi equipo que lo da todo en cada libro para tratar de hacer cada vez un mejor trabajo.

A mi consorte, que no se asusta por los desafíos y siempre está disponible para animarme haciéndome seguir adelante.

AUTORA

Aislin Leinfill lectora compulsiva desde siempre. Lleva toda la vida escribiendo para nuevos libros en servilletas e incluso cartones de leche, con miles de ideas y personajes en la cabeza, hasta que un día decidió empezar a publicarlas.

Fan de los finales felices, las historias de amor clásicas y los para siempre que duran toda la eternidad. Culpable de perderse en mundos fantásticos y personajes de fantasía. Adicta a los viajes, los libros, las velas y el café. Amante de los días de otoño y las horas que discurren entre las páginas de un buen libro.

Puedes saber más sobre futuros libros y nuevos proyectos literarios en:

aislinleinfill.com

Puedes seguirla en sus redes sociales:
Instagram: @aislinleinfill
Twitter: @aislinleinfill

Otras novelas de la autora

Serie Escala de Grises

Gris Ceniza

La vida de Jackson Cadwell cambió en un solo segundo el día que conoció a Dominic Hellbort. Tardó años en encontrar la forma de lidiar con él y tratarle como uno más. Renunció a él porque no tenía esperanza, porque era algo imposible.

Quizá lo hizo demasiado pronto...

Gris Titanio

Matt Anderson tiene una vida tranquila, medida, ordenada. Le gusta vivir sin sobresaltos, hasta que conoce al piloto de NASCAR Kane De Luca.

Kane vive la vida igual que conduce, quemando kilómetros y devorando las curvas. Ahora está dispuesto a ganarle a él también.

Gris Humo

La gente cree que la vida son los grandes momentos, él también lo creía, pero ahora sabe la verdad. Un instante puede cambiarlo todo, una mirada basta para destrozar tu mundo entero y hacer que te replantees cada pequeña parte de tu vida y de ti mismo.

Solo hay dos cosas que se pueden hacer en esa situación, ignorarlo y tratar de seguir adelante o luchar arriesgándote a perderlo todo.

Saga Crónicas de Khineia

Nimerik

Las leyes son claras, sencillas, los niños crecen repitiéndolas para grabarlas en lo más profundo de su mente. Obedece, cumple las normas y nunca discutas la autoridad, mientras sigas sus reglas, puedes ser uno más. Vivirás bajo el amparo de las murallas, contarás con la protección del ejército más poderoso del mundo y nunca tendrás que preocuparte de lo que se esconde bajo el agua. Hasta que llegó él y lo obligó a sumergirse en un mundo complejo y desconocido. Khirstan. Solo con pronunciarlo, cada defensa que lo rodeaba caía como si nunca hubiera existido, tan peligroso y misterioso como el océano e igual de intimidante que él.

Serie Wolf World

Imposible de olvidar

Fue a primera vista, como una enfermedad extraña, como el más peligroso de los venenos, fue adueñándose poco a poco de él, milímetro a milímetro, pedazo a pedazo.

Tendría que haberse dado cuenta antes pero no supo ver los síntomas. Hasta aquel fatídico día en que su mundo fue sacudido y por fin los engranajes giraron de repente y todo encajó.

Por siempre jamás

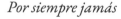

La vida de Wess cambiará por completo cuando se descubra un terrible secreto del pasado, su vida no podrá ser la misma, por suerte tiene a su manada y a dos nuevos amigos para ayudarle a crear una nueva. Incluso Knox que nunca ha reconocido su existencia parece dispuesto a estar a su lado, lamentablemente su corazón ya parece ocupado.

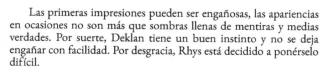

Un destino perdido

Las primeras impresiones pueden ser engañosas, las apariencias en ocasiones no son más que sombras llenas de mentiras y medias verdades. Por suerte, Deklan tiene un buen instinto y no se deja engañar con facilidad. Por desgracia, Rhys está decidido a ponérselo difícil.

Hay almas que nacen para estar juntas. Da igual el tiempo que transcurra, no importa quien se interponga. Su destino ya está escrito en las estrellas y pase lo que pase... encontrarán el camino hacia el otro.

Perdido en la niebla

Desde que era niño se sentía incómodo en su propia piel, irrelevante en el mejor de los casos, raro como norma. Su vida era una repetición calcada del día anterior. Y cuando vpor fin le pasó algo que prometía un gran cambio, todo se volvió mucho peor de lo que había sido hasta el momento.

No estaba preparado para las repercusiones que tuvo aceptar esa invitación, tampoco lo que supondría entrar a una realidad muy distinta a la que conocía.

ÍNDICE